귀신님의 완벽한 복수

강엄고아
장편소설

귀신님의 완벽한 복수

네오픽션

목차

프롤로그

그냥 그렇게 떠 돌아다녔다.

'귀신은 발이 없다더니, 없는 게 아니라 있지만 필요가 없는 거였군.'

몸이 내키는 대로 나아갔다. 앞뒤로, 좌우로, 위아래로……. 벽으로 막혀 있다고 돌아갈 필요도, 차가 온다고 비켜설 필요도 없었다. 다른 이의 눈치를 보거나 배려할 필요가 없어서 좋았다. 귀신이 되고 나서 가장 좋은 점은 거울에 제 모습이 비치지 않는다는 것이었다. 이 흉측한 얼굴을 볼 수 없어서 다행이라고 생각했다. 물론 다른 사람이 자신을 볼 수 없다는 것 또한 다행이었다. 처참하게 일그러진 얼굴을 다른 사람이 보는 것과 자신이 보는 것 중 무엇이 더 끔찍할지는 상상하기도 싫었다. 그러나 이젠 그런 비교가 부질없었다. 어차피 이 얼굴을 누가 볼 수 있겠는가.

이제 그녀에게 시간의 흐름이란 무의미해서 정확하진 않지만,

한 달은 더 된 일이다. 아찔한 고통에 몸부림치며 바닥을 뒹굴었고, 어느 순간 고통이 사라졌다. 평안을 찾고 감았던 눈을 살며시 뜨자 땅바닥에 구겨져 있는 자신이 내려다보였다. 조금 전의 고통을 고스란히 담고 있는 모습이었다. 이렇게 객관적인 시점에서 보는 제 모습이 신기해서 자세히 훑어보았다. 그러다 얼굴에 시선이 멈추자 극도의 공포가 온몸을 조여왔다. 비명을 지르며 저도 모르게 그 자리에서 멀어졌다. 1초도 되지 않는 시간에 어딘지도 모르는 곳까지 튕겨 갔다. 뇌가 얼어버린 것처럼 그 자리에 멍하니 있다가 정신을 차려보니 철길이었다. 이게 어떻게 된 상황인지 정신을 수습할 새도 없이 기차가 달려왔다. 그러나 달려오는 기차를 보고도 뛰는 법을 알지 못하는 것처럼 놀라 서 있었다. 기차가 그녀의 몸을 통과해 빠르게 지나갔다. 기차 안의 사람들도 마찬가지였다. 그러고 나서 깨달았다. 나는 이제 더 이상 사람이 아니구나.

귀신이 되고 나서 처음 한동안은 괴물이라는 표현으로도 부족한 제 얼굴을 보았을 때의 충격 때문에 제정신이 아니었다. 목적지도 없고 주변을 살필 여유도 없이 떠돌아다녔다. 시간이 지나고 아무도 자신을 볼 수 없다는 걸 완전히 인식하게 되자 입시 때문에 못 한 여행을 할 마음이 생겼다. 그렇게 마음껏 세상을 떠다니던 어느 날, 처음으로 누군가 말을 걸어왔다.

"이봐, 아가씨!"

소리가 난 곳을 돌아보니 색이 바랜 낡은 한복을 입고 머리에 쪽을 뜬 여자가 서 있었다.

'조선 시대 귀신인가?'

다른 귀신이 자신을 볼 수 있고 자신 또한 다른 귀신을 볼 수 있다는 것이 놀라웠다. 귀신은 제 모습은 못 봐도 다른 귀신은 볼 수 있나 보다. 하긴 거울에는 모습이 비치지 않아서 얼굴을 못 볼 뿐, 고개를 내리면 팔다리는 잘 볼 수 있으니까. 저 귀신 눈에는 내 얼굴이 어떻게 보일까? 그런 생각들로 잠시 대답을 못 하고 머뭇거리고 있자 여자가 물었다.

"아가씬 어쩌다 귀신이 됐어?"

"저는 얼굴을 잃어버렸어요."

말하고 나니, 한동안 잊고 있던 죽기 직전의 끔찍한 고통이 몰려왔다. 두 손으로 얼굴을 가리고 펑펑 울었다. 여자가 다독여주었다. 처음 본 조선 시대 귀신에게 자신이 당한 일을 스스럼없이 이야기했다. 여자는 안타까워해주었고, 자신이 죽은 사연도 이야기해주었다.

막순이라는 이름의 여자는 남편이 노름빚을 갚으려고 자식을 노비로 팔려는 것을 막다가 맞아 죽었다. 이번에는 막순의 사연이 너무 가혹해서 또 울었다. 막순은 이젠 눈물도 안 나온다고 했다. 막순은 죽은 후 세상을 떠돌다가 이상한 무당을 만났다. 그 무당의 도움으로 흉악한 산적의 몸에 빙의해 남편을 잔인하게 죽여 복수했다고 했다. 복수하는 대목을 들으면서 울다 말고 "우와, 다행이다!"라고 외치며 시원하게 웃었다.

"어머나! 아가씨 이런 거 좋아하는구나? 잔인한 복수!"

막순의 말에 고개를 끄덕였다. 제 얼굴을 이렇게 만든 자에게 똑같이, 아니 이자까지 붙여서 더 고통스럽게 복수하고 싶었다.

"저도 복수하고 싶어요."

그러자 막순이 인자하게 웃으며 말했다.

"그래그래. 복수해야지. 복수하면 다시 예쁜 얼굴로 돌아갈 수 있어. 하지만 아가씨 복수는 내가 대신해줄게. 아가씨는 다른 귀신들 복수를 해줘."

"제가 직접 복수할 거예요. 다른 사람 몸에 빙의하는 방법을 알려주세요."

막순이 고개를 가로저었다.

"아니, 그럴 수 없어. 아가씨는 다른 사람 몸에 들어갈 수가 없어. 왜냐하면……."

막순은 잠깐 말을 끊고 흉측하게 일그러진 그녀의 얼굴을 쓰다듬었다.

"아가씨는 생령이니까. 아가씨 몸은 아직 살아 있어."

생명 등가의 원칙

명은 상담 테이블 위에 놓인 핸드폰 화면을 유심히 보았다. 이게 왜 경찰들 손에 있을까? 궁금증과 분노가 어우러져 머릿속이 부글거렸다.

"부적이네요. 부적에 문제가 있나요?"

화면에는 핏자국이 방울방울 스며 있는 부적 사진이 있었다.

"그건 아니고요. 이 부적이 어떤 사건 현장에 있었습니다. 혹시 사건 해결의 실마리가 될까 하고 부적의 출처를 찾는 중입니다."

명의 맞은편에 앉아 있던 늙수그레한 형사 김경욱이 대답했다. 경욱은 앞에 앉아 있는 명의 얼굴을 하나하나 뜯어보며 관찰하는 중이었다. 참으로 기묘한 분위기를 내뿜는 얼굴이었다. 실력이 모자란 분장사가 실패한 특수 분장 같기도 하고, 성형을 너무 많이 해서 근육이 굳은 것 같기도 한 얼굴이었다. 주름살 하나 없지만 피부가 매끈하지는 않았다. 조각가가 주무르다 만 미완의 작품 같은 울퉁불퉁한 얼굴이었다. 사고를 당해 크게 망가졌다가 수술로 어느 정도 얼굴의 형태를 복원한 것으로 보였다. 이런 흉터는 대부분 화상이 원인이다. 퇴마사라는 이 여자는 어쩌다 얼굴이 저렇게 됐을까? 플라스틱 카드로 긁으면 두껍게 긁혀 나올 것처럼 보이는 짙은 색조 화장도 얼굴의 어색함을 가려주지 못했다. 베테랑 형사인 경욱조차도 나이를 가늠할 수 없는 얼굴이었다.

명이 한참을 뚫어지게 쳐다보기만 할 뿐 아무런 말이 없자 경욱이 물었다.

"혹시 이 부적을 쓴 사람이 누군지 아시겠습니까? 아니면 직접 쓰셨거나……."

"제가 썼어요."

명이 짧게 대답했다. 경욱과 그의 파트너 이규영은 동시에 눈을 크게 떴다. 부적 때문에 이 사주 골목에 있는 점집을 쭉 훑고 있는 중이었다. 드디어 실마리를 찾았다. 그러나 기쁨도 잠시, 이 부적은 너무 흔하게 쓰는 부적이라 누구에게 써주었는지 특정할 수가 없다고 했다. 나이가 지긋한 경욱은 허탈했지만 표정에는 변화가 없는 반면, 옆에 있는 젊은 신참 형사 규영은 얼굴에 실망한 기색이 고스란히 배어 나왔다.

"무슨 부적입니까?"

경욱의 질문에 명은 말없이 형사들을 번갈아 보기만 했다.

"많이 쓰는 부적이면 액운을 막아주거나 행운을 가져다주는 그런 부적인가 보죠?"

명이 말이 없자 내내 조용하던 규영이 물었다. 그러자 명이 손가락으로 현관 쪽을 가리켰다.

"여기는 퇴마 전문 신당입니다. 신점을 보실 분은 다른 곳으로 가주시기 바랍니다."

명이 현관에 커다랗게 써 붙인 안내문을 읽었다. 고개를 돌려 안내문을 바라본 형사들은 '아!' 하는 표정으로 다시 명을 돌아봤다.

"퇴마해주는 부적이군요?"

"네."

"퇴마라는 게 정확하게 뭡니까? 제가 그런 쪽은 잘 몰라서요."

경욱이 물었다.

"말 그대로 마(魔)를 물리치는 거예요. 마는 악한 기운이고요. 악귀라고 하죠?"

"엑소시스트 같은 영화에서 신부님들이 하는 그런 거 말입니까?"

"퇴마사마다 퇴마 방식이 달라요. 신부님들이 하는 구마 의식은 영화처럼 하나 보죠. 스님들은 목탁을 두드리고 불경을 외던데."

명은 심드렁하게 대답했다. 어차피 형사들은 퇴마사라는 직업을 안 믿을 게 뻔했다. 너무나 절박한 나머지 미신의 힘이라도 빌리고 싶은 사람들을 속여 부적이나 팔아먹는 사기꾼 정도로 생각하겠지. 이런 사람들에게 진지하게 퇴마에 대해 가르쳐주느라

에너지를 낭비하고 싶은 마음은 없었다. 묻는 말에 서운하지 않을 정도로만 대답해서 빨리 보내버릴 심산이었다. 이들이 처음 신당에 들어와 경찰이라고 신분을 밝힐 때부터 명은 심기가 불편한 상태였다.

경욱도 퇴마에 대해 자세히 알고 싶은 마음이 없는 건 마찬가지였다. 살인범이 왜 이 부적을 갖고 있었는지가 궁금할 뿐이었다. 안타깝게도 범인은 제 주머니에 왜 부적이 있는지 전혀 모른다고 했다. 심지어 그는 자신이 살인을 한 일조차 기억나지 않는다고 말해 형사들의 머리에 쥐가 나게 만들었다.

CCTV에 찍힌 범인 박춘만은 식당으로 거침없이 달려 들어와 밥을 먹고 있던 피해자를 칼로 찔렀다. 누군가가 말리거나 피할 겨를 없이 순식간에 일어난 일이었다. 피해자의 죽음을 확실히 하려는 듯 박춘만의 팔은 같은 동작을 반복했다. 피해자가 세 번 찔렸을 때 피해자와 같이 밥을 먹던 남자가 박춘만의 팔을 잡았다. 그러자 박춘만은 칼을 휘둘러 그 남자에게 중상을 입히고 다시 피해자를 찔러댔다.

그 영상을 본 사람들 모두 원한에 의한 살인이라고 단정했다. 그러나 체포된 박춘만은 피해자와 일면식도 없었다. 피해자 주변 사람 중에도 박춘만을 아는 이가 없었다. 아무리 수사해도 피해자와 박춘만 사이에 접점은 없었다. 그러니 범행 동기가 나올 리 만무했다. 어쩌면 박춘만에게 살인을 사주한 교사범이 배후에 있을지도 모르는 일이었다. 경욱은 박춘만의 금융 거래 내역을 비롯해 주변과 소지품, 집에서 나온 물건들 하나까지도 샅샅이 조사하기로 했다. 피해자에 대한 조사는 다른 형사들이 하고 있었다. 경욱은 지푸라기라도 잡는 심정으로 박춘만의 주머니에서 나온 부적에 대해 조사하기 위해 여기까지 와 있는 것이었다.

"그러면 주로 어떤 사람들이 여길 찾아옵니까? 뭐, 빙의 같은 일로 찾아오는 건가요?"

경욱이 물었다.

"악귀가 사람한테 들러붙으면 빙의라고 하죠. 드라마에서는 빙의가 가장 흔하지만, 악귀는 사람한테만 붙는 게 아니에요. 집에 붙어서 집 안 사람들을 괴롭히기도 하고 차에 들러붙어서 차 안에 탄 사람들을 위험에 빠뜨리기도 해요. 어떤 악귀들은 지박령이 돼서 그 장소를 지나거나 들른 사람들에게 불운을 가져다주기도 하죠. 악귀도 원래는 사람이었어요. 사람마다 개성이 다르듯이 악귀가 사람을 괴롭히는 방법도 무궁무진해요."

"그러면 귀신이 자신 또는 가족을 괴롭히고 있다고 생각하는 사람들이 여기 와서 도움을 청하는 건가요?"

"네."

경욱이 잠시 생각하느라 말을 끊은 사이 규영이 물었다.

"근데요, 아까 보여드린 부적이 많이 쓰는 부적이라고 하셨잖아요. 악귀의 수법은 다양한데, 같은 부적으로 그걸 다 물리칠 수가 있나요?"

규영은 정말로 궁금한 얼굴로 눈빛을 반짝이며 물었다. 누가 보면 형사가 아니라 오컬트 동호회에서 퇴마사 탐방을 나온 청년 회원으로 착각할 정도였다.

"총이라고 생각하세요."

"네?"

"총으로는 어떤 사람도 다 죽일 수 있죠? 남녀노소, 높은 사람, 낮은 사람, 군인, 경찰, 일반인, 죄인……."

규영은 '아아!' 하며 고개를 끄덕였다. 그사이 다른 사진을 찾은 경욱이 핸드폰을 다시 내밀었다.

"혹시 이 사람은 기억하십니까? 그 부적을 갖고 있던 사람인데요."

명은 남자의 사진을 보자마자 화가 치밀어올랐다. 그러나 그녀의 표정에는 미간을 찡그리는 정도의 변화조차도 일지 않았다. 그녀의 미간에 자리 잡은 깊은 상흔은 미세한 근육의 움직임을 허락하지 않았다. 사진을 확인하는 명의 표정을 유심히 관찰하던 경욱은 아무런 변화도 감지할 수 없었다. 잠시 뜸을 들이던 명이 대답했다.

"아무리 생각해보려고 해도 이 얼굴은 기억나지 않아요. 신당에 온 적이 없는 사람인 것 같네요."

"보통 퇴마 상담하러 온 사람이면 정확히는 아니라도 대충 이런 사람이 왔었다는 거 정도는 기억하지 않나요?"

경욱이 핸드폰을 주머니에 넣으며 물었다.

"다른 사람이 받아 갔나 보죠."

명은 대단한 일도 아니라는 듯 지나가는 말처럼 대답했다. 사진을 보고 잠시 머뭇거리며 화를 많이 가라앉힌 상태였다. 물론 명의 표정을 읽는 데 실패한 경욱은 명의 심경 변화를 전혀 알 수 없었다. 경욱은 명의 말에 설명을 요구했다.

"부적은 미신이라고들 생각하잖아요. 사람들은 미신을 터부시하고……. 그래서 정작 귀신한테 괴롭힘 당하는 당사자는 병원 다니면서 헛돈 날리게 되죠. 당사자 주변의 다른 사람이, 보통은 부모나 친척 어른들이 그러시는데요, 당사자 대신 와서 사정 얘기하고 부적을 받아 가서 몰래 그 사람 옷에 넣어놓기도 해요. 아니면, 그 범인이……."

범인이라고 말한 명은 속으로 아차 하며 얼른 말을 고쳤다.

"어…… 범인 맞나요? 피해자인가요? 뭐, 아무튼 그 사람이 남의 옷을 입고 있었을 수도 있죠. 형제나 자매끼리는 마음에 드는 옷 몰래 훔쳐 입고 그러잖아요?"

"아까 보신 사진 속 남자가 범인이라고 생각하세요?"

명이 말을 마치자마자 쉴 틈도 주지 않고 경욱이 물었다.

"아니, 범죄 현장에서 발견된 거라고 아까 그러셔서 범인일 거라고 생각한 거 같아요. 제가 경찰이 수사하는 드라마를 많이 보거든요."

명의 표정에는 별다른 변화가 없었지만 말투는 지금까지의 차분함을 잃었다. 경욱은 그 속에 미세하게 스며든 당황스러움을 잡아냈지만 모른 척 주위를 둘러보며 말했다.

"예, 알겠습니다. 그러면 혹시 모르니 여기 CCTV 영상을 좀 받아 갈 수 있을까요?"

"CCTV 없는데요."

경욱의 요청에 명이 딱 잘라 말했다. 경욱은 영업하는 곳에

CCTV가 없다는 게 이해가 가지 않았다.

"제가 카메라에 찍히는 걸 싫어해서요."

명의 말을 들은 경욱과 규영이 동시에 이해했다. 얼굴이 저렇게 됐으니 그럴 법도 하다.

"실은, 아까 보여드린 그 사람이요, 그러니까 주머니에 부적을 갖고 있던 그 남자가 살인을 했습니다."

경욱이 말했다. 명은 살인이라는 말에 약간 눈이 커진 듯도 했으나 워낙 표정을 알 수 없는 얼굴이라 놀라긴 한 건지 구분이 되지 않았다.

"그런데 살인한 그 순간을 전혀 기억하지 못하고 있어요. 인생에서 그 시간만 뚝 떨어져 나간 것처럼 아무것도 기억이 안 난대요. 악귀가 사람을 그렇게 만들 수 있습니까?"

경욱이 진지하게 물었다. 마치 악귀의 존재를 믿는 사람처럼. 그러나 명은 여전히 경욱이 퇴마를 사기 행각으로 여기고 있다는 걸 알고 있었다. 어떤 대답이 듣고 싶어서 저렇게 묻는 거지?

"빙의되면 그럴 수 있어요. 귀신이 사람 몸에 들어가 그 사람을 조종해서 살인을 저지르면 기억을 못 해요."

"그러면 그 귀신은 어디로 갔을까요? 지금은 온전히 제정신인 것 같던데요."

"나갔겠죠. 귀신이 괜히 사람을 괴롭히는 게 아니에요. 그들에게는 목적이 있어요. 그 목적을 달성하면 더 이상 사람을 괴롭힐 이유가 없어요."

"그러면 부적이 효과가 없었다는 말씀인가요? 귀신을 물리치지 못하고 빙의됐잖아요."

이번에는 규영이 물었다. 규영은 아까부터 악귀와 퇴마에 관심이 많은 눈치였다.

"부적은 늘 몸에 지니고 있어야 해요. 그래서 행운의 부적 같은 건 사람들이 지갑이나 핸드폰 케이스 안쪽에 많이들 넣어놔요. 그런데 그 살인자는 부적이 주머니에 있었다고 하셨죠? 옷은 하루도 안 돼서 갈아입잖아요. 부적을 받아 간 사람이 살인자와 무슨 관계인지는 모르겠지만 하루 종일 옆에 있으면서 옷을 갈아입을 때마다 부적을 슬쩍 넣어줄 수 있었을까요? 주머니에 있던 부적이 세탁기 안에 안 들어간 것만도 신기한 일이네요."

형사들은 고개를 끄덕이며 수긍하는 눈치였다. 형사들은 더 이상 이곳에서 살인 사건과 관계된 어떤 단서도 얻을 수 없다고 판단하고 자리에서 일어났다. 규영은 나중에 물어볼 게 있으면 연락하겠다며 명함을 요구했다. 규영의 표정엔 수사에 관한 게 아니라 퇴마에 대한 사적인 궁금증이 가득했다. 명은 썩 내키지 않았지만 규영의 웃는 얼굴에 명함을 건넸다. 명함을 받아 든 규영은 이름을 확인했다.

"그러면 채명 퇴마사님, 기회가 되면 연락드리겠습니다."

형사들이 인사하고 문을 향해 뒤로 돌았다. 규영이 문을 향해 걷는데, 경욱이 머뭇거리더니 다시 뒤돌아 명에게 물었다.

"아, 참! 잊어버릴 뻔했습니다. 부적은 보통 경면주사로 쓰죠? 빨간색 돌가루요."

"네."

"그런데 그 부적에는 경면주사 말고도 조금 색이 다른 게 있더라고요. 핏자국 같던데……."

"제 피입니다."

명은 아무렇지도 않게 대답했지만 형사들은 눈이 커졌다.

"귀신에게 '이 부적으로 너를 내쫓는 자가 너보다 훨씬 강하다'는 것을 보여주는 거예요. 제 피를 보여줌으로써 제 힘을 느끼게 해주는 거죠."

형사들은 뭔가 더 물으려다 그냥 인사만 하고 나갔다. 형사들이 밖으로 나가자 직원인 주하가 현관 앞에 소금을 뿌렸다.

"정말로 악귀가 빙의된 걸까요?"

신당 밖으로 나오자 규영이 물었다.

"헛소리 그만하고. 부적은 아닌 거 같다. 박춘만의 물건 중에서 또 이상한 게 뭐가 있었지?"

경욱이 규영을 핀잔했다. 혹시나 하고 주변을 둘러보던 경욱의 눈에 방범용 CCTV가 들어왔다.

"저 CCTV 딸까요? 여기 드나든 사람들이 찍혔을 거 아네요? 그러면 부적을 누가 받아 갔는지도 나오고……."

경욱이 한심하다는 눈빛으로 규영을 잠시 쳐다보았다. 며칠을 고생해서 한 달치 화면을 다 훑어본다고 그 속에서 박춘만이나 피해자와 관련된 사람을 찾을 리는 만무했다. 형사라고 해서 그들의 지인을 모두 알고 있는 건 아니니까. 게다가 피해자의 몸이나 집에서는 부적이 나오지도 않았기 때문에 부적이 두 사람의 접점이 될 수도 없었다. 그 말을 듣고도 규영은 부적에서 마음이 떠나지 않았다.

"그러면 귀신이요……."

"아, 정말!"

규영이 또 귀신 얘기를 꺼내자 경욱이 버럭 화를 냈다.

"귀신 어쩌고 할 시간 있으면 피해자 주변이나 살펴봐. 무슨 소송에 걸리거나 원한 살 만한 짓을 한 적이 있는지, 그런 것들."

경욱은 짜증이 밀려와 규영에게 쏘아붙이고 차를 향해 성큼성큼 걸었다.

"아, 제 말이요. 귀신이라는 건 세상에 없을지도 모르지만, 귀신이 되어서 남한테 빙의해서까지 피해자를 증오할 사람은 있을지도 모르잖아요. 그러니까 선배님 말씀대로 피해자한테 피해를 입은 피해자를 조사하면 범인과의 연관성도 있지 않겠냐는……. 저기, 선배님? 선배님, 같이 가요!"

경찰서로 돌아가는 차 안에서 깊은 생각에 잠긴 채 한참 동안 침묵하던 경욱이 조용히 물었다.

"퇴마사라는 그 여자 어떤 거 같냐?"

"신기하던데요? 정말 퇴마 부적이 귀신을 쫓을까요? 퇴마하는 거 한번 보고 싶더라고요."

규영은 사수의 물음을 전혀 엉뚱한 방향으로 해석하고 신이 나서 동문서답했다. 경욱은 한숨을 쉬었다. 지구대 근무만 2년 하다가 형사가 되어 처음 사건을 맡은 이 어린 후배를 어찌 가르칠까 고민이 컸다. 규영에게 과학적 증거와 이성적 판단에 대해 몇 분간 타이름과 가르침을 준 후 무거운 목소리로 말했다.

"그 여자, 아무래도 박춘만을 알고 있는 것 같아."

"예에? 박춘만을 본 적 없다고 했잖아요."

"박춘만 사진을 보고 잠시 머뭇거렸어."

"그건 혹시 본 적이 있는지 기억을 더듬어보느라……."

"박춘만을 범인이라고 했어."

"처음엔 범인이라고 했어도 곧바로 피해자냐고 물었잖아요."

"보통은 '그 사람'이라고 하지 범인이라고 하지 않아. 그리고, 너! 외계인이니 유령이니 하는 것들 좋아해서 그런 동호회까지 들었다고 했지? 네가 좋아한다고 그것과 관련된 사람이 모두 선한 게 아니야. 객관적으로 생각해. 자꾸 변호하려고 하지 마."

규영은 선생님께 꾸중 들은 아이처럼 꽁해서 경찰서에 도착할 때까지 조용히 운전만 했다. 머릿속으로는 정말 퇴마사님이 박춘만을 알고 있을까 고민하면서.

*

"부적을 경찰한테 뺏긴 게 누구예요?"

현관 앞에 소금을 뿌리고 나서 주하가 물었다.

"박춘만한테 빙의한 귀신!"

명은 잡아먹기라도 할 듯이 으르렁거리며 주먹으로 상담 테이블을 내리쳤다.

그 원혼이 명을 찾아온 건 100일 전쯤이었다. 그날 명과 주하는 상담 테이블을 사이에 두고 서서 대치 중이었다. 멀리서 보면 대단히 중요한 말을 나누는 것처럼 보이겠지만, 이들은 툭하면 별것 아닌 일로 진지하게 티격태격했다.

"지금 창고에 향로가 몇 개인 줄은 알고 계세요?"

"열……."

"여얼? 열이요? 제가 맨날 창고 들어가서 살펴보고 한숨 쉬는데요, 자그마치 서른여섯 개예요. 지금 이 택배 때문에 서른일곱 개가 될 거라고요."

기어드는 목소리로 열 몇 개라고 대답하려던 명은 주하의 큰 소리에 눈을 감아버렸다.

"지금 있는 서른여섯 개 중에 한 번도 안 쓴 건 몇 갠 줄 아세요? 누나는 이런 거 자꾸 사들이면서 정작 늘 쓰던 것만 쓰잖아요. 쓰지도 않을 걸 왜 자꾸 사시는 거예요? 이건 또 얼마예요? 모양 보니까 일이만 원 가지고는 턱도 없을 것 같은데?"

명은 아무 말도 하지 않았다. 제 가격을 말하면 주하가 탄성을 지르며 한숨 쉴 게 뻔했고, 가격을 낮춰 말하면 인터넷을 뒤져서 정가를 알아낼 게 뻔했다. 주하가 다시 잔소리를 펼쳐놓으려 입을 열자마자 명이 왼팔을 뻗어 손을 흔들며 막았다.

"고객님 오셨다. 빨리 이거 치워."

명의 다급한 말에 주하는 허둥지둥 뚜껑 열린 택배 상자와 옆에 널브러진 비닐 테이프를 주워 들고 카운터 자리로 향했다. 상자를 카운터 아래에 내려놓고 자리에 앉은 주하는 상담 테이블에 단정히 앉아 입꼬리를 당겨 올리고 있는 명을 보았다. 좀 부자연스럽긴 하지만 명의 저 표정은 영업용 미소였다. 명이 바라보는 정면에는 아무도 없었기에 주하는 정말 고객이 온 것인지 알 수가 없었다. 어쩌면 잔소리를 막기 위해 고객이 온 척 연기를 한 게 아닐까? 명이 말한 고객을 주하는 볼 수 없으니 주하가 그런 의심을 하는 것도 당연했다.

주하가 의심하든 말든 명은 앞에 서 있는 귀신을 올려다보며 열심히 얼굴에 힘을 주어 미소를 지어 보였다.

"제가 보이나요?"

귀신이 조심스럽게 물었다.

"물론이죠. 여긴 어떻게 알고 오셨나요?"

"와아, 정말이네. 정말로 저를 보고, 제 목소리를 들을 수 있어요? 막순이라는 한복 입은 아줌마 귀신이 여기로 가면 저를 도와줄 사람이 있다고 해서 왔어요."

오늘도 막순은 영업 활동을 훌륭하게 해냈다. 명은 도움이 필요한 상황이라면 아주 잘 찾아왔다고 말해주고는 주하에게 큰 소리로 말했다.

"주하야, 고객님께 바나나 우유랑 초코파이 좀 내드려."

주하는 얼른 일어나 움직였다. 냉장고에서 먹을 것을 꺼내며 정말 고객이 있는 것인지 여전히 궁금해했다. 상황은 의심스럽지만 쟁반에 초코파이 두 개와 바나나 우유를 담아서 고객 쪽 상담 테이블에 놓았다. 초코파이는 먹기 좋게 포장을 벗겼고, 바나나 우유에는 빨대를 꽂았다.

"군인이신 거 같아서 단 것들로 준비했어요. 군대에 있을 땐 그렇게 단것이 당긴다고 들었거든요. 괜찮으신가요?"

주하는 속으로 고객님이 군대에서 죽은 사람이구나 하면서 카운터 자리에 앉았다. 군인이라는 말을 듣는 순간 명에 대한 의심은 사라졌다. 명은 잔소리를 피하기 위해 군인이라는 구체적인 거짓말을 생각할 만큼 거짓말에 능한 사람이 못 되었다.

군복을 입고 있는 귀신은 감사하다고 인사한 뒤 초코파이와 바나나 우유를 게 눈 감추듯 먹어치웠다. 그 모습은 명의 눈에만 보였다. 주하의 눈에 초코파이와 바나나 우유는 미동도 하지 않았다.

"배가 고프셨나 봐요. 좀 더 드릴까요?"

군인 귀신은 친절하게 묻는 명에게 괜찮다고 했다. 명이 손짓하자 주하는 상담 테이블에 놓았던 쟁반을 다시 들고 왔다. 쟁반에는 초코파이 두 개와 바나나 우유가 그대로 있었다. 이어서 명은 허기진 배를 채우고 마음이 한결 편안해진 귀신의 사연을 들었다.

"저를 죽인 놈들은 정신병자거나 사이코패스가 분명해요. 사람 괴롭히는 게 사는 낙인 놈들이에요."

"군대에서 괴롭힘을 당하다 사망하셨다는 말씀인가요, 이한별 씨?"

귀신이 입고 있는 군복 이름표에 '이한별'이라고 쓰여 있었다.

"네, 맞아요. 폭행은 기본이고, 그 외에도 할 수 있는 모든 나쁜 짓을 다 했어요."

한별은 자신이 이렇게 된 분한 사연을 털어놓기 시작했다. 자대에 들어간 지 며칠 되지 않아 아직은 숨 쉬는 것마저 긴장될 정도로 군기가 바짝 들어 있을 때였다. 저녁을 먹고 생활관에 들어가 있었는데, 상병 두 명이 과자를 잔뜩 사 와서는 먹으라고 했다. 방금 저녁 식사를 마친 한별은 잠시 주저하다가 지금은 배가 부르니 나중에 먹겠다고 용기 내어 말했다. 상병들은 선임이 막내가 예뻐서 사 왔는데 건방지게 안 먹는다며 화를 냈다. 이제 막 들어온 이병에게 거부권은 없었다. 하는 수 없이 상병들이 보는 앞에서 과자를 꾸역꾸역 먹다가 결국 화장실로 달려가 토하고 말았다. 그런데 상병들은 화장실까지 쫓아와 등을 두드려주면서, 다른 사람들에게는 한별이 저녁을 급하게 먹어서 얹힌 거라고 둘러댔다. 한별은 차마 그게 아니라고 말할 수 없었다. 먹던 과자를 전부 게워내고 난 후, 상병들은 남은 과자를 마저 먹였다.

"이런, 나쁜 놈들!"

명이 분노하며 말했다. 명은 늘 상담의 기본은 공감과 맞장구라고 말해왔다. 상담의 기본을 잘 지키면 원혼들은 명에게 쉽게 마음을 열게 된다. 그 말대로 한별은 이런 짧은 공감의 말에 힘입어 그동안 당했던 억울한 일들을 술술 풀어놓았다.

"근데 그게 시작이었어요. 감히 선임이 사 준 과자를 다 토했다고 생활관에서 플랭크 자세로 몇 시간을 있게 했어요."

"그게 가능해요?"

명이 놀라 물었다. 홈 트레이닝을 하겠다고 인터넷을 뒤지며 이런저런 운동을 따라하던 중에 플랭크를 한 적이 있었다. 홈 트레이닝은 작심삼일이었지만 플랭크는 1분도 하기 힘들었다는 기억이 깊이 남아 있었다.

"플랭크를 어떻게 몇 시간씩 해요? 당연히 중간에 쓰러졌죠. 그랬더니 슬리퍼 신은 발로 제 얼굴을 밟았어요."

상병들은 한별의 얼굴에 상처가 생기면 나중에 상부로부터 추궁이 들어올까 봐 세게 밟지는 않았다. 그래서 아프진 않았지만, 그 치욕스러움은 말로 다 표현할 수 없을 만큼 컸다. 그날 한별은 플랭크를 하다가 쓰러지고 밟히기를 새벽까지 반복했다. 상병들은 이삼일에 한 번꼴로 그렇게 한별을 괴롭히더니 언제부턴가 매일 밤마다 괴롭혔다. 먹이는 것도 점점 사람이 먹을 수 없는 것으로 바뀌었다. 저희들이 남긴 잔반을 한별의 식판에 쏟아놓는 건 기본이었고, 채소를 다듬고 버린 무른 잎을 가져와서 먹어 보라고 하거나 조미료를 얼마나 먹으면 토하는지 궁금하다며 숟가락으로 퍼 먹어보라고 했다.

하루는 한별이 양치하고 있는데 갑자기 불렀다. 한별이 얼른 입 안을 헹구고 대답하자 늦게 대답했다고 뺨을 때렸다. 이번에도 멍이 들 정도로 아프게 때리지는 않았지만, 한별의 기분을 최대한 나쁘게 하려고 손바닥으로 찰싹찰싹 여러 차례 때렸다. 한별은 그렇게 따귀를 맞을 때마다 "감사합니다!" 하고 큰 소리로 외쳐야 했다.

"예에? 그게 무슨 소리예요? 그게 왜 감사한데요?"

명이 경악하며 물었다.

"선임이 후임한테 하는 건 무조건 감사한 거래요. 자기들도 이병 땐 그랬다고, 그게 전통이래요."

"미친……."

명은 욕이 튀어나오려는 것을 가까스로 참았다. 이번에는 상담을 위한 맞장구가 아니라 상병들의 행태에 정말로 화가 나서 나온 말이었다.

"진짜 그 미친놈들이 대답을 빨리 하려면 입 안에 있는 치약을 삼키고 대답하는 거라면서 치약 한 통이 다 없어질 때까지 삼키고 대답하는 연습을 시켰어요."

명은 이번에도 단전에서부터 우러나오는 욕을 목구멍에서 겨우 삼켜 내렸다.

괴롭힘은 점점 강도를 더해갔다. 샴푸를 먹고 토하면 거품이 나오는지 궁금하다며 샴푸를 먹이는가 하면, 레몬향이 나는 식기 세척제는 레몬 맛이 나는지 먹어보라고 하거나, 벌레를 먹이곤 고양이처럼 울어보라고 시켰다. 맨날 위가 터질 만큼 음식을 먹이거나 먹을 수 없는 걸 먹여서 먹고 토하고를 반복하다 보니 한별의 위장은 상할 대로 상했다. 나중에는 제대로 된 음식도 먹을 수 없게 됐다.

게다가 밤에는 하루의 독기를 뺀다는 구실로 플랭크, 기마 자세, 팔굽혀펴기, 스쿼트 같은 것들을 몇 시간씩 시켜서 잠을 못 자게 했다. 지쳐서 쓰러지면 무좀 난 발로 얼굴을 밟고 비볐다. 한별이 너무 힘들다고, 제발 그만 괴롭히라고 그들 다리에 매달려서 울었더니, 그들은 하루 종일 신었던 군화를 내밀었다.

"저보고 자기 군화를 깨끗이 닦으래요. 그러면 오늘은 일찍 재워주겠다고. 그런데 혀로 핥아서 닦으래요."

"이런, 개……!"

명은 얼른 손으로 제 입을 틀어막았다. 하마터면 고객님 앞에서 찰진 욕을 뿜을 뻔했다.

"그놈들은 성 고문도 했어요. 제 성기에다가……."

"네, 고객님. 고객님의 억울한 사연은 충분히 들은 것 같습니다."

명은 급하게 두 손바닥을 내밀어 한별의 말을 막았다. 다음 얘기까지 들으면 제 입에서 튀어나오는 욕을 더 이상 막을 수가 없을 것 같았다. 게다가 '성 고문'이라는 말이 명을 대단히 불편하게 만들었다.

"상부에 도움을 요청할 생각은 안 하셨나요?"

명이 묻자 한별은 한숨부터 쉬었다.

"왜 안 했겠어요? 주임 원사님께 말씀드렸죠. 사실은 제가 그렇게 당하고 사는 걸 간부들이 알면서도 모른 척하고 있었어요. 그래서 위에 말해도 소용없겠구나 하고 그냥 버텼던 거예요. 그놈들이 제대할 날만 기다리면서요."

"알면서도 모른 척했다고요? 괴롭힌 놈들이 뒷배가 든든한가요? 국회의원 아들이라도 돼요? 아니면, 스타 아들?"

"그런 것 같아요. 그 상병들 중에 하나가 주도해서 절 괴롭혔고, 또 하나는 옆에서 거드는 정도였거든요. 근데 주로 괴롭힌 상병이 그 당시 어디 시장인가 도지산가의 아들이라는 소문이 있었어요. 그땐 소문이었지 확실한 건 아니었거든요. 소문도 소문이지만, 이런 사건을 들쑤셔봐야 부대 이미지만 나빠지고 간부들 징계나 받지, 좋을 게 없잖아요. 그래서 모른 척하고 지나가는 거 같았어요."

한별은 상부의 도움 같은 건 포기하고 시간이 가기만 기다렸다. 그러나 상병들이 억지로 입에 집어넣는 이상한 것들 때문에 한별의 몸은 더 상해갔고, 한별의 신체에 난잡한 짓거리를 하며 히죽거리는 그들의 모습에 수치심은 극에 달했다. 차라리 죽어버리는 게 낫겠다고 생각했다. 그러나 이대로 죽으면 슬퍼할 부모님의 얼굴이 떠올랐고, 선임이 괴롭혀온 사실이 묻힐 게 억울했다. 지푸라기라도 잡는 심정으로 없는 용기를 쥐어짜 주임 원사에게 힘들게 말했다. 너무 힘들다고, 도와달라고……. 한별의 말을 들은 주임 원사는 고개를 끄덕이며 알았다고 했다. 한별은 주임 원사가 알아주었으니 이제 상병들에게 시달리지 않을 줄 알았다. 하지만 한별의 착각이었다.

"어떻게 알았는지 그놈들이 왜 꼰질렀냐면서 전보다 더 심하게 괴롭혔어요. 그때부턴 구타도 했는데, 티 나지 않게 하려고 딱 한 대, 어떨 땐 두 대를 아주 세게 급소만 골라서 때렸어요. 누가 봐도 훈련하다 생긴 멍이라고 생각하게요. 그러다 잘못 때려서 제가 기절한 적이 있었어요. 그놈들은 제가 숨을 안 쉬니까 놀라서 CPR까지 했어요. 그 후로는 때리지 않고 대신 바늘로 찌르더라고요."

"바늘로 찔러요?"

"네. 바늘귀만 남을 정도로 깊이요."

명의 입이 저절로 벌어졌다. 그 상병들은 한별을 괴롭히는 특별한 이유도 없었다. 하루가 힘들고 피곤해서, 심심해서, 재미있어서, 그냥 한별이 눈에 보여서 같은 게 이유였다. 바늘로 온몸 여기저기를 찔러댔다. 기분이 안 좋은 날에는 심장에서 가까운 곳을 찌르면서 이걸 심장까지 밀어 넣으면 너는 죽는다고 겁을 줬다. 하루하루가 지옥이었다. 그러나 상부에 알릴 수가 없었다. 이미 상부에 말했다가 더 심하게 당하고 있었다. 부모님이 걱정하실까 봐 부모님께도 말하지 못했다. 후임이 생기면 제 고통이 끝나지 않을까 기대하며 시간이 가기만 기다렸다. 얼굴도 모르는 후임에게 고통을 전가하는 것 같아 괜히 미안했지만 그럼에도 불구하고 후임이 들어오기만 기다렸다. 그러다가 결국 사건이 벌어졌다.

며칠 전부터 끊임없이 장맛비가 내려 세상이 축축해져 있던 날이었다. 그날 오후부터 반가운 해가 구름 사이로 잠깐씩 얼굴을 내비쳤다. 비는 그쳤지만 구름이 해를 가리고 있는 동안에는 사방이 눅눅해 머릿속에 먹구름이 낀 것처럼 기분이 가라앉았다. 그러다 해가 구름을 뚫고 나오면 그 열기가 빨아들인 습기 때문에 공기가 찐득해지고 불쾌지수가 한없이 올라갔다. 한별이 아주 괴로운 저녁을 보내게 될 것이라고 예감하기에 충분했다. 빗나가길 바랐던 예감은 적중했고, 상병들의 주먹도 급소에 적중했다. 그들은 한별의 호흡이 멈출 정도로 위험했던 일 때문에 한동안 멈췄던 구타를 그날은 끝내 참지 못하고 저질렀다.

한밤중 상병 하나와 한별이 경계 근무를 서기 위해 산 중턱에 있는 초소까지 올라가던 중이었다. 상병이 비탈진 진흙 길에 미끄러져 넘어질 뻔하면서 한쪽 무릎을 꿇었다. 다행히 넘어지진 않았지만 바지 한쪽의 무릎 아랫부분과 땅을 짚은 한쪽 손이 진흙 범벅이 되었다. 초소에 들어온 후 앞서 근무하던 병사들이 돌아가는 걸 확인한 상병은 애꿎은 한별에게 욕을 하며 화풀이하기 시작했다. 한별이 한참 동안 상병의 욕을 먹으며 정신이 혼미해지려 하는데 갑자기 다른 상병이 들어왔다. 들어온 상병은 오늘 하루 종일 부처처럼 화를 참았다면서 딱 한 대만 때리고 가겠다고 했다. 그러자 한별과 함께 근무를 서던 상병도 말로는 화가 안 풀린다며 한 대를 보탰다. 하루의 화를 모두 담아 내지른 주먹 두 대에 한별은 쓰러졌다. 오랜 가혹 행위로 몸이 망가질 대로 망가진 한별은 급소를 가격한 주먹을 버티지 못하고 숨을 멈추었다. 이번엔 CPR도 먹히지 않았다. 겁을 집어먹은 두 상병은 한별의 시신을 초소 밖으로 들고 나가 근처에서 제일 가파르다고 생각되는 산비탈 아래로 굴려버렸다. 근무도 아닌데 한별을 괴롭히기 위해 왔던 상병은 곧바로 돌아가고, 근무 중이던 상병은 한별이 실족을 하는 사고가 있었다고 상부에 보고했다.

상부는 한별이 배탈이 나서 초소 밖으로 뛰어나갔다가 진흙 길에 미끄러지면서 굴러 떨어졌다는 어설픈 거짓말을 믿었다. 상부에서 거짓말을 알면서도 믿은 데에는 현 광역단체장이자 차기 대권 후보로 거론되는 상병의 아버지라는 배경이 있었다. 그 아버지가 어떻게 손을 썼는지 한별의 시신은 제대로 된 검시도 이루어지지 않은 채 사고사로 처리되었다. CCTV에 찍힌 영상도 삭제되었다. 군에서는 한별의 가족에게 CCTV가 고장 나 그 당시 상황이 찍히지 않았다고 했다. 가족은 억울했지만 그 말을 믿을 수밖에 없었다. 마침 값싸고 부실한 CCTV가 군에 납품된 사실이 뉴스에 보도되던 시기였다.

"근무지 이탈해서 똥 누러 갔다가 죽은 사람이 됐어요."

한별은 자조적인 웃음을 지었다. 한별의 입은 웃고 있었지만 눈은 점점 젖어들었다.

"정말 많이 억울하셨겠어요."

명이 한별의 마음을 깊이 이해한다는 뜻으로 고개를 끄덕이며 말했다.

"그래서 그놈들에게 복수하지 않으면 전 영원히 구천을 떠돌 것 같아요."

"네, 그렇게 억울한 사연이면 복수하셔야죠. 복수하시고 편안한 마음으로 성불하십시오."

"저를 죽인 상병들도 죽이고, 제가 도와달라고 했는데도 무시하고 상병들한테 말한 주임 원사도 죽이고, 제 죽음을 사고사로 묻어버린 대위도 죽여버릴 거예요."

명은 네 명이나 죽이겠다는 한별의 말에 놀라 눈빛에 당혹감이 어렸다. 명이 도와줄 수 있는 복수는 단 한 명뿐이었다. 죽은 귀신의 생명은 하나이니, 그 귀신이 거둘 수 있는 생명도 하나여야 공평하다는 명 나름의 신념이자 규칙이었다. 뭔가 있어 보이는 명칭을 붙이길 좋아하는 주하는 그것을 '생명 등가의 원칙'이라고 했다.

그때부터 명의 힘든 설득이 시작되었다. 한 명만 죽여라, 싫다, 네 명 죽여야 원한이 풀린다, 하며 옥신각신하던 끝에 명이 한별을 신당에서 내쫓았다. 그러고는 영업 담당인 막순을 불러 왜 그런 애를 소개했냐고 타박했다. 막순도 명의 이야기를 듣고는 그런 애인 줄 몰랐다며 분개했다.

다음 날 한별이 다시 명을 찾아왔다. 복수할 수 있는 길을 알게 된 원혼이 쉽게 포기할 리 없었다. 다시 한번 명과 한별 사이에 언쟁이 시작됐다. 명이 나가라고 소리쳐도 한별은 막무가내였다. 결국 명이 막순을 불러냈다. 막순은 매일 아침마다 명이 정성으로 올리는 치성 덕분에 영력(靈力)이 상당했다. 막순은 한별을 힘으로 밀어냈다. 그러나 한별은 포기하지 않고 계속 찾아왔다. 시도 때도 가리지 않고 찾아오는 한별로부터 명의 편안한 잠자리를 지키기 위해 막순은 신당에 24시간 대기조가 되어 경비를 섰다. 그러다 지친 막순은 어느 날 어김없이 찾아온 한별을 끌고 신당 밖으로 사라졌다.

신당에서 최대한 먼 곳까지 끌고 온 막순은 왜 고집을 부리느냐고 따졌다. 한별은 분통하고 원통한 제 마음을 몰라준다고 항변하다 땅을 치고 울었다. 막순은 그 딱한 사정을 알기에 한별을 어르고 달랬다. 그러다 한별이 배가 고프다고 하면 향냄새가 나는 곳으로 찾아가 그 집 제삿밥을 얻어먹였다. 며칠을 설득하고 제삿밥을 얻어먹이며 달래도 한별이 고집을 꺾지 않자, 막순은 한별의 영혼을 완전히 소멸시켜 복수고 뭐고 아무것도 할 수 없게 만들겠다고 협박했다. 사실 막순은 영혼을 소멸시키는 방법

같은 건 알지 못했다. 하지만 평소 막순의 힘에 눌려 있던 한별은 막순의 말을 그대로 믿고 겁을 집어먹었다. 결국 복수는 한 명에게만 하겠다는 약속을 받아냈다.

막순은 한별을 끌고 나간 지 닷새만에 신당으로 데리고 돌아왔다. 명을 본 한별은 한 명에게만 복수하겠다고 시무룩하게 말했다. 그 말을 듣자 막순은 한숨을 쉬며 털썩 주저앉았다.

"닷새 동안 설득하느라 힘들어서 죽다 살아났어."

'언니 이미 죽었어.'

명은 그렇게 말하고 싶었지만 입을 열진 않았다. 대신 한별에게 여러 번 다짐을 받았다. 한별은 꼭 한 명만 죽이겠다고 여러 차례 대답했다. 명과 막순은 반복된 다짐 끝에 한별의 복수를 도와주기로 약속했다.

살아 있는 사람에게 들어가 원래 주인인 영혼을 재우고 그 몸을 마음대로 조종하려면 엄청난 영력이 필요했다. 영력은 본인의 의지와 끊임없는 훈련에 명의 치성이 더해져야 키울 수 있었다. 한별을 훈련시키는 건 막순이 담당했다. 막순은 명의 패딩에서 빠져나온 거위 솜털 한 개를 신당 한구석에 보관하고 있다가 한별 같은 고객을 훈련시키는 데 사용했다. 한별은 막순이 시키는 대로 테이블 위에 놓인 거위 털을 옆으로 밀어내는 것부터 연습했다. 처음에는 아무리 애를 써도 한별의 손가락이 거위 털을 통과해 지나가기만 했다. 그러다 한별이 훈련을 시작하면서 동시에 시작된 명의 치성이 한 시간 후부터 힘을 발휘했다. 한별의 손가락에 스친 솜털의 끄트머리가 살짝 움직였다. 그 모습에 고무된 한별은 더 집중했고, 훈련을 시작한 지 두 시간 만에 거위 털을 옆으로 밀어내는 데 성공했다.

실체가 없는 영혼이 물리적인 힘을 쓰는 방법을 알아내자 힘을 늘려가는 과정은 명의 치성 없이도 스스로 연습을 통해 이뤄낼 수 있었다. 다만, 솜털이나 면봉처럼 무게를 거의 느낄 수 없는 것에서 다음 단계인 동전으로 넘어갈 때는 다시 명의 치성이 필요했다. 그렇게 한별은 고단한 노력과 막순의 도움, 명의 치성으로 점점 영력을 키워갔다. 한별이 훈련을 시작한 지 두 달이 훌쩍 넘어가자 건전지가 두 개나 들어간 텔레비전 리모컨 정도는 쉽게 들어 올릴 만큼 물리력을 행사할 수 있게 되었다.

"이 정도면 힘은 필요한 만큼 키우셨습니다. 수고 많으셨어요."

석 달 째가 되자 드디어 박수와 함께 명의 입에서 나온 말이었다. 주하는 테이블에서 30센티미터쯤 높이의 허공에 떠 있는 태블릿 PC를 보고는 냉장고에서 케이크를 꺼내 와 초를 꽂고 불을 붙였다.

"1단계 훈련을 마치신 기념으로 작은 파티를 하는 거예요. 촛불을 꺼보세요."

명의 말을 들은 한별은 이것이 파티 겸 테스트라는 걸 깨달았다. 가벼운 물건을 들어 올릴 수 있을 만큼 물리력이 생기면 바람을 일으켜 촛불도 끌 수 있는 걸까? 한별은 호기심과 기대를 가지고, 죽은 이후 한 번도 사용하지 않은 허파에 바람을 넣기 위해 크게 숨을 들이켰다. 초를 향해 있는 힘껏 숨을 내뿜자 순식간에 촛불이 꺼지고 흰 연기가 하늘하늘 피어올랐다. 한별은 환희에 찬 얼굴로 함박웃음을 지었다. 명과 주하가 만세를 부르며 환호했다. 막순도 기뻐하며 한별의 어깨를 두드려주었다.

다음 날부터는 사람의 눈에 모습을 보이는 연습을 했다. 한별은 연습을 시작하고, 명은 치성을 시작했다. 한별의 물리력이 조금씩 커질 때마다 명의 치성이 사다리 역할을 했다. 이번에도 한별이 캄캄한 어둠 속에서 언뜻 모습을 비칠 수 있을 때까지 명의 치성이 큰 보탬이 되었다. 명의 치성은 거기까지만 도왔다. 좀 더 능숙해지는 연습은 오롯이 한별의 몫이었다. 약 보름 정도 지나자 한별은 달빛 아래에서 제 모습을 보일 수 있을 정도가 되었다. 가로등 아래에서도 모습을 보일 수 있는 막순만큼 영력이 크진 않았지만, 명과 막순은 이제 때가 되었다고 생각했다.

"이 정도면 타인의 몸을 잘 다루실 수 있습니다. 빙의에 필요한 연습은 이만하면 충분합니다. 축하드립니다."

"그럼 이제 복수하러 갈 수 있나요? 내일이라도 당장?"

한별은 마음이 급했다. 빙의에 필요한 힘을 기르느라 흘려보낸 석 달이라는 시간이 3년 같았다. 복수하는 순간을 한시도 기다리지 않은 적이 없었다.

"복수하기 전에 하셔야 할 일이 있어요. 처음에 설명드렸죠? 저희에게 치러야 할 대가."

한별은 "아!" 하며 잊었던 기억을 떠올렸다. 생계를 위한 어떤 일도 하지 않고 오로지 자신만을 위해 3개월간 정성을 들인 명과 주하에게 보답할 시간이었다. 복수는 그다음이다. 대가를 지불하는 방법은 어렵지 않았다. 한별은 명이 알려준 집으로 갔다. 집

주인은 부동산 갑부로 월세 소득이 많다고 했다. 한별은 명이 일러준 대로 악령 흉내를 냈고, 퇴마사 채명의 퇴마 의식은 늘 그랬듯이 별문제 없이 성공했다. 그렇게 명에게 대가를 치른 한별은 명의 도움으로 폭력 전과가 수차례 있는 박춘만이라는 흉악범에게 빙의해 그토록 바라던 복수를 했다.

한별은 명의 당부대로 CCTV가 있는 식당에서 밥을 먹고 있는 대상자를 잔인하게 죽였다. 당연히 그 모습은 카메라에 그대로 찍혔고 주변에서 밥을 먹던 사람들과 식당 종업원들이 모두 증인이 되었다. 이제 사람이 없는 곳으로 가 빙의 부적을 태우는 일만 남았다. 인적 없는 후미진 골목으로 들어가 부적을 태우려던 한별은 문득 생각했다. 무턱대고 뛰어 들어가 곧바로 놈의 몸에 칼을 찔러 넣었던 순간을.

문 앞에서의 망설임은 잠시였다. 살아 있는 한별이었다면 영원히 내지 못했을 악의에 찬 용기가 망설임을 누르고 다리를 부추겼다. 빙의체가 가진 폭력의 본성과 한별의 어두운 복수심이 합쳐진 팔은 주저 없이 칼을 내뻗었다. 처음에는 제가 한 행동에 놀라 멈칫했다. 그러나 놀라움과 고통이 어우러진 놈의 얼굴을 보자 형언할 수 없는 감정에 심장이 요동쳤다. 팔을 거두었다가 다시 뻗었다. 놈의 얼굴은 경악과 공포로 일그러졌다. 한별의 알 수 없는 감정은 가슴속에서 점점 커졌다. 세 번째로 놈을 찔렀을 때 한별은 감정이 벅차오르며 기쁨과 환희를 느꼈다. 그동안 제가 받은 심신의 고통을 그대로 돌려주고 있다는 희열이 그의 팔을 더 힘차게 움직이게 했다. 놈의 일행이 한별을 말리려 했지만 한별은 이 즐거움을 방해받고 싶지 않았다. 일행에게 칼을 휘둘렀다. 한별의 칼에 베인 그가 다친 팔을 부여잡고 바닥에서 구르는 모습을 확인했다. 날 방해하면 이렇게 된다고 경고하듯 식당 안 사람들을 한 번 둘러보고는 다시 하던 일을 계속했다. 가슴이 터질 만큼 부풀었던 환희가 차츰 가라앉고 얼굴에 땀이 흐르는 게 느껴지자 한별은 팔을 멈추었다.

손에 든 부적을 잠시 내려다보던 한별은 다른 손에 있던 라이터를 주머니에 넣었다. 이 부적을 태우지 않으면 계속 박춘만을 조종할 수 있을 것이고, 아까 죽인 상병 놈뿐만 아니라 다른 상병, 원사, 대위에게까지 모두 원한을 갚을 수 있을 것이다. 한별은 부적마저 도로 주머니에 넣었다. 그러나 한별의 생각과 달리 경찰은 너무나도 명확하게 찍힌 CCTV 추적을 통해 그날 저녁 박춘만을 체포했다. 체포된 박춘만은 경찰서에서 갖고 있던 모든 소지품을 압수당했다. 그중에는 빙의 부적도 있었다.

빙의 부적이 빙의체인 박춘만의 몸에서 떨어지는 순간 한별의 빙의도 풀리면서 박춘만의 몸에서 떨어져 나왔다. 한별은 모든 기억이 부적 안에 봉인돼 있는 탓에 제가 누군지, 왜 여기에 있는지도 모른 채 세상을 떠도는 잡귀가 되었다. 명이 반드시 부적을 태우라고 한 이유가 그것이었다. 부적 안에 모든 기억이 봉인되었으니 태워 없애야 기억이 돌아올 수 있었다. 그렇게 한별은 기억을 잃었고, 박춘만은 빙의된 사이의 기억이 전혀 없었다.

"와아, 미쳤다! 그 귀신 오랫동안 설득해서 한 번만 복수하기로 약속했잖아요. 그래놓고 부적 안 태우고 갖고 있다가 잡힌 거예요? 다른 사람들도 다 죽이려고?”

주하가 기가 차서 떠들었다.

“그런 것 같아. 그렇게 증거를 잘 남겨놓고 안 잡힐 줄 알았나 보지? 귀신이 되면 멍청해지나? 아니면 원래 그렇게 멍청한 사람이었나?”

화가 오를 대로 오른 명은 듣기만 해도 정신 건강에 해로운 욕들을 마구 쏟아냈다. 이제 기억을 잃고 백지가 된 머리로 세상을 떠도는 한별은 다른 귀신들 사이에서 천대를 받을 것이다. 귀신의 세계에서도 차별은 존재한다. 귀신도 원래는 인간이었으니까.

“지가 자초한 일이지, 뭐. 저야 잘못했으니까 그런 취급을 당해도 할 말이 없지만, 내 부적은 어떡할 거야? 경찰이랑 엮여서 앞으로 귀찮게 되면 지가 책임질 거야, 어쩔 거야?”

명은 마치 한별이 앞에 있기라도 한 것처럼 따졌다.

*

돼지고기 익어가는 소리가 고막을 울리고, 그 냄새가 공기를 가득 메운 식당 안은 사주 골목 점쟁이들로 왁자지껄했다. 명이 퇴마를 해주고 통장이 두둑해진 날은 늘 점쟁이들의 회식 날이었다. 오늘 오전에는 박춘만 주머니에서 나온 부적 사진을 들고 온 경찰들 때문에 명과 주하의 기분이 바닥을 쳤지만, 오후에 퇴마 의뢰인으로부터 의뢰비가 입금된 덕에 둘의 기분이 상승 기류를 탔다.

이번에 입금한 사람은 한별이 귀신 소동을 일으킨 집의 주인이었다. 집주인은 사기당하는 게 아닐까 의심했지만, 이미 집주인의 의심을 예상한 명에게는 나름의 방책이 있었다. 가짜 퇴마 의식을 마치고 나면 명은 즉시 비용을 청구하지 않았다. 이후로 더 이상 귀신이 나타나지 않는지 일주일 이상 확인한 후에 입금하면 된다고 설명했다. 사실, 한별은 명이 그 집에 도착하기 전에 이미 집을 떠났다. 명에게 은혜를 갚았기 때문에 더 이상 그 집에 갈 일도 없었다. 그런 사정을 모르는 퇴마 의뢰인은 큰돈 받는 일로 이렇게 여유를 부리는 명의 행동을 보고 왠지 모를 믿음이 생겼다. 일주일이 지나도록 집 안에 귀신의 귀 자도 보이지 않으니 명에게 정말 용한 퇴마사라고 감탄하며 군말 없이 돈을 보내왔다. 의뢰인은 명과 귀신이 짜고 치는 퇴마 의식에 사기당했다는 사실을 밥숟갈 놓는 날까지 알 리가 없었다.

명이 타깃으로 삼는 대상은 자신의 통장 잔고와 한 달 생활비가 얼마인지 신경 쓰지 않고 돈을 써도 경제적으로 아무런 지장이 없는 사람들이었다. 그중에 인간성이 정화조 수준이라는 정평이 나 있으면 명에게 낙점을 받았다. 반드시 어느 한 구석이 악한 사람이어야 했다. 명이 받는 액수는 그들에겐 책상 서랍만 열어도 꺼낼 수 있는 수준이고, 그래서 명은 그들에게 사기를 치고도 전혀 양심의 가책을 느끼지 않았다. 그렇게 번 돈으로 사주 골목 이웃들의 배를 채워주기도 하고 충동적으로 선물도 사다 안겨주면서 인심을 얻었다.

사주 골목의 점쟁이들은 명이 정말 용한 무속인이라고 믿었다. 그들과 명은 벌어들이는 금액의 자릿수가 달랐다. 사주 골목 점쟁이들 중에는 타로나 명리학 등을 공부하고 카페를 운영하면서 점을 봐주는 사람들도 있지만, 진짜 신내림을 받은 무속인도 세 명 있었다. 나이가 많아 오락가락한다는 매화당의 설상화 만신, 연극배우를 하다가 신내림을 받았다는 천신궁의 은천, 자식 교육에 극성인 아내 때문에 늘 아이들 학원비 걱정이 태산인 명광도사가 그들이었다. 그들은 명이 이 골목에 입점한 이후 몇 년간 명의 신당을 들락거리는 귀신들을 목격한 게 여러 번이었다. 가끔 명이 출장을 간다고 하는 날엔 명과 주하를 모시러 온 고급 외제 승용차를 본 사람도 있었다. 무속인들의 증언과 고급 승용차를 종합해본 결과로 사주 골목 사람들은 명을 아주 용하고 유능한 퇴마사라고 굳게 믿었다. 더구나 이렇게 넉넉한 마음 씀씀이로 자신들에게 베풀기까지 하니 명에게 더욱 후한 평을 하게 되었다.

"지난번엔 참치 횟집이더니 오늘은 왜 돼지고깃집이에요?"

타로 카페를 운영하는 미나가 물으며 한 쌈 가득 입에 넣었다.

"지난번 건 센 거고 이번 건 약한 거지, 얘는!"

관상과 사주를 보는 금원 선생이 그런 것도 모르느냐는 듯이 핀잔했다. 금원의 말대로 명이 참치 회를 대접했을 땐 퇴마비로 6천만 원을 받았고, 이번에는 3천만 원을 받았다. 명은 속으로 이번에도 6천을 부를걸 하며 작은 후회를 했다. 지난번 퇴마 의뢰인인 건설회사 사장은 출근해서 일이라도 하지만, 이번 부동산 갑부는 몽땅 불로소득이 아닌가? 하지만 후회가 길어지면 지난 일에 대한 질책임만 깊어질 뿐 현생에 아무런 도움이 되지 않는다. 명은 얼른 털어버리고 금원에게 말했다.

"미나가 이 동네 온 지 얼마 안 됐잖아. 모를 수도 있지 뭐."

그러고는 미나에게 말했다.

"미나야, 나는 번 만큼 쏴. 참치 회 때는 입금이 많이 됐고, 이번엔 입금이 적게 된 거야. 하지만 네가 10인분을 먹어도 감당할 수 있으니까 양껏 먹어."

"네! 사양 안 할게요, 언니."

여기 모인 점쟁이들 중 가장 신참이고 가장 나이 어린 미나는 고마운 마음을 담아 정성껏 많이 먹었다. 타로 카페 운영으로 벌어들이는 돈으로는 내 손으로 차리고 치울 필요 없는 식당 고기를 이렇게 양껏 먹을 기회가 별로 없기 때문이었다.

"난 언니가 건물주 됐으면 좋겠어요. 덕분에 저도 싸게 임대료 내고 카페 하게."

"너네 건물 새로 짓는다는 소문이 있던데?"

"야! 그게 진짜면 그 건물에 나도 세 좀 주라. 지금보다 싸게."

어느새 점쟁이들이 농담 반, 진담 반으로 명의 세입자가 되려고 너도나도 지원했다. 모두 높디높은 월세에 허덕이는 영세 자영업자들이었다. 그나마 가끔 큰돈 되는 굿을 벌이는 은천과 명광마저도 명의 건물에 입주하게 해달라며 고기 쌈을 싸서 명에게 바쳤다.

"건물 이름은 명이네 신당 이름으로 가자. 명당으로. 그 자리가 명당이라 거기 입주한 점쟁이들 다 대박나라고."

누군가가 아직 짓지도 않은 명의 건물에 이름을 지었다. 그러자 여기저기서 좋다는 말이 나왔다.

"근데 언니네 신당 이름이 왜 명당이에요? 보통 묏자리에 명당이라는 말 쓰는 거 아닌가?"

미나가 묻자 금원 선생이 또 타박하며 대답했다.

"아이, 진짜! 서양 점을 치니 저런 무식한 소리를 하지. 자리가 좋으면 다 명당이라고 하는 거야. 명이는 제 이름 따서 신당 이름을 명당이라고 지었는데, 아무튼 뜻이 너무너무 좋잖아."

다들 명당이라는 이름이 좋다고 하며 그 자리에서 있지도 않은 건물 이름을 정해버렸다. 명당을 위해 건배도 한 차례 했다.

"재는 느이들 못 구해줘!"

그때, 화기애애한 분위기에 매화당의 설상화 만신이 찬물을 끼얹었다.

"누님! 지금 그거 공수하신 겨?"

사주를 보는 현덕 선생이 설상화에게 물었다. 설상화는 현덕 쪽으로는 눈길 한번 안 주고 묵묵히 음식만 먹었다. 일흔이 가까운 노인이라고 보기 힘든 먹성이었다. 현덕은 무속인인 은천과 명광에게 다시 물었다.

"늬들이 보기에도 저 누님 지금 공수하신 거 맞지? 이상하게 많이 먹는 걸 보니까, 지금 신령님이 들어 계신 거 아니야?"

"에헤이! 경건한 마음으로 신을 받는 거지 이런 술자리에서 함부로 신령님 모시는 거 아니야. 저 누님이 이젠 치매기도 있으신가 보네."

명광이 말하자 은천도 고개를 끄덕였다. 설상화는 아랑곳 않고 열심히 소주와 고기를 입에 넣었다. 그 모습을 본 다른 점쟁이들도 설상화의 말을 대수롭지 않게 넘기고 다시 소요해졌다.

"우리 정말 건물 못 올릴까?"

명이 주하에게만 들리게 작은 소리로 물었다. 주하도 명만 들을 수 있게 작게 대답했다.

"그건 누나 씀씀이에 달렸죠."

퇴마 의식

시작은 작은 소리였다.

민형은 숙취로 인한 두통과 속쓰림으로 배를 부여잡고 허리를 구부린 채, 잠들기 전 자신이 현관에서부터 하나씩 벗어놓은 허물들을 밟고 주방으로 향했다. 그땐 그 소리를 느끼지 못했다. 식탁 등을 켜고 정수기에서 얼음물을 받아 벌컥벌컥 소리가 날 정도로 세차게 마시고 나자 비로소 주변이 보일 만큼 정신이 들었다. 환한 주방 식탁 의자에 앉아 어두컴컴한 거실을 우두커니 바라보고 있는데 미약한 소리가 귀를 파고들었다.

서그럭, 서그럭.

뭔가 긁는 소리 같은데 이걸 뭐라고 표현해야 하지? 숟가락으로 시멘트 벽을 긁는 소리? 쥐가 있나? 여기 초고층 아파트 펜트하우스인데? 내일 박 실장한테 전화해야겠다.

민형은 작은 소리를 대수롭지 않게 흘려보내고 욕실로 향했다. 욕실 안에서도 긁는 소리는 여전히 들렸다. 샤워를 마치고 침실로 들어갈 때도 마찬가지였다. 마치 소리가 민형을 따라다니는 것 같았다. 내 귀가 이상한가? 혹시 이명인가? 침대에 누워 다시 잠이 들 때까지 작게 긁는 소리가 그의 귀를 괴롭혔다.

다음 날 새벽, 전날처럼 숙취로 괴로워하며 일어난 민형은 얼음물로 배 속을 정리하고 식탁 의자에 앉았다. 초점 없는 눈을 어두운 거실에 고정한 채 멍하니 앉아 있는데 어디선가 작은 물건이 떨어지는 소리가 들렸다. 볼펜 같은 물건이 대리석 바닥에 떨어진 것 같았다. 민형은 벌떡 일어나 거실 구석에 세워놓은 골프가방에서 골프채 하나를 꺼냈다. 어딘가에 침입자가 숨어 있는 게 분명하다고 여긴 그는 경찰을 불렀다. 신고를 받자마자 달려온 경찰 네 명은 집 안을 이 잡듯 뒤졌지만, 바퀴벌레 한 마리 나오지 않았다. 민형에게서 풀풀 풍겨 나오는 술 냄새를 맡은 나이 든 경찰은 아마 꿈을 꾸신 것 같다며 점잖게 말하고 돌아갔다.

경찰들이 돌아간 후 민형은 술이 덜 깨서 잘못 들은 것이라고 스스로를 다독였다. 그러나 곧바로 들려온 달그락 소리에 눈이 커지면서 온몸의 털이 곤두섰다. 골프채를 두 손에 들고 소리가 난 곳으로 조심조심 다가갔다. 서재로 쓰는 방에 찻숟가락이 떨어져 있었다.

'이게 왜 여기 있지?'

바닥에 누워 있는 찻숟가락을 보며 미간을 찌푸리고 있는데 이번에는 다른 방에서 뭔가 떨어지는 소리가 났다. 이번에도 골프채를 앞세우고 가보니 옷방에 TV 리모컨이 떨어져 있었다. 이

어서 또 다른 방에서 나는 소리에 달려가보니 그 방에서 나올 이유가 없는 과도가 바닥에 떨어져 있었다. 그렇게 소리를 따라 이 방 저 방을 뛰어다니면서 민형은 점점 소리를 내는 것이 사람이 아닐 수도 있겠다는 공포에 휩싸였다.

민형은 당장 밖으로 나가 그 길로 아버지가 있는 본가를 향해 차를 몰았다. 그의 아버지인 주월산업 신 회장은 술도 안 깬 놈이 운전대를 잡았다며 겁에 질린 아들을 향해 고래고래 소리를 질렀다. 평소에는 아버지 앞에서 주눅이 들어 말도 제대로 못 했던 민형이 이번에는 집에 귀신이 있다고 울고불고 매달렸다. 그러자 신 회장은 이게 윽박으로 넘길 일이 아니라는 걸 깨달았다. 꼭두새벽부터 비서인 박 실장에게 전화해 아들 집을 조사하게 했다. 몇 시간 동안 민형의 펜트하우스를 조사한 박 실장은 아무 이상 없다고 보고했다. 그래도 민형은 집에 귀신이 있는 게 분명하다고 박박 우겼고, 결국 박 실장이 민형과 함께 펜트하우스에서 하룻밤 지내기로 했다.

그리고 다음 날 새벽, 사색이 된 박 실장은 민형과 함께 신 회장 집으로 가 머리의 반이 날아가고 없는 귀신을 봤다고 했다.

신 회장은 그때부터 고민에 빠졌다. 그가 지극히 신뢰하는 박 실장까지 귀신을 봤다고 말했다는 건 정말로 귀신이 이 세상에 존재하며, 하필이면 아들 집에 붙어 있다는 소리였다.

주월산업은 대기업까진 아니지만 전국을 통틀어 이 기업의 제품 하나 없는 집이 없을 만큼 굳건하게 자리 잡은 중견기업이었다. 이 나라 젊은이 중에 자라면서 주월산업의 비누 하나, 샴푸

한 통 안 써 본 사람이 없을 정도로 누구나 아는 기업의 회장이 귀신에게 괴롭힘을 당한다는 소문이 나면 큰일이었다. 영화처럼 종교인을 불러 귀신 쫓는 기도라도 할까 했으나 평소 신 회장은 종교계에 너무 인색했다. 용하다고 소문난 무당을 불러 굿을 하려니 재계에 퍼질 소문과 조롱이 무서웠다. 아무도 믿지 않을 귀신 이야기를 털어놓고 해결책을 구할 방법이 없어 골치가 아파왔다. 민형은 당분간 본가에서 지내기로 했다.

본가는 골프 연습장과 테니스 코트가 있고, 넓고 잘 정돈된 정원에 펜트하우스를 몇 개 합친 넓이의 건물이 있는 저택이었다. 관리 인원만 십수 명에 주방에서 일하는 사람들과 경호 인력까지 합치면 수십 명의 고용인이 있었다. 민형의 시중을 들어줄 사람까지 있는 본가였지만 민형에게는 무시무시한 아버지가 있는 호랑이 굴이었다. 명절조차도 오기 꺼렸던 민형이 마음 편한 펜트하우스를 두고 아버지 집에 들어와 기죽이고 살자, 집 안에서 일하는 사람 중 몇 명이 수군거리기 시작했고 순식간에 모든 고용인이 민형의 집에 귀신이 붙었다는 소문을 들었다. 개인적으로 귀신을 믿고 안 믿고를 떠나, 고용인들의 대체적인 의견은 귀신이 너무 착해서 저 개망나니를 도망치게 내버려두었다는 것이었다. 그들은 귀신이 빨리 사라져서 저 개망나니가 얼른 신 회장의 저택에서 나가기만을 바랐다.

신 회장이 아침마다 한 식탁에 앉아 있는 아들을 보며 한숨지은 지 일주일째. 오늘 아침도 아들과 마주 앉아 모래알을 씹는 기분으로 밥을 억지로 떠 넣고 있는데 저택을 지키는 보안 직원이 식당으로 들어왔다.

"식사 중에 죄송합니다. 어떤 사람들이 와서 이사님 댁의 문제를 해결해주겠다고 하는데, 어떻게 할까요?"

직원이 말한 이사는 민형이었다. 거액의 연봉으로 편법 증여를 하기 위한 직책이었을 뿐 민형은 하는 일이 없었다. 재계에 소문난 이 망나니 아들은 오히려 회사에 얼굴을 보이지 않는 게 회사 주가를 지켜주는 일이었다.

보안 직원은 약속도 없이 아침부터 벨을 누른 두 사람이 귀찮았다. 보나마나 전도나 포교를 핑계로 회장님 얼굴 한번 보려는 수작이겠지. 그런 사람들의 최종 목적은 역시 돈이었다. 묻지도 않고 내쫓았다가는 나중에 저들이 어떤 악의적인 소문을 퍼뜨릴지 모르는 일이었기에 보안 직원은 마음에도 없는 예의를 차리며 마이크에 입을 대고 정중하게 무슨 일로 오셨느냐고 물었다. 그러나 세상에 있어서는 안 될 것이 이 집안사람을 갉아먹고 있다는 말을 듣자 그는 직접 대문 밖까지 나가서 명함을 받아 들고 왔다. 어쩌면 돈을 뜯어내려는 사기꾼일지도 모르지만 한편으로는 민형을 이 집에서 내쫓아줄 은인이 될지도 모른다는 실오라기 같은 희망을 품고 얼른 신 회장에게 알린 것이었다. 보안 직원이 내민 명함을 본 신 회장은 '퇴마사'라는 글자에 신경을 집중했다.

잠시 후, 신 회장은 저택에서 가장 작은 접객실에서 손님들을 만났다. 신 회장 옆에는 민형이 앉았고, 반대편에는 나이를 가늠하기 힘든 얼굴을 가진 여자와 젊은 남자가 앉았다. 여자가 퇴마사인 채명이고 남자는 직원이라고 했다. 신 회장은 앞에 앉아 있는 명의 얼굴에서 눈을 떼지 못했다. 화장이라기보단 분장에 더 가까울 만큼 진한 색조 화장으로 본래 얼굴을 가리고 있었지만, 어색하고 부자연스러운 얼굴 형태를 감추진 못했다. 처음 인사를 나눌 땐 별로 느끼지 못했는데 이렇게 마주 앉아 차분히 얼굴을 보니 얼굴에 크게 상처를 입었다가 나은 것이라는 확신이 들었다. 그런데 명이 아들의 집에 대해 조목조목 말하는 내용은 그 집에 가 본 사람이 아니면 절대 알 수 없는 것들이었다.

"침실 작은 서랍에 있는 그 하얀……."

명이 가사도우미조차도 알 수 없는 내밀한 부분에 대해 몇 마디 말하자 민형이 얼른 명의 말을 가로막고 아버지에게 말했다.

"아부지, 이 사람들 진짜 퇴마사가 맞는 거 같아요. 이 사람들한테 맡겨봐요. 소문 안 나게 조용히 처리한다잖아요."

뭔가를 감추려는 술수가 빤히 보이는 아들을 잠시 노려본 신 회장은, 추궁은 나중으로 미루고 당장 급한 귀신 문제부터 해결하기로 했다. 명은 귀신을 쫓는 비용과 신 회장의 품위 유지를 위한 비밀 보장의 대가로 1억을 요구했다. 신 회장에게 1억은 푼돈이었지만 사기꾼일지도 모를 이 낯선 자들에게 주기엔 액수가 썩 마음에 들지 않았다. 그래도 빠르고 조용히 해결해준다는 말에 1억을 현금으로 지급하겠다고 약속하고 이틀 후 명의 신당으로 기사를 보내기로 했다. 나중에 이자들이 사기꾼으로 밝혀지면 그때 홍 기사에게 뒤처리를 명하면 될 일이었다. 홍 기사가 알아서 깔끔하게 묻어버릴 것이다.

*

명과 주하는 자신들을 데리러 온 기사를 보고 온몸에 전율이 흘러 아무것도 할 수가 없었다. 고급 외제 차의 뒷문을 열고 서 있던 기사는 제 얼굴만 바라보고 서 있는 두 사람에게 얼떨떨한 얼굴로 물었다.

"왜 안 타시고……. 무슨 문제라도 있으십니까?"

잠시 얼이 빠져 있던 명이 기사의 물음에 얼른 정신을 차리고 대답했다.

"아, 기사님 기(氣)가 남다르시네요. 나쁘단 얘기는 절대 아닙니다."

명이 멋쩍게 웃으며 말하자 주하도 옆에서 어색한 웃음을 지으며 고개를 세차게 끄덕였다. 기사는 명을 무당 정도로 생각하고 있었다. 그는 나중에 자신의 기에 대해 자세히 물어보고 점사를 봐야겠다고 생각했다.

비어 있는 민형의 집에 명과 주하, 신 회장의 운전기사인 홍재광이 들어섰다.

"회장님께서는 아주 조용히, 쥐도 새도 모르게 처리하시길 바라십니다."

재광이 무거운 목소리로 말했다.

"물론이죠. 그러려고 우리가 온 거니까요."

명이 자신에 차서 말했다. 재광은 그 말을 별로 믿지 않았지만 내색하진 않았다. 재광도 신 회장과 마찬가지로 이들이 퇴마사라는 말을 반신반의하고 있었다.

"귀신이 나오는 곳은 딱히 정해져 있지 않다고 합니다. 여기저기서 내키는 대로 나온다고 하니 알아서 찾아보세요. 저는 다 끝날 때까지 저기서 기다리겠습니다."

재광은 소파로 가서 앉았다. 명은 자신들을 감시하지 않고 태평하게 앉아 있는 재광을 보고 집안 곳곳에 감시 카메라가 있을 것이라 짐작했다.

"욕실이 어디죠? 아, 저기군요!"

명은 재광의 안내 없이도 제집인 양 욕실을 향해 성큼성큼 걸어갔다. 그 모습을 본 재광은 당황해 벌떡 일어나 명의 뒤를 쫓았다. 명은 욕실 앞에 서 있는 원혼을 보고 간 것이었지만 그 사실을 알 리 없는 재광은 명의 자신감에 찬 모습을 보며, 진짜 용한 무당일지도 모른다는 생각을 애써 꾹꾹 눌러 담았다.

"귀신은 음기가 강한 존재이기 때문에 습하고 어두운 욕실을 좋아해요. 지금 여기서 귀신의 기운이 강하게 풍겨 나오는 걸 보니 여기가 욕실 맞죠?"

명은 놀란 토끼 눈을 한 재광에게 별거 아니라는 듯이 여유로운 표정으로 설명했다. 물론 지어낸 말이었지만 재광의 명에 대한 믿음이 조금 더 커졌다. 명은 욕실에 들어가 거울과 세면대, 변기, 욕조 등을 이리저리 살폈다. 욕실은 사람이 며칠이나 사용하지 않아서 변기를 빼곤 물기 하나 없었다. 주하는 지고 온 배낭에서 여러 가지 물건들을 꺼내 욕실 바닥에 내려놓았다. 재광의 예상과 달리 주하의 가방에서 나온 것들은 굿에 쓰이는 무구(巫具)가 아니었다. 주하는 굵은 소금이 가득 담긴 투명한 플라스틱 통, 손바닥만 한 검은색 파우치, 손바닥보다 조금 더 크고 긴 직사각형 모양의 가죽 케이스, 마지막으로 묵직해 보이는 나무 상자를 꺼냈다. 폭이 성인의 한 뼘보다 약간 크고 길이와 높이는 한 뼘보다 약간 작은 나무 상자를 남자인 주하가 두 손으로 조심스럽게 꺼내는 모습을 보니 무게가 제법 나가는 것 같았다. 재광은 문 앞에 서서 주하가 꺼낸 것들을 흥미롭게 지켜보았다. 주하가 나무 상자의 뚜껑을 열자 새까맣고 윤기가 흐르는 연꽃 모양 도자기가 한쪽에 들어 있었고, 그 옆에는 인도나 동남아시아 쪽에서 흔히 사용하는 문양이 그려진 작은 종이 상자와 라이터가 자리하고 있었다. 나무 상자 안에는 내용물의 모양에 맞게 재단된 충진재가 있어서 도자기를 보호했다. 재광은 작은 종이 상자를 보며 떠오른 게 있었다.

'예전엔 중국집에서 저만한 상자에 이쑤시개를 잔뜩 넣어서 판촉물로 썼는데, 이젠 이쑤시개도 돈 주고 사야 하니, 원!'

주하가 검은 파우치에서 혈당을 잴 때 쓰는 사혈침과 일회용으로 포장된 알코올 솜을 꺼내 명에게 건넸다. 가죽 케이스를 여니 안에는 케이스에 딱 맞는 크기의 부적이 여러 장 쌓여 있었다. 모두 다른 그림이 그려져 있는 부적이었다. 주하가 맨 위의 부적을 꺼냈다. 명은 받아 든 사혈침으로 제 손끝에 상처를 내더니 주하가 세면대 위에 올려놓은 부적에 피를 몇 방울 떨어뜨렸다. 그 사이 주하는 소금 통을 들고 다니며 욕실 바닥 곳곳에 굵은 소금을 뿌렸다. 명은 알코올 솜으로 손가락의 피를 닦고 사혈침과 함께 파우치에 넣고는 피 묻은 부적을 재광에게 내밀었다. 재광이 의문 가득한 눈빛으로 명을 쳐다보자 명이 말했다.

"이 부적을 안주머니에 넣고 계세요. 퇴마 의식을 시작하면 이 집에서 쫓겨나지 않으려고 발버둥 치던 귀신이 가까이 있는 사람에게 들러붙을 수 있어요. 그걸 방지하기 위한 부적이에요. 이 부적을 갖고 계시면 귀신이 기사님을 건들지 못해요."

명이 거리낌 없이 욕실을 찾았을 때부터 그녀에게 뭔지 모를 신묘한 힘이 있는 것 같다고 생각했던 재광은 얼른 부적을 받아 안주머니에 넣었다.

"그러면 이제 시작하겠습니다."

명은 소금이 뿌려진 바닥 한가운데에 놓여 있는 연꽃 모양의 도자기 위에 작은 종이 상자에서 꺼낸 원뿔 모양의 향을 올리고 불을 붙였다. 그제야 재광은 저 새카만 도자기의 용도가 향로라는 것을 깨달았다. 향에서 피어오른 흰 연기는 잠시 위로 뻗어나가는 듯하더니 이내 아래로 흘러내렸다. 검은 연꽃잎 사이로 흰 연기가 갈라지며 아래로 퍼져나갔다. 저도 모르게 연기의 흐름에 눈길을 빼앗겨 집중해서 쳐다보던 재광이 갑자기 크게 한숨을 한번 몰아쉬었다. 그의 얼굴엔 환한 미소가 가득 차올랐다.

"저 이제……."

"말씀하지 마세요. 부정 타요."

재광이 막 말을 시작하려는데 명이 가로막았다. 재광은 입을 다물고 명을 지켜보았다. 재광의 얼굴엔 여전히 미소가 걸려 있었다. 명은 거울을 향해 합장하고 조용히 기도했다. 입술은 쉼 없이 움직였지만 소리는 나지 않았다. 기도를 마친 명은 주하와 함께 화장실 밖으로 나가 문설주에 여러 개의 부적을 붙였다. 재광의 안주머니에 있는 부적과는 모양도 다르고 피도 묻지 않은 부적이었다.

부적을 다 붙인 명은 화장실 안쪽을 향해 다시 합장하고 기도하더니 붙였던 부적을 다 떼어냈다. 떼어낸 부적들은 화장실 안에서 불에 태워 없앴다. 부적을 다 태운 명이 손을 털고 나가자 주하가 들어가 가져왔던 향로와 소금 단지 등의 물건들을 다시 챙겨 넣고 바닥에 물을 뿌려 소금과 재를 깨끗이 정리했다.

"이제 다 끝났습니다. 나가실까요?"

명이 웃으며 말하자 재광은 조용히 두 사람과 함께 집 밖으로 나갔다.

엘리베이터 안에 재광의 들뜬 목소리가 울려 퍼졌다.

"이 남자 머릿속을 제가 다 읽을 수 있군요! 정말 신기해요. 그런데 이 남자 참 흉악한 사람이네요. 자신이 전과 4범이라는 걸 아주 자랑스러워해요. 게다가 직원 등록도 안 된 상태로 주월산업 회장의 더러운 일은 다 하고 있어요. 세상에나! 그 회장도 참 질이 안 좋은 사람이었어요. 끼리끼리 만난다더니……."

재광의 말투가 지금까지와는 전혀 달랐다. 목소리는 그대로였지만 말투가 공손해지고 부드러워졌다. 그런데도 명과 주하는 전혀 놀라거나 이상하게 여기지 않았다.

"저희가 알아봤을 때 홍재광은 일정한 직업이 없으면서도 사는 집은 꽤 번듯해서, 마약 장사라도 하는 건가 했거든요. 그런데 재벌가 뒷설거지 담당이었네요."

명이 웃으며 말했다.

"맞아요. 이 남자 네 번째 전과는 신 회장 명령으로 어떤 사람을 협박하고 폭행해서 생긴 거예요. 원래는 3년 이상 살아야 하는데, 신 회장이 손을 써서 8개월 만에 나왔어요. 이러니 없는 사람들만 늘 억울하지."

재광은 자신을 타인처럼 말하며 분개했다.

"고객님! 이제 그런 건 신경 쓰지 마시고 오직 복수만 생각하시면 됩니다. 아까는 제가 말씀 도중에 막아서 죄송했습니다."

명이 퇴마 의식 중에 부정 탄다며 재광의 말을 막았던 일을 사과했다.

"아니에요, 그때 제가 빙의에 성공했다는 말을 했으면 큰일 날 뻔했어요. 거기 곳곳에 감시 카메라가 달려 있었거든요. 퇴마를 핑계로 뭐라도 훔쳐 갈까 싶어서 이 사람이 어제 설치해놨어요. 욕실 안에도 있었어요."

명과 주하는 그럴 줄 알았다는 표정으로 고개를 끄덕였다. 그러나 지금은 신 회장 뒷담화나 하고 있을 때가 아니었다. 명은 얼른 재광에게 주의사항을 알려주었다.

"증거나 증인을 충분히 남겨주세요. 이왕이면 CCTV에 잘 찍히는 곳에서 복수하시면 좋고요. 그래야 지금 들어 계신 홍재광이 교도소에 오래 갇혀 있을 수 있거든요. 그 정도 증거면 신 회장도 손쓸 방법이 없을 겁니다. 복수가 끝난 후에는 안주머니에 있는 부적을 태워서 없애셔야 합니다. 부적이 빙의된 몸에서 떨어지면 고객님도 그 몸에서 떨어져 나오지만, 부적 안에 고객님의 모든 기억이 들어있기 때문에 태워 없애지 않으면 고객님 영혼은 아무런 기억도 없는 떠돌이 잡귀가 되니까요."

어느덧 꼭대기 층에서 내려오기 시작한 엘리베이터는 1층에 도착했다. 명과 주하는 내려서 건물 밖으로 빠져나갔고, 재광은 지하 주차장까지 계속 내려갔다.

택시를 기다리며 주하가 신이 나서 말했다.

"이번엔 일이 쉬웠어요, 누나. 거저네, 거저야!"

"그러게. 저 사람이 직접 올 줄 누가 알았겠어?"

명도 즐거운 목소리였다.

"프로젝트 하나 할 때마다 제일 어려운 게 부적 소매넣기인데, 이번엔 대상이 알아서 걸어오고 알아서 집어넣었잖아요. 앞으로도 계속 이런 식이면 좋겠다."

소매넣기란 소매치기의 반대말 개념으로 주하가 만든 말이었다. 원혼이 빙의할 몸은 폭력이 몸에 배어 원혼의 복수를 자연스럽게 도울 수 있어야 하기 때문에 빙의체는 폭력 전과가 여러 차례인 흉악범으로 골랐다. 그러다 보니 빙의를 위한 부적을 그의 몸에 지니도록 하는 게 보통 힘든 게 아니었다. '고양이 목에 방울 달기'였다. 그런 위험한 일을 가녀린 명에게 시킬 수는 없다는 게 주하의 주장이었다. 주하는 한동안 아는 소매치기 전과자에게 가서 소매치기 수법을 배워 오기도 했다. 그러나 주하가 원체 몸치인 데다 새가슴인지라 명 남매를 상대로 연습했을 땐 잘하던 소매치기를 실전에서 하면 꼭 어딘가 부족하게 실패했다. 게다가 물건을 주머니에서 꺼내는 것보다 집어넣는 게 훨씬 어려운 일이었으니, 소매넣기 과정에서 시비가 붙어 얻어맞은 적도 있었다. 명과 주하는 안전하고 확실한 방법을 찾기 위해 늘 머리를 맞대고 궁리했다. 그런데 이번엔 빙의체가 제 발로 걸어와서 기꺼이 부적을 받아 주머니에 넣었다. 이런 경우는 처음이었다. 주하의 말대로 이번 프로젝트는 '거저'였다.

주하는 일을 프로젝트라고 불렀다. 대단한 이유가 있는 건 아니었다. TV 드라마에 나오는 회사원이 새로운 작업을 시작할 때 '이번 일은……'보다 '이 프로젝트는……'이라고 말할 때 더 멋있어 보였다는 게 이유였다. 명과 주하가 하는 일들은 원혼의 복수라는 목표만 같을 뿐, 한 건 한 건이 다 다른 성격을 띠고 있었다. 그 일들을 해결하기 위해선 참신한 창의력과 도전 정신, 과감한 결단력, 대담한 용기 등 여러 가지 능력이 필요하기 때문에 '이번 일'이나 '이번 건'보다는 '이번 프로젝트'라고 부르는 게 가장 적합하다고 주장했다.

명에게 그런 명칭 따윈 신경 쓸 가치도 없는 하찮은 것이기 때문에 주하가 하자는 대로 따랐다. 명에게 중요한 건 원통하게 죽은 영혼들의 복수를 도와 한을 풀어주는 일을 성공하는 것이었다.

"누나, 오늘은 기분도 좋은데 외식할까요?"

얼마나 기분이 좋았는지 주하의 입에서 '외식'이 나왔다. 명은 속으로 쾌재를 불렀다. 주하의 요리 솜씨가 나쁜 편은 아니었지만, 늘 거기서 거기인 메뉴와 일관성 있는 건전한 맛을 떠나 새롭고 자극적인 음식을 먹는다는 건 기분 좋은 일이었다. 이번 프로젝트가 좁쌀영감 주하의 지갑을 열리게 했다.

다음 날, 명과 주하는 뉴스에서 원혼에 빙의되었던 운전기사 홍재광을 보았다. 그는 어떤 남자를 쇠파이프로 때려 무참히 살해했는데, 그 모습이 CCTV에 고스란히 찍혔다. 뉴스 속 화면에는 재광의 얼굴이 모자이크 처리되어 있었지만, 명과 주하는 그가 누군지 단번에 알아봤다. 쇠파이프로 때리는 장면을 상상하며 고개를 돌린 명은 머리가 반은 날아가버린 원혼을 떠올렸다. 그 원혼은 먹고 싶은 것, 입고 싶은 것을 참아가며 아등바등 모은 전재산을 전세 사기로 잃고 자살했다. 홍재광이 죽인 놈에게 피해를 입고 절망한 사람이 한둘이 아니다. 맞아 죽었다고 불쌍해할 필요도, 때려 죽였다고 잔인하다고 할 필요도 없다. 이내 머릿속에서 그 원혼에 대한 생각을 털어버린 명은 다시 뉴스에 집중했다. 기자는 범인이 중견기업 회장 가족의 차를 운전하는 기사이며, 범행 후 자신이 몰던 회장 소유의 차를 태우다 체포되었다고 했다.

"차 안에서 부적을 태웠을까요?"

주하가 명에게 물었다.

"아마 그랬을 거야. 차 안에서 부적을 태웠는데 부적이 타 버리니까 빙의가 풀렸고, 홍재광은 자기가 왜 차 안에서 불장난을 하고 있는지 전혀 기억 못 하고 어리둥절해 있다가 잡혔겠지. 한동안 주월산업 회장님이 경찰들 때문에 바쁘시겠네. 우리 1억은 언제 주시려나?"

"1억 빨리 안 주면 퇴마한 거 인터넷에 뿌린다고 해야죠. 그러면 당장 우리 앞에 1억 대령할걸?"

두 사람은 곧 들어올 1억을 생각하며 키득거렸다.

귀신을 부르는 부적

민이 명당의 문을 열기 위해 막 손을 내민 순간 문이 사납게 열리더니 뚱뚱한 남자가 성질을 버럭버럭 내며 뛰쳐 나왔다. 키는 민보다 작았지만 몸무게는 두 배 정도 돼 보였다. 주하가 쫓아 나와 남자를 진정시키려 애썼다. 남자는 주하에게 천박하기 그지없는 욕설을 퍼부었다. 한 발짝 물러서서 두 사람의 실랑이를 보고 있던 민은 인상을 있는 대로 구기고 방금 들은 저주의 말들을 빨리 잊으려고 애썼다. 뚱뚱한 남자는 그렇게 욕을 하고도 분이 안 풀렸는지 활짝 열린 신당 문 안쪽에다 대고 고래고래 소리를 질렀다. 주하에게 했던 욕을 '새끼'에서 '년'으로 바꿔 똑같이 퍼부었다. 민의 주먹이 저절로 쥐어졌다. 민이 남자에게 다가섰다. 그제야 민을 발견한 뚱뚱한 남자가 민에게 소리쳤다.

"이봐요! 귀신 때문에 온 거면 다른 데로 가요. 저 무당년 순 사기꾼이야. 지가 귀신 쫓을 재주가 없으니까 사람을 정신병자

취급합디다. 사기 쳐서 돈이나 빼먹을 생각하는 년 같으니라고."

주하는 그제야 민을 알아보고 기겁했다. 여동생을 저런 험한 말로 욕하는 남자를 보는 심정이 어떨까. 주하는 얼른 민을 신당 안으로 밀어 넣었다.

"아! 다음 고객님, 어서 안으로 들어가세요. 퇴마사님이 기다리고 계십니다."

다음 고객이 된 민은 잠시 그 자리에서 버텼지만, 애원하는 주하의 눈빛을 보고는 못 이기는 척 안으로 들어가는 것으로 뚱뚱한 남자에 대한 화를 삭였다. 신당 안으로 떠밀려 들어온 민을 본 명은 아무 일도 없었다는 듯이 평온하게 맞이했다.

"오빠, 왔어?"

"오늘은 사람 고객도 있네?"

민은 오빠가 걱정할까 봐 의연하게 맞는 명의 노력에 부응하기 위해 아무렇지 않은 척 말했다.

"반갑지 않아. 지 정신이 온전치 못한 걸 왜 귀신 탓을 하는지 몰라. 정신과 상담을 받아보라니까 저 지랄이네. 주하가 알아서 처리할 거야."

명의 말대로 밖의 소란은 잠시 후 가라앉았다. 주하는 남자를 돌려보내고 들어와 소금을 들고 나갔다. 현관 유리를 통해 주하가 앞에 소금을 뿌리는 모습이 보였다.

"재는 소금이 만병통치약인 줄 알아. 맨날 문에다가 휴무라고 써 붙여놓을까 봐. 그러면 사람 고객은 안 들어오겠지?"

"이왕이면 귀신 고객도 안 왔으면 좋겠는데."

민이 무거운 목소리로 말하자 명이 눈을 치켜뜨고 민의 눈을 매섭게 노려봤다. 고객의 진상에도 애써 평정심을 유지하려던 명의 기분이 오빠의 말 한마디로 무너졌다. 오빠가 제 일을 좋지 않게 생각하고 있다는 건 옛날부터 아는 사실이었지만, 이렇게 대놓고 말하지는 않았다. 하필이면 오다가 진상 고객과 마주치는 바람에 기분이 상해서 그런 건가 생각했다. 꼭 신당이 아니어도 장사를 하다 보면 별의별 진상을 다 만나는 건 당연한데, 명이 하는 장사가 신당이라는 이유로 민이 더 싫어하는 것 같아서 부아가 치밀었다.

소금을 뿌리고 들어온 주하가 민망함을 감추려고 일부러 밝은 소리로 물었다.

"그 사람 천신궁으로 갔어요. 민이 형, 오늘은 일찍 오셨네요. 비번이신가?"

주하는 민의 대답도 듣지 않고 바쁘게 카운터로 가 커피를 내왔다. 주하가 세 잔의 커피를 내려놓고 한쪽에 앉자 민이 심각한 얼굴로 물었다.

"넉 달 전에 경찰이 왔었다며?"

민의 물음에 명은 주하를 째려봤다. 주하는 감히 명과 눈을 마주치지 못하고 고개를 돌렸다.

"그때 박춘만한테 빙의했던 귀신이 약속을 어기고 살인을 더 하려고 했다며? 그래서 부적을 갖고 있다가 경찰한테 압수당했다고?"

명은 여전히 주하를 째려볼 뿐 대답하지 않았다.

"그런 걸 왜 나한테 말을 안 해? 늦었지만 어제라도 주하가 얘기해서 알았으니 망정이지 끝까지 모를 뻔했잖아. 귀신이 복수하는 과정에서 생긴 일을 숨김없이 말한다, 그 조건을 어기면 난 더 이상 너한테 협조할 수가 없어. 이제 이 신당 접고 네가 할 수 있는 다른 일을 알아봤으면 좋겠어."

명은 오빠가 이렇게 단호하게 말하는 걸 몇 년 만에 보았다.

카이스트의 공부벌레였던 민은 오로지 동생 명을 위해 경찰이 되었다. 민이 대학생이었던 시절, 심각한 범죄를 당하고 중환자실에서 두 달 만에 깨어난 동생 명은 처참하게 망가진 얼굴 때문에 스스로를 방 안에 가두었다. 부모님은 삼시 세끼를 문 앞에 차려주었고, 명이 하루 한 번씩 꽉 찬 요강을 내놓으면 깨끗이 씻어서 갖다주었다. 명은 가족에게조차 그 얼굴을 보이는 걸 싫어했다. 가족이 볼 수 있는 건 문 밖으로 나온 하얗고 앙상한 손뿐이었다. 명은 얼굴을 수술시켜주겠다는 가족의 말도 듣지 않았다.

가끔 모두가 잠든 새벽에 명이 씻기 위해 화장실에 갈 때가 있었다. 가족들은 밖에서 명이 움직이는 소리를 들으면서도 명을 위해 일부러 방문을 열어보지 않았다. 명이 가족과 마주치는 순간 씻으러 나오는 일마저도 포기할까 봐 겁이 났다.

그렇게 2년쯤 지나자 속이 다 타버린 엄마는 시름시름 앓기 시작했고, 아빠도 직장을 그만두고 퇴직금으로 연명했다. 함께 모여 살고 있을 뿐 마음은 이미 풍비박산 난 집안이었다. 민은 계획했던 대학원을 포기하고 가족을 부양하기 위해 공무원 시험을 준비했다. 그러던 어느 날 명이 방 안에서 누군가와 대화하는 소리가 들려왔다. 부모님은 드디어 명이 미쳤나 보다 하며 주저앉아 통곡했다. 그 통곡을 들은 명이 방문을 벌컥 열고 나왔다.

갑자기 튀어나온 딸에게 놀라 통곡하는 것도 멈춘 부모님에게 명은 억울하게 죽은 귀신을 돕겠다는 말도 안 되는 이야기를 했다. 명이 미쳤다는 부모님의 믿음은 더욱 확고해졌다. 그러나 명은 그 자리에서 민에게 귀신을 빙의시켜 부모님의 의심을 깨끗이 지웠다. 빙의가 풀린 민은 방금 전 몇 분의 기억이 머릿속에서 완전히 지워져 있자 크게 당황했다. 마치 누군가 뇌의 일부를 떼어 간 것 같았다. 민은 기억을 잃어버린 몇 분 동안 자신이 한 행동을 부모님의 입을 통해 듣고는 명의 말을 믿을 수밖에 없었다.

명은 막순이라는 귀신이 자신을 살려주었다고 했다. 이대로 죽으려고 27층인 제 방 창문을 몇 번이고 열었는데, 막순이 막아서 뛰어내리지 못했다. 막순은 억울한 일을 당하고 죽은 불쌍한 귀신들의 복수를 도와 그들의 잃어버린 얼굴을 찾아주자고 했다.

명은 심각한 범죄 피해를 입고 몸에서 영혼이 빠져나가 중환자실에서 죽은 거나 다름 없이 두 달을 보냈었다. 생령으로 떠돌던 기억을 떠올리며 막순의 설득에 마음이 동한 명은 방에서 나오자마자 선언했다. 귀신들의 복수를 돕기 위해 신당을 차리고 일을 해야 하니 얼굴부터 최대한 고치겠다는 말이었다. 부모님은 귀신들의 복수를 돕는다는 말이 무슨 말인지는 모르겠지만, 명이 수술도 받고 뭔가를 하겠다고 나서자 무조건 반겼다.

하지만 민은 부모님과 달리 명의 계획이 대단히 위험할 수 있겠다고 어렴풋이 느꼈다. 그렇다고 명을 말릴 수는 없었다. 몇 년

만에 죽어 있던 집안에 생기가 돌았다. 수차례 이어진 고통스러운 수술도 명은 신당을 차리겠다는 굳은 결심으로 꿋꿋하게 버텨냈다. 민은 다시 찾은 가족의 행복을 반드시 지키고 싶었다. 가족을 지키려면 동생부터 지켜야겠다고 생각한 민은 행정 공무원 시험 공부를 중단하고 경찰 시험을 준비했다. 얼마 후 민은 경찰간부 후보생이 되었다.

경찰이 된 민은 자신의 권한이 닿는 데까지 명에게 필요한 정보를 몰래 빼내주었다. 주로 빙의에 필요한 중범죄 전과자의 신상 기록이었다. 처음에 민은 인간에게 빙의한 귀신이 복수를 하기 위해 자신이 당한 범죄의 증거를 낱낱이 들고 경찰에 신고할 것이라 생각했다. 세상 험한 줄 모르던 공부벌레의 순진한 생각이었다. 벌렁거리는 심장을 안고 손을 떨며 몰래 빼내준 정보를 이용해 귀신은 살인으로 복수를 완성했다. 동생은 그 살인을 도왔다. 그 일로 민과 명은 며칠 동안 싸웠다. 복수가 살인인 줄 알았다면 돕지 않았을 거라고 말하는 민에게, 명은 이제부터 오빠는 빠지라고 야멸차게 말했다. 명은 사람이 죽을 줄 알면서 도왔다. 앞으로도 그럴 것이다. 싸울수록 민은 어떤 방법으로도 동생의 마음을 돌릴 수 없다는 걸 뼈저리게 느낄 뿐이었다. 명도 자신의 얼굴을 그렇게 만든 자를 죽이고 싶어 했고, 마음만은 민도 마찬가지였으니까. 결국 명을 설득할 수 없음을 깨달은 민은 앞으로 계속 도울 테니 대신 귀신 복수와 관련해 일어난 모든 일을 숨김없이 이야기하라고 명에게 일렀다. 둘은 그렇게 타협을 봤다. 지난 몇 년간 둘의 거래는 잘 유지되었다.

그런데 경찰이 명의 부적을 들고 신당에 나타났다는 이야기를 넉 달이 지난 후에야 들었다. 민은 이를 빌미로 명의 살인 협조 행각을 다시 한번 막아보려 했지만 명은 꿈쩍도 하지 않았다.

"오빠가 돕지 않아도 나는 계속 이 일을 할 거야. 조금 어려워지긴 하겠지만 어떻게든 되겠지. 나쁜 놈들에 대한 정보는 전과자 한 명만 알면 얼마든지 더 캐낼 수 있어. 나한텐 막순 언니가 있으니까."

귀신이 사람에게 빙의하면 귀신의 의식이 그 사람의 뇌를 지배하여 빙의한 사람의 모든 것을 알 수 있었다. 명에게 귀신 복수를 처음 제안했던 조선 시대 귀신 막순을 전과자에게 빙의시키면 그 사람이 알고 있는 다른 범죄자들에 대해 알 수 있다는 말이었다. 민이 동생의 살인 협조를 막으려는 것처럼 명도 오빠가 경찰 신분으로 더 이상 자신 때문에 정보를 빼돌리는 죄를 짓지 않기를 바랐다. 명도 이참에 이 일에서 민을 떼어내려 했다.

명의 속을 모르는 민은 이번에도 명의 마음을 돌릴 수 없다는 사실만 확인했다. 차라리 벽에다 대고 이야기하는 게 낫겠다. 민은 명을 설득하는 것을 포기했다. 자신이 명을 떠나면 누가 동생을 지켜줄 수 있겠는가. 그저 지금처럼 협조하면서 옆에 있는 게 최선이었다.

"쉬운 길이 있는데 왜 어려운 길로 가? 네가 나랑 한 약속만 잘 지키면 나도 너에게 최대한 협조할 텐데. 나 빼고 막순이라는 귀신을 이용해서 흉악범을 알음알음으로 알아내 복수를 도모하겠다고? 그렇게 살인을 저지르고 장기수가 되는 범죄자들이 옛날에 서로 알고 지내던 사람이나 같은 교도소에 있던 사람이라는 식으로 연결될 게 뻔하잖아. 그러면 그들을 알고 있는 범죄자들 사이에서 이상한 낌새를 눈치챌 놈이 없을 것 같아? 금세 흉악범들이 네게 이목을 집중하게 될 거야. 그러면 복수고 뭐고 당장 너랑 주하 목숨이 위험하게 돼. 그러니까 지금까지 그래왔던 것처럼 내 도움 받고, 내가 이렇게 협조하는 대신 너도 내 말 좀 들었으면 좋겠어."

"이 일 그만두라는 얘기라면 이미 대답했어."

명이 야멸차게 거절했다.

"네가 이 일 그만두지 않을 거 알아. 내 말은 1년에 두세 건 하던 일을 1년에 한 건으로 줄여서 했으면 좋겠다는 거야. 어쩌다 우연히 부적 입수해서 경찰이 왔다고 생각하지? 그렇게 한번 경찰과 엮이면 그다음에 또 엮이는 건 쉬워. 경찰은 다른 사건에서 너랑 관련된 실낱같은 단서라도 잡으면 계속 너를 주시할 거야. 사건을 자주 벌일수록 귀신은 너에 대한 단서를 흘릴 가능성이 높아."

"몇 년간 이 일을 해왔지만, 지금껏 약속 어긴 귀신은 그놈 하나야. 앞으론 그럴 일 없을 거야. 귀신이 일 끝내고 부적을 태우는 순간까지 막순 언니가 따라다니기로 했어."

일을 그만두라는 얘기가 아니었는데도 명의 말에 날이 섰다. 명은 비록 민에게 벽을 치고는 있었지만, 속으로 민이 한 말을 되새기고 있었다. 민의 도움을 받으며 신당 일을 미주알고주알 보고하는 것과 목숨 걸고 빙의체를 직접 찾아다니는 것 중 어느 쪽이 자신에게 유리할지 계산기를 두드렸다. 그러다 민 옆에 앉아 남매의 싸움에 끼여 이러지도 저러지도 못하고 잔뜩 얼어 있는 주하가 눈에 들어왔다.

생물학적 아버지란 놈 때문에 인생이 완전히 뒤틀려버린 불쌍한 아이. 주하는 아버지를 피해 가출한 후 살기 위해 범죄 조직에 들어가야 했고 결국 소년원까지 가게 됐다. 아버지와 같이 지냈던 어린 시절을 기억에서 지우려고 애쓰면서도 아버지의 죄과를 자신이 갚아야 한다는 의무감을 안고 사는 아이였다. 엄마를 닮은 것인지 타고난 성품이 모질지 못해서 명이 거두지 않으면 평생 남에게 이용만 당하다 인생을 종 칠 아이였다. 처음에 명과 민이 주하를 데려왔을 때는 명의 복수에 주하를 이용할 수 있을지도 모른다는 마음이 있었다. 그러나 이젠 서로 믿고 의지하는 가족이 돼버렸다. 또한 명이 하고 있는 원혼 복수에 주하가 깊게 얽혀 있었다. 명이 안전하면 주하도 안전하고, 명이 위험하면 주하도 위험했다. 육신의 안녕을 공유한 이상 명은 주하의 목숨까지 고려해야 했다.

동생을 설득할 말을 찾느라 민이 잠시 침묵한 사이 커피 한 모금을 마시고 마음을 다잡은 명이 물었다.

"앞으로 이 일 그만두라는 말 안 할 거지?"

명의 목소리가 차분해지자 민은 작은 한숨을 쉬고 대답했다.

"네가 이 일 그만두지 않을 거 안다니까. 그냥 위험하니까 일을 줄이자는 거야. 너뿐 아니라 주하의 안전도 생각해야지. 맨날 네 걱정하는 내 생각도 좀 하고."

명은 또 커피를 한 모금 삼키며 시간을 끌더니 민의 말대로 하겠다고 했다. 명은 원혼의 일을 받는 횟수를 줄이고 신당에서 일어나는 일들에 대해 제때 알리겠다고 약속했다. 민도 명이 하는 일에 최대한 협조하겠다고 했다. 남매의 대립이 좋게 풀리자 사이에 껴서 초긴장 상태였던 주하는 다리에 힘이 풀려 일어설 힘도 없었다.

*

넉 달 전에 찾아왔던 형사들이 명당에 다시 찾아왔다. 며칠 전에 민이 와서 경찰에 대해 경고하고 간 터라 주하는 잔뜩 긴장하며 명의 눈치를 살폈다. 주하가 명의 집에 얹혀 산 지 몇 년이 지났는데도 명의 표정을 읽는 것은 여전히 영어 책 읽는 것보다 어려웠다. 이 난관을 어떻게 타개해나갈 것인지 걱정만 앞섰다.

경욱은 짧게 인사하고 본론으로 넘어갔다.

"혹시 뉴스 보셨는지 모르겠습니다만, 며칠 전에 어느 회장님 차를 몰던 운전사가 사람을 잔인하게 죽이고 자신이 몰던 차를 불태운 사건이 발생했습니다."

"네, 그 뉴스 봤어요."

명이 얼른 대답했다. 뒤이어 명은 약간 흥분한 목소리로 묻지도 않은 말들을 쏟아냈다.

"저희들이 그 뉴스 보고 얼마나 놀랐게요? 뉴스 나오기 전날, 그 운전사를 저희가 만났잖아요. 저희랑 만날 땐 사람 참 점잖아

보였는데, 뉴스 보고 기절하는 줄 알았다니까요?"

주하가 쟁반에 따끈한 커피를 석 잔 가져왔다. 형사들은 찻잔을 받아들고 가볍게 목례했다.

"그래서 뭘 좀 여쭤보러 왔습니다."

"그런데 그 사건도 형사님들이 맡으신 거예요?"

명이 호들갑스럽게 물었다.

"네, 그렇게 됐습니다."

경욱은 대답하며 이 사람이 몇 달 전에 만난 그 사람이 맞나 의심했다. 그날은 대단히 차분하고 가라앉은 모습이었던 반면 오늘은 들뜨고 흥분한 모습이다. 완전히 다른 사람 같다. 그날은 명이 부적을 들킨 원혼에 대한 분노를 숨기느라 차분해 보였다는 것을 형사들은 알 리 없었다.

"그래서 그 사람 왜 만났냐고 물어보시려고요?"

경욱이 묻기 전에 명이 먼저 물었다. 명의 적극적인 태도에 경욱은 잠깐 당황해서 찻잔의 온기를 느끼는 척 두 손을 가져다 댔다. 경찰 신분을 밝히면 대부분의 사람들은 어디 나한테서 빼 갈 게 있으면 재주껏 빼 가보시든가 하는 자세로 경계부터 했다. 그런데 명은 지난번에 봤던 사람이 아닌 것처럼 행동하더니 경욱이 할 질문을 선수 쳐서 던지기까지 했다. 2초쯤 손을 데운 경욱은 아무렇지 않은 것처럼 말했다.

"네, 그 사람이 범행을 저지르기 전에 마지막으로 만난 사람이 채명 씨와 저기 있는 직원분이었습니다."

"이미 그 아파트에 있는 CCTV로 확인 다 하셨을 테니 아니라고 할 수도 없고……. 이건 원래 의뢰인에 대한 비밀을 지켜드려야 하는 일이라 말하면 안 되는데요, 경찰이니까 비밀 엄수하시리라 믿고 말씀드려도 되겠죠?"

명은 짐짓 난처한 듯 말했다. 정말로 난처한 것인지 난처한 척만 하는 것인지, 밀랍으로 만든 것 같은 그 얼굴만 봐서는 알 수가 없었다. 그래도 경욱은 웃으면서 비밀은 지켜드릴 테니 수사에 협조해달라고 좋게 말했다. 명은 순순히 의뢰자에 대해 이야기했다. 명이 약간 흥분한 상태라 말에 두서가 없기도 했고 삼천포로 빠지는 경향도 있어서 형사들은 중간중간 되물어야 했지만 명은 성의껏 다 말해주었다.

"제가 제대로 이해한 건지 한번 정리해볼게요. 열흘 전에 채명 씨가 모시는 신령님이 주월산업 신기현 회장님 댁에 악귀가 있으니 가보라고 했어요."

"네, 우리 신령님은 사람 괴롭히는 악귀를 정말 찰떡같이 잘 찾으세요."

명이 신이 나서 말했다.

"아, 네. 그 신령님……. 음, 아무튼 그분의 명을 받고 신 회장님 댁으로 가서 퇴마를 하기로 약속했고, 약속 날에 두 분을 모시러 온 운전기사가 바로 뉴스에 나온 범인이었다는 말씀이죠?"

경욱이 차분히 설명하자 명의 고개가 차 안에 붙여놓은 고개 흔드는 강아지 인형처럼 요란하게 움직였다.

"네, 맞아요. 우리는 그 사람을 그날 처음 본 거였어요. 비서님이 오실 줄 알았는데, 운전기사를 보내셨더라고요."

"그래서 퇴마는 잘 마치셨나요?"

"그럼요. 아주 깔끔하게 귀신을 쫓아냈습니다. 아마 그 후로 그 집에서 귀신 봤다는 말이 안 나왔을걸요? 회장님이 말씀 안 하시던가요? 혹시 회장님 댁은 아직 조사 안 하셨어요?"

명은 자신만만하게 말했다.

"이미 다녀왔습니다. 귀신 안 나왔대요."

명의 물음에 대답한 건 규영이었다. 초자연을 좋아하는 이 젊은 형사는 명에게 깊은 감명을 받은 듯한 얼굴로 눈을 반짝였다.

"혹시 운전기사에게 부적을 주거나 하진 않았나요?"

경욱이 물었다.

"줬죠."

명이 당연하다는 듯이 대답했다.

"저희가 운전기사를 체포했을 땐 부적이 없던데, 어떤 부적입니까?"

"악귀로부터 그 사람을 보호하는 부적이에요. 퇴마하는 도중에 악귀가 쫓겨나지 않으려고 아무 사람한테나 들러붙을 수 있거든요. 퇴마가 끝나면 사용한 부적은 다시 받아서 태워버려요."

경욱은 진지하게 듣는 표정이었으나 속으로는 사기꾼들이라며 콧방귀를 뀌었다. 형사들은 명과 운전사 홍재광 사이에 어떤 연관성이 있는지만 알아보러 온 것이었다. 명이 이전에 만났을 때처럼 뻣뻣하게 대하지 않고 적극 협조한 덕분에 금방 조사를 마치고 돌아갔다. 물론 이렇다 할 소득은 없었다. 형사들이 나가자 주하가 현관 앞에 소금을 뿌렸다.

"지난번에도 소금 뿌렸는데 또 왔네."

주하가 중얼거리자 명이 실소했다.

"네 마음은 알겠는데, 저 사람들이 귀신이 아닌 이상 소금으로 되겠어? 최소 총은 돼야지."

경찰서로 가는 차 안에서 경욱은 이번 사건을 또 지난번 박춘만 사건처럼 범행 동기도 없이 수두룩한 살인 증거와 증인만으로 검찰에 넘겨야 하나 고민했다. 이 사건 말고도 이들이 해결해야 할 사건과 잡아야 할 범인은 산더미였다. 팀장도 증거가 차고 넘치니 어서 검찰에 넘기고 다른 사건을 수사하라고 닦달했다. 범인을 잡았고 범행을 입증할 증거도 충분했다. 그럼에도 경욱은 자꾸만 신경이 쓰였다. 손에 묻은 페인트 같았다. 신경 쓰지 않아도 될 만한데, 아무리 닦아도 지워지지 않고 자꾸만 눈에 거슬려서 신경이 쓰이게 되는 그런 사건들이었다.

전혀 다른 두 사건인데 공통점이 보였다. 박춘만도 운전기사 홍재광도 모두 전과자였다. 박춘만은 절도와 폭력으로 교도소를 일곱 번이나 들락거렸다. 홍재광은 네 번의 폭력 전과가 있었는데 변호사를 잘 만나서 죄질에 비해 형량은 적었다. 고용한 변호사는 국선 변호사가 아니었다. 네 번의 전과에도 불구하고 중견기업 총수 일가의 운전기사를 하고 있다는 게 영 꺼림칙했다. 어쩌면 홍재광에게 맞아 죽은 피해자가 주월산업과 관련 있는 사람은 아닐까 하는 생각도 해보았다.

"홍재광이 총수 일가의 더러운 일을 도맡아서 하는 사람 아니었을까요? 회사에서 감추고 싶은 비밀을 알고 있는 피해자를 조용히 죽이라는 지령을 내린 걸 수도 있잖아요?"

마치 제 생각을 읽은 것처럼 말하는 규영 때문에 화들짝 놀라 몸을 살짝 들썩였다. 다행히 규영은 운전하느라 경욱을 보지 못했다. 경욱은 아무 일도 없었던 듯 말했다.

"그래, 영화나 드라마 같은 거 보면 큰 회사에 그런 더러운 일 시키는 폭력배가 있지. 네가 그런 추측을 하는 것도 충분히 이해가 가. 그런데 수사는 너처럼 미리 '이럴 것이다'라고 단정 짓고 거기에 맞춰서 증거를 찾는 게 아니야. 그런 생각은 어디까지나 수많은 가능성 중 하나라고 봐야 해. 그래서 나도 주월산업 신기현 회장이 살인을 교사했을 수도 있다고 생각해봤지만, 그건 가능성이 낮다고 본다."

"왜요?"

"신 회장이 뭔가 숨기기 위해 누굴 죽여야 했다면 그렇게 동네방네 소문내면서 일을 저지르겠니? 뉴스까지 나올 만큼?"

경욱의 말마따나 홍재광은 일부러 그런 것처럼 CCTV에 정확하게 잡혔다. 피해자를 쇠파이프로 잔인하게 폭행하는 모습이 처음부터 끝까지 제대로 찍혔다. 그래놓고 차는 CCTV가 없는 한적한 곳에서 태웠다. 지문이 찍힌 쇠파이프는 범행 장소에 버렸다. 경찰이 차를 샅샅이 뒤져봤지만 안에서 범죄의 증거나 동기가 될 만한 게 나오지도 않았다. 차를 태운 건 도저히 이해할 수 없는 행동이었다.

CCTV에 범행 장면이 고스란히 찍힌 건 박춘만도 마찬가지였다. 범행 수법을 보면 분명 원한인데, 조용히 복수하지 않고 대낮에 CCTV가 있을 게 뻔한 식당 안에서, 게다가 식당 주인, 종업원, 손님 들까지 증인도 많은 곳에서 그런 대담하고 끔찍한 일을 벌였다.

두 사건의 또 다른 공통점은 범인들이 똑같이 범행 당시를 전혀 기억하지 못한다는 것이었다. 그들과 대면한 프로파일러는 범인들이 거짓말을 하고 있는 게 아니라는 결론을 내렸다. 약물 반응 검사도 모두 음성이었다.

그리고 퇴마사 채명.

경욱의 손에서 가장 지워지지 않는 페인트였다. 박춘만이 채명의 부적을 갖고 있던 것과 운전사가 범행을 저지르기 전 마지막에 만난 사람이 채명이었던 게 단순히 우연일 수도 있었지만 왠지 경욱은 자꾸 명이 신경 쓰여 자꾸 돌아보게 되었다. 또 귀신 타령을 할까 봐 규영에게는 퇴마사에게서 신경 끄라고 했지만 경욱은 이상하게 명이 걸렸다. 20년 넘게 쌓아온 형사의 감이었다.

형사들이 돌아간 후, 명은 한참이나 말없이 인터넷만 뒤지고 있었다. 그런 명의 모습은 언제나 주하에게 재앙을 불러왔다. 창고에 쓰지도 않을 물건이 또 쌓일지도 모른다는 불안감을 떨치지 못한 주하가 조용히 명의 뒤로 가 모니터를 들여다보았다. 그런데 쇼핑몰을 뒤지고 있을 거라는 주하의 걱정과 달리 명은 동영상을 이것저것 찾아보고 있었다.

"네가 아까 소금 뿌리는 거 보고 생각났는데 말이야. 우리 퍼포먼스가 너무 밋밋해. 후져 보여. 그렇지 않아? 엑소시즘 영화나 굿하는 영상들을 참고해서 좀 있어 보이는 퍼포먼스를 만들어야겠어."

명의 말을 들은 주하는 얼굴을 구겼다. 퍼포먼스가 뭐가 문제인지 모르겠다는 표정이었다. 밋밋하든 복잡하든 귀신만 잘 쫓아주고 돈만 잘 챙기면 되는 거 아닌가? 그러나 명의 생각은 달랐다. 고객의 눈에 뭔가 대단해 보여야 돈을 많이 뜯어낼 수 있다는 것이 지론이었다.

지난번 펜트하우스 건의 고객은 무려 주월산업 회장이었다. 지금 명이 쓰는 샴푸와 트리트먼트도 주월산업 제품이고, 주하가 좋아하는 주방세제도 주월산업 제품인 데다가, 1층 신당뿐만 아니라 2층 주거 공간 곳곳에 자리한 소형 공기청정기도 주월산업의 자회사인 주월전자 제품이다. 초등학생부터 100세 노인까지 모르는 사람이 없다 해도 과언이 아닌 바로 그 주월의 회장이다. 퇴마 의식을 행했던 그 자리에는 없었지만, 회장은 명을 감시하기 위해 아들의 집 안 곳곳에 소형 카메라를 설치해놓고 퇴마 의식을 보고 있었다. 그렇다면 좀 더 대단해 보이는 퍼포먼스를 펼쳐 보이고 돈을 더 청구할걸, 하는 아쉬움이 크게 남았다.

"소금 뿌리는 것도 너무 없어 보여. 뭐 있어 보이고 괜찮은 거 없을까? 닭 피 같은 건 너무 끔찍해서 싫어. 깔끔하면서 있어 보이는 것 좀 생각해봐."

명이 말하며 주하를 쳐다봤다.

"소금이 가장 전통적이고, 치우기 좋고, 친환경적이어서 좋아요. 뒷설거지하는 저도 좀 생각해주세요."

명은 '친환경'이라는 말에 반색했다. 요즘 트렌드인 친환경이라 하니 뭔가 있어 보였다. 갑자기 소금이 마음에 쏙 들었다.

"그러면 향로를 다른 걸로 바꿔볼까? 너무 오래 써서 이젠 식상해."

이게 바로 주하가 불안해 마지않는 부분이었다. 명의 무분별한 소비 행각!

주하는 창고에 쌓여 있는 수십 개의 향로를 모양과 색상별로 열거하며 더 이상 향로를 늘릴 생각 말라고 잔소리를 퍼부었다. 며칠 전 주월산업의 신 회장이 보내온 보수로 명의 통장이 두둑해졌다. 통장이 두둑해지면 명은 자꾸 뭔가를 사들이려고 했다. 꼭 필요한 것도 아니었다. 향로뿐만 아니라 주하가 보기엔 절대 쓸 일도 없고 실제로 쓰지도 않는 비싼 쓰레기들이 창고를 메워가고 있었다.

홈 트레이닝을 하겠다고 사서 3일 만에 창고로 보낸 실내 자전거와 로잉머신, 딱 한 번 사용하고는 피곤해서 못 하겠다며 창고로 보낸 캠핑 장비들, 심지어 대용량 고양이 사료가 있었던 적도 있었다. 길고양이를 먹이겠다며 15킬로그램짜리 대용량 사료를 두 포대나 샀었다. 묶음 판매라서 쌌다나. 명이 밤에 나가서 길고양이들에게 사료를 준 건 겨우 이틀이었다. 사흘째에는 명이 술에 취해 주하 혼자 나가 사료를 주었다. 그다음 날부터 명은 사료를 샀다는 사실을 깨끗하게 잊었다. 남은 사료는 주하가 몇 날 며칠 걸려서 고양이들에게 먹여 없앴다.

명은 인터넷을 뒤지다가 문득 화면 한쪽에 조그맣게 뜨는 광고를 보면 꼭 눌러야 직성이 풀렸다. '와아, 이거 만든 사람 상 줘야 돼!'라는 문구로 시작하는 그 광고들을 보면 '구매하기' 버튼을 누르지 않고는 못 배겼다. 그렇게 사서 창고로 모셔진 물건도 상당했다. 발뒤꿈치를 아프지 않게 갈아서 각질을 제거해준다는 각질 제거기, 칼을 대기만 하면 사과 껍질이 예쁘게 깎이는 사과 돌리는 기계, 생각보다 예쁘지 않다는 이유로 포장을 뜯자마자 창고로 간 규조토 발 매트도 있었다. 그 외 모두 열거하면 밤을 샐 만큼의 버라이어티한 물건들이 명의 만행으로 창고를 채우고 있었다. 그러니 명이 인터넷을 뒤지고 있으면 주하가 감시하지 않을 수 없었다.

이번에도 주하는 명의 기억 속에서 사라져간 창고 안의 물건들을 주문 외듯이 열거하더니, 지름신 강림을 막는다며 명에게 소금 뿌리는 시늉을 했다.

"차라리 향로값 보태서 기부를 조금 더 해요."

"기부? 아, 맞다. 내가 생각해둔 데가 있었는데……. 학대당해서 부모로부터 격리된 애들 보호해주는 데가 어디지? 그 애들한테 갈 예산이 줄었대. 미친놈들이지. 돈이 모자라면 부자들한테 세금을 더 거둬서라도 불쌍한 애들 도와야지."

명의 입에선 보이지도 않는 국회를 향해 온갖 욕이 튀어나왔고 명의 손가락은 기부할 곳을 찾느라 자판 위와 마우스 위를 번갈아가며 뛰어다녔다.

"너무 많이 하지 마세요. 또 저번처럼 생활비 모자라서 금고에 있는 돈 손대면 안 돼요."

"걱정 마."

명의 저 '걱정 마'라는 말이 뇌를 거쳐서 나온 말인지 생각 없이 혓바닥에서 만들어진 말인지 주하는 알 길이 없었다. 주하의 기준에서 명은 문제가 많은 사람이었다. 그중 가장 큰 문제가 바로 무계획적인 씀씀이였다. 주하가 말한 '저번'에는 인터넷을 뒤지다가 또 화면 한구석에 조그맣게 뜬 자선단체 광고를 열어보고는 즉흥적으로 남은 생활비를 몽땅 기부하는 바람에 주하를 미치게 만들었다. 사정이 이렇다 보니 주하에게는 퇴마 보조보다 명의 씀씀이를 관리하는 게 훨씬 중요한 일이었다.

"그 회장님 돈 엄청 많아 보였는데, 한 2억 달라고 할걸 그랬어."

명이 인터넷을 뒤적거리며 말하자 주하가 콧방귀를 뀌었다.

"2억 받으면 그건 온전할 것 같아요? 누나 양심에 손을 얹고 생각해봐요."

명은 아무 말도 하지 못했다. 자신의 지난 행동거지들을 생각하니 주하의 말에 반박할 여지가 없었다. 명은 입술만 부루퉁하게 내밀었다.

*

규영은 출근하자마자 대단히 중요한 정보를 알아 왔다며 경욱 옆에 딱 붙어서 호들갑을 떨었다. 처음엔 신중하게 듣던 경욱은 조금 듣다가 한숨을 쉬었다.

“너는 어제 쉬면서 무당집엘 다녀온 거야? 그 금쪽같은 시간에 부적 보여주러? 무당이 뭐라디? 악귀가 씌어서 사람을 죽였다디?”

경욱이 규영을 비꼬았다.

“어! 어떻게 아셨어요?”

경욱은 “차암나!” 하고는 컴퓨터를 켰다.

“무당이 그 부적 보더니 퇴마 부적이 아니래요. 귀신을 불러들이는 부적이래요.”

모니터를 보던 경욱이 규영을 향해 고개를 돌렸다. 그러자 규영은 이제야 제 말을 제대로 들어주는 경욱에게 더욱 신이 나서 말을 이어 나갔다.

“아무래도 부적을 갖고 있던 사람에게 귀신을 씌운 것 같대요. 그러니까 퇴마사님이 거짓말을 한 거죠.”

“그게…….”

경욱은 무슨 말을 하려다 입을 다물었다. 그들은 이미 펜트하우스에 설치되어 있던 소형 카메라들의 녹화 영상을 입수해서 확인한 터였다. 영상 속 퇴마 행위에서 이상한 부분은 보이지 않았다. 명이 홍재광에게 부적을 주는 장면이 있었지만 잡힌 홍재광에게선 부적이 발견되지 않았다. 그 부분에 대해 명은 이미 해명했다. 게다가 귀신 따위 믿지 않는 경욱은 부적을 주고받는 미신적인 행동에 대해 고민해볼 일말의 가치도 느끼지 않았다.

부적과 귀신에 집착하는 규영을 보며 경욱은 혀를 끌끌 찼다.

지구대 근무만 2년 했던 규영은 강력계 형사가 된 지 1년도 안 되었다. 그런데 첫 사건인 박춘만 사건부터 이번 홍재광 사건까지 이렇게 얼렁뚱땅 귀신 씻나락 까먹는 소리로 해결하려 하고 있었다. 경욱은 규영에게 차라리 경찰 그만두고 귀신 나오는 소설을 쓰라고 할까 생각했다.

엇나간 복수

명은 가뭄에 콩 나듯 찾아오는 인간 고객과 상담하고 있었다. 그는 싱크대 문이 자꾸만 열린다고 했다. 처음엔 문이 고장 난 줄 알고 경첩을 바꿨다. 그런데 다른 곳에 있다가 다시 부엌에 가면 또 문이 열려 있었다. 고양이가 문을 여나 싶어서 아기 있는 집에서 사용하는 문 열림 방지 고리를 사서 달았다. 그래도 소용이 없었다. 고객은 고민 끝에 명을 찾아왔다고 했다. 명은 이 고객을 어디로 보낼까 잠시 고민하다 문득 자신을 부르는 느낌이 들어 고객 위쪽을 올려다보았다. 이 세상 사람이 아닌 남자가 천장에서 명을 내려다보고 있었다. 그 몰골 때문에 명의 뒷덜미에 소름이 돋았다. 머리카락이 몽땅 서는 느낌이었다. 명이 말했다.

"주하야, 고객님 오셨다."

주하는 현관 쪽을 보았으나 들어오는 사람은 없었다. 그는 고개를 돌려 명을 보고서야 무슨 말인지 알아들었다. 명은 고객의 위쪽 허공을 응시하고 있었다. 주하는 얼른 명과 상담하고 있는 고객에게로 달려갔다.

"명광도사."

명이 짧게 말하자 주하는 앉아 있는 고객에게 허리를 숙이고 정중하게 권했다.

"고객님, 고객님 사연은 저희 신당에서 다루는 종류의 문제가 아닙니다. 제가 문제를 풀어드릴 용한 분께 모시겠습니다. 이쪽으로……."

다른 곳으로 모시겠다는 말에 고객은 어리둥절했다. 그러나 그것도 잠시, 그는 갑자기 기분이 상했는지 따지기 시작했다.

"여기 퇴마 전문이라면서요? 우리 집에 귀신 있는 거 맞잖아요. 나 무서워서 집에도 못 들어가요. 우리 애기들 사료 챙겨주고 똥 치우러 잠깐 들어갔다 나온다고요. 고민하다가 힘들게 찾아왔더니 다른 곳으로 가라니요? 여기 보살님 혹시 돌팔이에요? 이런 거 해결도 못하면서 퇴마 전문이라고 써 붙인 거예요?"

이 고객은 성깔은 있어도 폭력적이진 않아 보여 다행이라고 생각하며 주하가 웃는 낯으로 차분차분 설명했다.

"고객님은 배탈이 나면 어느 병원 가시죠?"

뜬금없는 질문에 고객은 어이없어 하면서도 대답했다.

"동네 내과 가죠."

"그렇죠, 고객님. 배탈 났는데 정형외과 가지 않죠? 병원이라고 아무 병이나 다 고치는 게 아니듯이 신당도 아무 귀신이나 막 봐주는 거 아닙니다. 무속인도 자기 전문 분야가 있어요. 고객님

댁 문제를 저희 퇴마사님이 해결 못하시는 건 아니지만, 보다 더 잘 봐주실 분께 모시고 가는 게 고객님을 위한 거라고 판단하신 거예요. 쉽게 말씀드리면 여긴 정형외과니까 배탈 나신 환자분을 내과로 모신다고 보시면 돼요."

자리를 옮기는 데 대한 불만이 가신 건 아니었지만, 보다 더 잘 봐주는 곳이라는 주하의 말을 믿어보기로 한 고객은 구시렁거리며 주하를 따라나섰다. 명은 앉아서 고객을 모시고 나가는 주하의 뒷모습에 시선을 고정했다.

처음 주하를 명의 복수에 이용할 목적으로 데려왔을 때 주하는 법적으로 갓 성인이 된 나이였다. 며칠 데리고 있다가 주하가 무용지물이란 걸 알고 난 후 내보내려 하자 주하가 매달렸다. 갈 곳이 없으니 제발 여기 있게 해달라고. 이곳은 원혼들의 복수, 즉 원혼들의 살인을 돕는 곳이었다. 어린 녀석이 이곳에 있어봐야 좋은 꼴 볼 일이 없으니 나가라고 했다. 그래도 주하는 신당 한구석에서 쪽잠을 자며 버텼다. 시키지도 않은 청소와 설거지를 하고, 밥도 차렸다. 그 당시엔 명과 민이 함께 살고 있었다. 주하는 남매의 눈치를 봐가며 비위도 잘 맞췄다. 소년원에 가기 전에 함께 살았던 무시무시한 형님들한테 안 맞으려고 비위 맞추는 기술만 늘었다고 했다. 형님들은 기분만 잘 맞춰주면 덜 때렸다. 하지만 아버지라는 작자는 처자식을 때려야 기분이 좋아지는 부류였다. 주하가 이곳에서 나가면 어딜 가든 덜 맞는 게 인생의 목표가 될 것이었다.

딱한 사정 때문에 야멸차게 내쫓지도 못하고 나가라는 말만

하며 어영부영 며칠이 흐른 어느 날이었다. 그날은 1년에 두세 번 있는 진상 고객의 날이었다. 명에게 사기꾼이라고 욕하는 고객에게 명은 눈도 깜짝하지 않고 정신과에 가서 우울증 상담을 받으라는 말만 매섭게 쏟아냈다. 고객은 더욱 흥분했다. 그때 주하가 나서서 고객을 달랬다. 한 30분 정도 진심 어린 표정으로 고객을 진정시키니 고객도 나중에는 직원 얼굴 봐서 간다며 상담 테이블에 침을 뱉고 나갔다. 그날부터 주하는 직원이 되었다. 그런 진상들을 늘 혼자 감당해야 했던 명은 주하 덕분에 마음이 많이 가벼워졌고 점점 주하에게 의지하게 되었다. 이젠 주하가 없으면 신당 운영이 어려울지도 모른다.

고객을 명광도사에게 안내한 주하는 서둘러 돌아와서는 신당 문을 잠그고 문패를 'CLOSED'로 돌렸다.

'으으! 춥다. 이번 귀신은 무슨 한이 많아서 이렇게 춥냐?'

주하는 때아닌 전기난로를 꺼내 명을 향해 놓고 틀었다. 그러고는 뜨거운 커피와 시원한 식혜, 전자레인지에 돌려 김이 모락모락 나는 콩설기 한 접시를 내왔다. 커피는 명에게, 식혜와 떡은 명의 맞은편에 놓고 떡 위에 젓가락도 얌전히 올려놓았다. 그러자 천장을 향해 쳐들었던 명의 고개가 천천히 내려와 앞을 응시했다. 주하는 천장에 붙어 있던 귀신이 떡과 식혜를 보고 내려왔나 보다 짐작했다. 그러나 아무것도 모르는 척 카운터 자리로 가 앉아, 핸드폰을 들여다보며 가끔씩 명의 말에 귀를 기울였다.

귀신은 명의 앞에 앉아 떡과 식혜를 허겁지겁 먹었다. 해골에 피부 가죽을 붙여놓은 것처럼 깡마르고 볼이 옴폭 들어간 게 많이 굶주린 모습이었다. 명은 귀신이 다 먹을 때까지 조용히 기다렸다가 주하에게 떡과 식혜를 더 가져오라고 했다. 귀신이 다 먹었다고 하는 떡과 식혜는 주하 눈엔 하나도 건들지 않은 모습이었다. 그래도 주하는 귀신에게 주었던 떡과 식혜를 치우고 새것을 가져왔다. 새로운 떡과 식혜가 오자 귀신은 또 열심히 먹었다. 이미 한 접시 먹어서인지 이번엔 먹는 속도가 좀 줄었다. 두 번째 떡과 식혜까지 다 비우자 명이 물었다.

"많이 배고프셨죠? 누가 고객님을 이렇게 배고프게 만들었나요?"

잠시 주저하던 귀신이 천천히 사연을 털어놓기 시작했다. 귀신의 이야기는 한참 동안 이어졌다. 명은 그 긴 이야기를 들으며 맞장구도 쳐주고, 안타까운 표정으로 고개도 끄덕이고, 위로도 해주었다. 두 시간이 넘도록 귀신의 이야기를 들어준 명은 본격적으로 복수하는 방법에 대해 설명했다. 제대로 복수하고 싶었는지 귀신은 시시콜콜한 것까지 물어왔고, 명은 친절하게 설명했다.

"빙의는 믿고 맡기셔도 됩니다. 소문 듣고 오신 거겠지만, 저희는 여태까지 실패한 적이 없어요."

명이 말했다. 핸드폰으로 인터넷을 뒤지며 건성으로 듣던 주하는 명의 말에 집중하기 시작했다. 명이 저 말을 했다는 건 일이 거의 성사되고 이제 돈 이야기를 꺼낼 차례라는 뜻이었다. 주하의 예상대로 명은 복수를 돕는 대신 원혼이 치러야 할 대가에 대해 설명했다. 어차피 돈이야 쓰레기 같은 인성을 가진 어느 부자의 주머니에서 나오겠지만, 그 부자가 순순히 돈을 꺼내도록 만드는 건 귀신의 일이었다. 주하는 눈으로는 핸드폰을 보는 척하며 청신경은 온통 상담 테이블에 집중했다. 이번 원혼은 궁금한 게 왜 이렇게 많은지 명이 계속 대답을 이었다. 그러다…….

"그러면 내일부터 영력 키우는 연습을 시작하겠습니다. 저도 최선을 다해 고객님을 돕겠습니다."

주하는 명의 이 말에 속으로 쾌재를 불렀다. 새로운 프로젝트가 시작됐다.

"주하야, 고객님 가신다."

주하는 얼른 달려가 문을 열고 허리 숙여 인사했다. 물론 귀신이 보이지 않아서 엉뚱한 곳에다 인사했지만, 중요한 건 방향이 아니라 정성이었다. 그만큼 귀신 고객을 존중한다는 뜻만 보이면 되었다. 주하가 문 닫을 타이밍을 몰라 계속 열어놓고 있자 명이 문을 닫으라고 손짓했다. 그제야 주하는 귀신이 나간 걸 알고 문을 닫았다.

"오우! 한기가 대단하네요, 이번 귀신은……."

주하가 명 옆으로 가 전기난로에 손을 쬐었다.

"응, 20년이 넘게 묵은 한이야."

"에엑?"

주하가 깜짝 놀라 소리쳤다. 이번 원혼은 생전에 20년 넘게 농장에서 감금과 학대를 당하며 노예처럼 살았다. 그러다 병이 들었는데 병원은커녕 약도 한 번 못 먹어보고 죽었다. 정확하진 않지만 원혼은 5학년 즈음이라고 기억하는 어린 나이에 농장으로 들어가 학대당하며 제대로 먹지도 못해 키는 작았고 깡마른 데다 늘 굶주려 있었다. 그래서 떡을 두 접시나 허겁지겁 먹어치운 것이었다.

"신당이 이렇게 추울 만하네요."

한이 깊을수록 원혼이 발산하는 한기가 강했다. 신당에서 5년 넘게 일한 주하도 이 정도 한기는 처음이었다. 명과 주하는 선풍기가 어울릴 계절에 열을 뿜고 있는 전기난로를 한동안 말없이 바라보았다.

*

민이 내민 신상명세서를 받아 든 명은 찬찬히 읽어 내려갔다. 한쪽 귀퉁이에 박힌 사진의 주인은 전과도 많았다. 주로 폭력 전과였다. 중학교 중퇴에 소년교도소에서 시작해 성인 교도소까지 무려 전과 14범이었다.

"미친놈들! 다른 나라도 전과 14범이라는 게 존재하나 몰라. 이런 놈을 왜 열네 번이나 풀어주고 지랄들이야?"

오늘도 명은 신상명세서를 보며 욕을 해댔다. 욕의 대상은 전과 14범이 아니라 전과 14범을 가능하게 만든 사법부였다. 명의 앞에 앉아 있는 민도 그 옆에 앉아 있는 주하도 그러려니 하며 아무렇지 않게 뜨거운 커피만 홀짝거렸다.

"폭력 전과 많은 놈을 골라달래서 가져오긴 했는데, 왜 꼭 이런 놈이어야 해? 이런 놈들은 접근하는 것부터 위험하지 않아?"

민이 물었다.

"초등학생 때부터 20년 넘게 감금돼서 노예처럼 살았대요. 그러다 병들었는데 약도 한 번 못 먹어보고 죽었대요."

육두문자 삼매경에 빠져 있는 명 대신 주하가 대답했다. 민은 원혼이 한이 참 많겠구나 하며 고개를 끄덕였다. 명의 욕이 잠시 소강상태가 되었다. 더 뱉어낼 참신한 욕이 생각나지 않았거나 숨 고르기를 하는 중일 것이다. 그 틈에 주하가 어떻게 하면 전과 14범이 될 수 있느냐고 묻자 명이 신상명세서의 내용을 읊었다.

"지하철 안에서 여자가 쳐다본다고 기분 나빠서 때리고, 담뱃불 좀 빌려달랬는데 라이터 없다고 해서 이빨 몇 개 부러뜨렸어. 그런데 그 피해자가 비흡연자였대. 식당에서 밥 먹다가 음식에서 머리카락 나왔다고 서빙하는 아르바이트생 머리를 열일곱 바늘 꿰매게 만들고……. 이야, 이 새끼 완전 정신병자네! 참 마음에 드는 새끼야. 이름이 뭐라고? 조일섭? 일섭아, 이번에 살인죄까지 해서 아예 종신형 가즈아!"

명이 신상명세서의 남자를 힘차게 응원했다. 20년 넘게 노예로 살다가 죽은 한 많은 원혼을 위한 빙의체였다. 그 원혼은 4개월 동안 열심히 훈련했고, 오늘 오전에는 사기 퇴마도 무사히 마쳤다.

"주하 너는 이 남자한테 접근할 때 특히 조심해라. 살짝 부딪혔다고 싸움 걸 수도 있어."

민이 주하에게 주의를 당부했다. 마음이 여리고 대담하지 못한 주하가 걱정되었다.

"주머니에 부적 넣고 나면 빙의하는 데 1분도 안 걸리니까 그 때까지만 조심하면 돼."

명이 주하를 안심시켰다.

"우리 주하, 곧 큰일 해야 하는데 뭐 먹고 싶어? 형이 왔으니까 오늘은 부엌데기 안 해도 돼. 외식이다!"

민이 말하자 주하의 입이 함지박만 해졌다.

"저 그럴 줄 알고 오늘 저녁 준비 안 하고 있었어요."

오랜만의 외식을 마친 세 사람이 다시 신당으로 들어왔다.

"오빠, 내일 출근 안 해? 운전해야 한다고 술도 안 먹었으면서 왜 신당으로 들어와?"

명이 묻거나 말거나 민은 상담 테이블 앞에 앉아서 명에게도 앉으라고 손짓했다. 명과 주하가 자리에 앉았다. 주하는 민의 심각한 얼굴과 행동에 덜컥 겁을 먹었다.

"내가 몇 달 전에 와서 귀신 복수극을 1년에 한 번만 했으면 좋겠다고 말했지? 그 후로 아직 1년이 되려면 멀었는데, 또 일을 받았네?"

민이 굳은 목소리로 물었다.

"이번 일은 6개월 만에 하는 거야. 예전에 비하면 간격이 많이 길어졌어. 게다가 이 원혼은 오빠가 그 말을 하기 전에 이미 예약했던 거고. 미룰 수가 없는 거였어."

민이 말하기 전에 예약이 있었다는 말은 거짓이었다. 명의 거짓말에 주하의 눈이 저절로 커졌지만, 민은 명을 노려보느라 제

발 저린 주하를 보지 못했다.

"그런 사정이 있었으면 할 수 없지."

민이 명의 말을 믿는 듯하자 주하는 속으로 안도의 한숨을 내쉬었다.

"그거 물어보려고 이렇게 똥폼 잡고 있는 거야? 사람 긴장하게?"

명이 민을 향해 톡 쏴붙였다.

"내가 이러고 있으면 긴장을 하긴 하는구나. 긴장한 상태로 잘 들어. 내가 어제 부동산 사기 사건에 대한 자료를 정리하다가 발견한 게 있어."

부동산 사기 사건이라는 말에 주하는 다시 한번 덜컥 겁이 났다. 그 건으로 경찰들이 또 찾아왔었다. 그러나 그 말을 민에게 차마 하지 못했다.

"예전에 주월산업 신기현 회장 운전기사 홍재광에게 빙의했던 귀신, 전세 사기로 전 재산을 다 잃고 자살한 사람이라고 했던가? 그 귀신이 범인을 잘못 알고 있었어. 어제 새벽에 진범이 잡혔어."

명과 주하의 눈이 동시에 커졌다. 그 원혼은 남편과 일찍 사별하고 어린 두 아들을 홀로 키워 대학까지 졸업시킨 억척스러운 여자였다. 혼자 키우느라 남들만큼 못 해준 게 미안해서, 늙어서는 절대 아이들에게 짐이 되지 않겠다고 다짐했다. 그래서 아이들이 독립한 후에도 아끼고 아끼며 악착같이 돈을 모아 깨끗한 신축 빌라에 전세로 들어갔다. 그러나 이사하고 1년 후 사기를 당했음을 알게 되었다. 사기를 예방하기 위해 아까운 중개비를 내가며 부동산을 끼고 계약했는데도 마음먹고 치는 사기는 막지 못했다. 분통을 터뜨리며 부동산으로 달려갔지만 문은 굳게 닫혀 있었다. 이후로 부동산 문은 계속 열리지 않았다. 절망한 여자는 제 삶이 왜 이렇게 고달프고 비참할까 한탄하다가 달리는 열차에 뛰어들었다. 신 회장의 비서실장과 아들이 본 귀신은 열차에 치여 머리의 반이 날아간 여자의 모습이었다.

"그 귀신이 죽인 공인중개사도 피해자였어. 사기꾼이 위조한 공문서로 중개사도 속인 거야. 일이 터지고 나서는 그 사람도 사기꾼 잡겠다고 부동산 문 닫고 전국을 뒤지고 다녔었대."

명은 온몸의 피가 바닥으로 한꺼번에 쑥 쏟아지는 것 같았다. 주하도 망치로 뒤통수를 세게 얻어맞은 느낌이었다. 민은 이어 말했다.

"억울하게 죽었다고 해서 과연 그들이 다 옳은가 하는 의문이 들어. 복수할 대상을 잘못 알아서 애먼 사람의 목숨을 앗아간 이번 일도 있지만, 몇 년 전에는 복수할 대상이 없어졌다고 애먼 사람한테 화풀이한 경우도 있었잖아."

몇 년 전, 어느 원귀가 저지른 황당한 살인이었다. 복수하라고 몇 달을 매달려서 훈련시키고 빙의시켜줬더니 복수 대상이 이미 죽고 없다면서 그 아들을 살해했다. 살해당한 아들에게는 어린이집에 다니는 아이와 임신 8개월째인 아내가 있었다. 그 사건 후, 명은 한동안 죄책감 때문에 아무것도 먹지도 못하고 불면증에 시달렸다. 어쩌다 잠이 들면 살해당한 아들이 쫓아오는 꿈에 시달리다가 주하가 달려와 깨워준 덕분에 꿈에서 벗어났다. 그 사건의 굴레에서 빠져나오는 데 몇 달이 걸렸다. 이번 홍재광 사건이 다시 한번 명을 죄의식의 나락으로 떨어뜨리게 생겼다.

"그래서 네가 이 일을 안 할 수 없다면 횟수라도 줄이고 좀 더 신중하게 했으면 해."

민은 일을 1년에 한 번만 받을 뿐만 아니라 앞으로 원귀들이 복수를 의뢰하면 자세한 사연을 자신에게 알려달라고 했다. 사연의 진위를 가리고 정말 벌을 받아야 할 사람이 누구인지 가리겠다는 취지였다. 명은 듣는 둥 마는 둥 고개를 끄덕이며 알았다고 건성으로 대답했다. 한 귀로 듣고 흘리는 모습이 보였지만 민은 진지하게 들으라고 성화하지 않았다. 홍재광 일 때문에 지금 명의 심정이 어떠할지 훤히 보였기 때문이다. 민은 다음에 다시 이야기하기로 하고 돌아갔다.

주하는 민이 이 얘기를 왜 진즉에 하지 않고 저녁 식사 후에 했는지 알 것 같았다. 한동안 명이 식음을 전폐할 게 눈에 선했다. 일단 신당 문을 닫고 '개인 사정으로 당분간 쉽니다'라고 적은 종이를 붙였다. 명의 상태는 당분간 쉬지 않으면 큰일 날 것 같았다. 이번 원혼과 공모한 사기 퇴마를 오늘 오전에 해치운 게 그나마 다행이었다. 수일 내로 조일섭을 만나서 빙의를 성공시켜야 하는데, 반쯤 넋이 나간 상태로 지낼 명이 제대로 움직일 수나 있을지 걱정이었다.

*

소주와 마른안주가 담긴 비닐봉지를 들고 일섭이 어두운 골목으로 접어들어서 20미터쯤 걸었을 때였다. 뒤에서 통화를 하며 걸어오는 남자의 목소리가 들려왔다. 일섭은 고개를 돌려 힐끗 남자의 모습을 보고는 별생각 없이 가던 길을 갔다.

"야, 왜 갑자기 왔어? 미리 연락이라도 주든가. 기다려, 얼른 갈게."

통화하는 남자는 뭐가 마음에 안 들었는지 화를 내며 전화를 끊었다. 이내 급하게 뛰는 발소리가 났다. 일섭은 뒤에서 뛰어오는 남자를 신경 쓰지 않고 걸었다. 그러다 온몸으로 부딪혀 온 남자에게 떠밀려 휘청했다. 넘어질 뻔했지만 옆에 있던 벽을 짚고 가까스로 균형을 잡았다. 들고 있던 비닐봉지가 벽에 부딪혀 요란한 소리를 냈다.

"이 새끼가 눈깔 똑바로 안 뜨고 다녀?"

일섭은 화가 나서 봉지 안의 소주병을 꺼내 거꾸로 들었다.

"아이고! 정말 죄송합니다. 제가 너무 급해서 선생님을 못 봤습니다. 정말, 정말 죄송합니다."

남자는 연신 허리를 숙이며 사과했지만 일섭은 소주병을 높이 들었다. 소주병으로 남자를 내려치려는 찰나 그가 뭔가를 내밀었다.

"여기 지갑이요. 저 때문에 떨어뜨리셨나 봐요. 정말 죄송합니다."

일섭은 지갑을 보더니 소주병을 잡고 있는 팔을 조용히 내리고 순순히 지갑을 받아 들었다. 지갑이 두툼했다.

"확인해보세요. 혹시 돈이나 카드 빠져나온 건 없나……."

남자가 지갑을 가리키며 말했다.

"됐어."

일섭은 거칠게 말한 뒤 지갑을 트레이닝복 주머니에 쑤셔 넣었다.

"그래도 확인을 하셔야……."

"됐다니까, 이 새끼가!"

일섭은 다시 소주병을 높이 들었다.

"사람을 그렇게 쳐놓고 미안하다고 하면 다야?"

일섭은 그대로 남자에게 다가갔다. 남자는 뒷걸음질 치며 두 손을 앞으로 내밀어 일섭을 저지하려 했다.

"너 이 새끼, 잘 걸렸어. 오랜만에 푸닥거리 한 판 해보자."

천천히 남자를 향해 다가가던 발걸음에 속도가 붙고 소주병을 든 팔에 힘이 들어갔다. 남자는 반사적으로 두 팔로 얼굴을 가리고 "어어!" 하며 옆으로 피했다. 그때였다.

딸랑!

난데없이 골목길을 울리는 청명한 종소리에 일섭은 남자를 향한 분노를 담은 표정 그대로 고개를 돌려 소리가 난 쪽을 보았다. 골목 입구에서 이들을 향해 걸어오는 구두 소리가 또각또각 일섭의 고막을 때렸다. 대로에서부터 어두운 골목까지 뿌려진 가로등 빛에 원피스의 실루엣이 드러났다. 한 손에는 줄에 매달린 작은 주전자 같은 걸 들고 있었는데, 주전자 안에서 흰 연기가 뿜어져 나왔다. 빠르지 않은 구둣발 소리와 역광을 받은 원피스 실루엣, 희미하게 보이는 연기가 일섭의 눈길을 사로잡았다. 여자의 기묘한 모습에 일섭의 온정신이 쏠렸다.

"아저씨!"

명이 특이할 것 없는 평범한 어조로 일섭을 불렀다. 일섭은 저를 부르는 소린 줄은 알았지만 대답을 어떻게 해야 할지 몰라 머뭇거렸다. 그저 조용히 서서 다가오는 명의 실루엣만 바라봤다. 소주병을 든 팔은 얌전히 내렸다.

"조금만 참으세요. 곧 끝나요."

명이 무슨 말을 하는 건지 고민하던 일섭의 의식이 일순 멀어졌다. 그는 잠시 멍한 채로 명이 가까이 올 때까지 그대로 서 있었다.

"들어오셨지요?"

명이 움직이지 않는 얼굴에 힘을 줘 미소 지으며 물었다.

"네, 덕분에……. 감사합니다."

눈에 생기가 돌아온 일섭이 여태껏 없던 차분한 모습을 보여주며 인사했다.

"증거는 확실하게 남기시고, 일이 끝나면 부적을 꼭 태워서 없애주세요. 가서 마음껏 복수하시고 성불하시기 바랍니다."

명이 인사했다.

"저……. 주머니 안에 제 지갑……."

부적 때문에 일섭에게 접근했던 주하가 주저하며 말하자 일섭은 주머니에서 지갑을 꺼냈다.

"지갑 안에서 부적만 꺼내시고 지갑은 저 주세요. 제 건데 마치 자기 지갑인 양 주머니에 넣더라고요."

일섭은 시키는 대로 지갑 안에서 부적을 꺼내 주머니 속 깊이 찔러 넣고 지갑을 돌려주었다.

주하는 전방을 주시하고 운전하면서도 온 신경은 옆에 앉아 있는 명에게 쏠려 있었다.

"이번 사건도 그 형사들이 맡는 건 아니겠죠?"

차 안을 가득 메운 명의 침묵이 견딜 수 없이 무거웠던 주하가 침묵을 깨기 위해 말을 걸었다. 마치 명에 대한 걱정은 하나도 하고 있지 않은 것처럼.

"안 그러겠지. 여긴 지역이 다른데……."

맥없는 대답이 주하의 심장을 쥐어짰다. 평소 같았으면 "지역이 달라. 경찰서가 아니라 경찰청부터 달라. 그런 걱정 붙들어 매셔. 지난번이 정말 재수 옴 붙은 경우야. 다시는 그런 일 없을 거야"라고 자신감 충만한 소리로 외쳤을 것이다. 아까 조일섭을 빙의시킬 때만 해도 괜찮아 보여서 잠시 안심했는데 역시나 괜찮지 않았다. 주하는 명의 기운을 돋워줄 말이 없을까 머릿속을 뒤져보느라 다시 침묵했다.

"이 근처에 유명한 사찰이 있던데……."

명이 초점 없는 눈으로 창밖을 보며 말했다.

"사찰이요?"

"응. 그런 데는 불교 용품 파는 곳도 있지 않나?"

들릴락 말락하게 중얼거렸지만, 명의 목소리에 청신경을 곤두세우고 있던 주하는 얼른 대답했다.

"거기서 뭐 좀 사시게요? 오늘은 늦었으니까 근처에서 하룻밤 묵고 내일 한번 가볼까요?"

명은 창밖을 향해 있던 고개를 돌려 주하를 빤히 쳐다보았다.

"왜요?"

"너 권주하 맞아?"

"저 권주하 맞는데요. 어떤 귀신도 빙의하지 않은 순도 백 퍼센트 권주한데요?"

"근데 왜 안 말려?"

주하는 속으로 '아!' 하고 깨달았다. 자신의 역할은 명의 무분별한 소비 행각을 원천 차단하는 것이었다. 지금처럼 명이 또 종교와 관련된 물건을 사려고 하면 열심히 뜯어말리는 게 보통의 제 모습이었다. 오늘은 명뿐만 아니라 주하의 상태도 괜찮지 않았다. 오히려 소비라도 하라고 부추기고 있었다.

비록 범죄자를 대상으로 하고 있었지만 살인을 돕는다는 게 명의 마음을 얼마나 짓누르는지 잘 알고 있었다. 명의 도움을 받은 원혼이 복수에 성공했다는 소식을 들으면 명은 마치 앞에 그 원혼이 있기라도 한 것처럼 잘했다, 고생했다, 이제 편히 쉬어라 등의 말을 중얼거리며 안도했다. 옆에 있는 주하도 함께 기뻐했다. 하지만 그런 날이면 주하는 신경이 곤두서서 선잠을 잤다. 주하는 늘 방문을 열어놓고 자는데, 잠귀가 밝은 주하는 명의 방에서 나는 소리를 잘 들을 수 있었다. 명은 밤새 무언가에 쫓길 때도 있었고, 시커먼 손에 잡히거나 꽁꽁 묶여 옴짝달싹 못 할 때도 있었다. 깊숙이 숨기고 있던 명의 원초적인 죄책감이 악몽으로 다가오는 탓이었다. 심지어 누군가 휘두르는 칼에 찔리기 직전에 주하가 깨운 적도 있었다. 주하가 아니었다면 꿈속에서 찔린 칼에 정말로 심장이 멈춰버렸을지도 모른다. 그렇게 눈을 뜬 명은 늘 얼굴을 비롯한 온몸에 땀을 비 오듯 흘리고 있었다.

명은 주하가 깨우는 소리에 정신이 들었다가도 다시 잠이 들면 또 비명을 지르거나 눈물을 흘리며 중얼거렸다. 잠결에 하는 말이라 정확하진 않지만 주하가 듣기에 미안하다고 하는 것 같기도 하고, 애원하는 것 같기도 했다. 그렇게 아침이 올 때까지 주하는 몇 번을 명의 방으로 뛰어 들어가 깨웠다. 명의 이런 증상은 시간이 지나면 차츰 나아지긴 했다. 정신과 상담이라도 받고 약을 처방받아 먹으면 좀 더 빨리 나아질지도 몰랐다. 그러나 의사에게 뭐라고 말할까? 저는 귀신을 도와서 살인을 해요. 그래서 죽은 사람들 때문에 악몽을 꾸고 우울해요. 그렇게 말한다면 아마 명은 교도소에 수감되거나 정신병원에 강제 입원될 것이다. 명은 혼자 견디고 이겨내는 수밖에 없었다. 늘 그렇게 시간을 들여 스스로 극복해왔다.

민과 둘이 살던 몇 년 전 어느 날이었다. 명은 텔레비전에서 80대 할머니와 여섯 살짜리 증손녀가 나오는 어느 복지 재단의 기부금 모금 광고를 보고 즉흥적으로 제 통장 안에 있는 돈을 몽땅 기부했다. 그러고 나니 우중충한 정신이 한결 맑아졌다. 기부도 소비의 일종이다. 소비를 하고 괴로운 마음이 어느 정도 해소되니 정신은 또 다른 소비를 원했다. 이번에는 인터넷 쇼핑몰을 뒤졌다. 딱히 사야 할 게 있는 건 아니었다. 오로지 소비를 목적으로 한 쇼핑이었다. 제 개인 통장에는 한 푼도 남아 있지 않은 탓에 민과 함께 쓰는 생활비 카드로 물건을 샀다. 그래도 양심은 있어서 10만 원 안쪽으로 소비했다. 물고기 모양의 도자기 향로였다.

그렇게 명의 소비가 점점 잦아졌다. 적은 액수라도 야금야금 자주 써대니 카드 명세서에 찍힌 액수가 평상시의 두 배가 되었다. 처음에는 명이 일하는 데 필요한 물건인가 보다 하고 넘어갔던 민도 달이 갈수록 늘어나는 카드값을 따라 명에게 하는 잔소리와 경고가 늘었다. 명이 불필요한 물건들을 사서 쟁여놓는다는 것을 알고는 화를 내기도 했다.

그러다 집에 주하가 들어오고 주하를 깊이 신뢰하는 민이 주하에게 집과 명을 맡기고 회사 가까운 곳에 방을 얻어 나갔다. 그동안 같이 살긴 했지만, 민은 장거리 출퇴근을 하는 탓에 명의 일에 속속들이 참견할 수 없었다. 명의 입장에선 민과 함께 사는 것이 마음대로 하기 훨씬 좋았다. 주하는 24시간 명의 옆에 붙어 있으면서 시시콜콜한 것까지 잔소리를 했다. 한편으로 그런 잔소리와 참견 속에서도 주하는 아슬아슬하게 선을 넘지 않았다. 명이 어디까지나 집의 주인이며 자신의 상관이라는 사실을 바탕으로 한 우려의 목소리라는 것을 알기에 명도 크게 반박할 수가 없었다.

명은 씀씀이에 대한 계획은 없어도 양심은 있는 사람이라 제 잘못을 잘 알고 있었다. 잘못인 걸 알면서도 멈추지 못하는 명의 소비 행각에 제동을 걸어주는 건 주하뿐이었다. 주하 덕분에 아직까지는 창고가 미어터지는 불상사는 일어나지 않았다.

"너 누구야? 권주하 아니지?"

명이 싸늘한 목소리로 다시 물었다.

"에에? 아무렴 제가 김주하일까 봐요?"

주하가 전방과 명을 번갈아 보며 말했다.

"너 김주하였어?"

"아, 진짜! 이게 지금 진담이야, 농담이야? 누나, 저한테 김주하라는 사람 붙여놓은 적 있어요?"

"아니."

"그러면 누나 말고 이렇게 빙의 기술 좋은 사람이 또 있나? 나한테 김주하를 붙여놓게?"

주하는 슬슬 입꼬리가 올라가기 시작했다.

"그건 나도 모르지. 아무튼 권주하가 나한테 불교 용품 사라고 부추길 리가 없잖아."

명의 목소리도 점점 녹아가고 있었다.

"내가 권주하라는 증거 보여드려요?"

"그래. 어디 보여줘봐."

"저 뒤에 있는 거요."

명은 뒤를 돌아보았다. 뒷좌석에는 조일섭을 빙의시킬 때 사용한 향로가 있었다. 기다란 줄에 주전자가 매달린 것처럼 생긴 향로였다.

"저게 뭐?"

명이 주하의 말을 퉁명스럽게 받아쳤다.

"저건 또 언제 산 거예요?"

명은 뜨끔했다. 한 달 전에 산 향로였다. 운 좋게 주하가 없을 때 택배가 도착해서 잘 숨겨둘 수 있었다. 맨날 도자기 향로만 쓰던 명은 이 철제 향로가 너무너무 써보고 싶었다. 마침내 오늘 향로를 쓸 일이 생기자 주저 없이 철제 향로를 들고 왔다. 써보고 싶다는 욕구가 머릿속을 꽉 채운 바람에 주하 눈에 띄면 안 된다는 생각이 어디론가 밀려나버렸다.

"무슨 소리야? 저거…… 저거, 창고에 있던 거야."

명의 거짓말은 너무 티가 났다.

"제가 매일 창고 들어가서 살펴보고 한숨 쉰다고 했죠? 저거 창고에 없었어요. 도대체 저런 건 어디에서 찾아서 사는 거예요? 정말 재주도 좋아!"

주하가 탄식했다. 주하의 높아진 언성에 명은 저절로 기가 죽었다.

"천주교 용품 사이트……."

명이 기어 들어가는 소리로 대답했다.

"아까 불교 용품 사라고 했던 말 취소예요. 이대로 쉬지 않고 집까지 갈 거예요."

주하가 칼같이 말했다.

"응, 너 권주하 맞아."

명이 잔뜩 풀이 죽어서 중얼거렸다. 주하는 속으로 안도했다. 명이 생각보다 잘 이겨내고 있었다. 몇 년 전 원혼이 복수의 대상 대신 그 아들을 죽였을 때처럼 오래갈까 봐 지레 겁을 먹고 심리 회복을 위한 소비라도 하도록 불교 용품 구매를 권했는데 그럴 필요가 없을 것 같았다. 주하는 조금 가벼워진 마음으로 고속도로를 달렸다.

*

경욱은 핸드폰 화면에 시선을 고정한 채 생각에 잠겼다. 이들이 왜 여기에 있는 걸까? 범인들과 어떤 관계가 있을까? 내가 놓친 게 무엇일까? 어디서부터 다시 시작해야 할까? 골똘히 생각하고 있는데, 규영이 차 문을 열고 들어와 앉으며 말했다.

"왜 사무실 놔두고 차 안으로 부르세요? 남들이 보면 몰래 사내 연애하는 줄 알겠네."

"쓸데없는 소리 그만하고 이거나 봐."

규영은 경욱이 내민 핸드폰 속의 동영상을 처음부터 재생했다. 영상에는 편의점에서 나온 조일섭이 옆의 골목으로 들어가는 모습이 담겨 있었다. 잠시 후 편의점 밖 테이블에 앉아 있던 주하가 일섭을 따라 골목으로 들어갔다. 그러자 명이 골목 입구에서 잠시 서 있다가 손에 들고 있던 주전자로 뭔가를 했다. 화면상으로 명이 들고 있는 건 줄 달린 주전자 같았는데, 그것으로 무엇을 했는지는 명의 뒷모습만 보여서 알 수가 없었다. 영상 속 명은 주하와 시차를 두고 골목으로 들어갔다. 명과 주하가 함께 골목에서 나온 건 들어간 지 10분도 되지 않아서였다. 규영이 영상을 보는 동안 경욱은 사건에 대해 대강 설명했다.

"나올 땐 채명과 직원이 함께 나왔어. 그리고 편의점 쪽으로 가지?"

경욱이 손가락을 놀려 영상의 한참 뒤쪽을 재생했다.

"한참 있다가 범인이 다른 옷을 입고 나와서 편의점 반대쪽으로 갔어. 이후에 범인은 곧장 범행 현장으로 이동했고, 다음 날 새벽에 범행을 저지른 거지."

어제 비번이었던 경욱은 예전에 일했던 화주경찰서에 찾아가 친한 동료를 만났다. 한잔하며 회포를 풀던 중 동료가 보름 전에 일어난 사건이라며 살인 사건 이야기를 꺼냈다.

누가 남편을 죽이려고 한다는 여자의 다급한 신고가 있었다. 경찰은 즉시 출동했지만 여자의 남편은 이미 죽었고, 여자도 피떡이 되도록 맞고 있었다. 범인인 조일섭은 현행범으로 잡혔다. 신고했던 여자는 사경을 헤매다 며칠 만에 깨어났다. 조일섭이 여자의 남편을 죽이는 모습이 고스란히 CCTV에 찍혔고, 여자도 남편을 죽인 게 조일섭이 맞다고 증언했다. 그렇게 빼도박도 못 할 증거를 앞에 내밀었는데 조일섭은 전혀 기억나지 않는다고 발뺌했다. 누가 봐도 원한에 의한 살인의 모습이었는데 조일섭과 피해자 부부는 일면식도 없는 사이였다.

동료의 이야기를 들은 경욱은 범인이 살인하기 직전부터 그 이틀 전까지의 행적이 담긴 CCTV 영상을 달라고 했다. 오래 같이 일했던 동료는 경욱을 믿고 영상을 넘겨주었다. 집으로 돌아와 밤새 영상을 분석한 경욱은 결국 명과 주하가 찍힌 부분을 발견한 것이었다.

"도대체 골목에 들어가서 퇴마사님이 뭘 한 걸까요? 살인하라고 최면이라도 걸었나?"

규영은 명이 범인에게 악귀를 빙의시켜 살인하게 만들었다고 말하고 싶었지만 꾹 눌러 삼키고 '최면'이라는 단어를 사용했다.

"이게 무슨 영화도 아니고……. 최면이라는 게 그렇게 쉽게 되는 게 아니야."

경욱은 고개를 내저으며 핸드폰을 집어넣었다.

"박춘만 사건을 비롯해서 홍재광, 조일섭까지 이 세 건의 살인 사건이 무관하지 않은 거 같아. 박춘만의 범행 전 행적이 담긴 CCTV 찾아서 확보하고, 거기에 채명이나 직원이 찍힌 게 있나 찾아봐야겠어. 너무 오래돼서 이미 삭제됐을 것 같긴 한데 한번 알아는 봐야지."

"저는 퇴마사님과 직원에 대해 알아볼게요."

규영은 명을 계속 '퇴마사님'이라고 불렀다. 경욱은 명을 향한 규영의 존경심이 거슬렸지만 별말을 하진 않았다.

"팀장님이나 다른 사람들한텐 이미 우리 손을 떠난 사건인 거야. 알지?"

다만, 지금 공식적으로 맡고 있는 사건을 수사하는 게 우선이라는 점을 강조했다.

단정할 수 없는 것

명의 손에 있던 부적이 불이 되어 산화하고 있었다. 부적의 한 끝에서 시작한 불이 야금야금 부적을 갉아 먹고 마지막으로 손톱만 한 괴황지만 남았을 때 명이 그 작은 조각을 허공에 날렸다. 마치 마지막 한 숨을 위해 그간의 생명을 소모한 것처럼 파닥거리던 작은 불꽃이 괴황지를 모두 삼키고 사라졌다. 회색의 재만이 하늘거리며 바닥으로 떨어졌다. 민의 눈이 재의 궤적을 추적하며 바닥으로 함께 떨어졌다.

"막순 언니가 왔어."

명이 민 옆을 응시하며 말했다. 명이 방금 태운 부적은 막순을 불러낼 때 쓰는 부적이었다. 민이 놀라 명의 눈이 가리키는 곳을 돌아보았다. 명이 말하는 막순을 희미하게나마 몇 번 본 적이 있는 데다가 막순에게 빙의된 적도 있어서 그 존재는 잘 알고 있었다. 자신에게 아무런 해가 되지 않는다는 사실을 알고 있어서 막순이 두렵지는 않았다. 하지만 갑자기 옆에 나타나면 깜짝깜짝 놀라게 되는 건 민도 어쩔 수 없었다.

"어어……. 아, 안녕하세요?"

민이 허공에다 대고 어색하게 인사했다.

"언니가 잘 지냈냐고 물어보네."

"어, 네. 그럭저럭 잘 지냈습니다."

시선을 고정시킬 만한 게 아무것도 없어 민의 눈은 불안하게 흔들렸다.

"인사는 그쯤 하고, 우리 오빠 얘기 좀 들어봐. 20년간 학대받으며 노예로 살았다는 그 원혼이 복수를 제대로 했나 궁금해서 오빠한테 알아봐달라고 했거든."

막순에게 말한 명은 민에게 설명하라고 눈짓했다. 주하는 시럽을 잔뜩 넣은 아메리카노 한 컵을 가져와 상담 테이블 한쪽에 놓았다. 막순은 다디단 아메리카노를 보자 얼굴이 환해졌다. 테이블 위의 아메리카노를 보며 민이 천천히 이야기를 시작했다.

"그동안은 원혼의 복수를 돕는 일이 억울한 넋을 달래주는 정당한 일이라고 생각했어요. 그래서 살인을 한다는 걸 알면서도 크게 문제 삼지 않았는데요. 몇 년 전에 어떤 원혼이 복수할 대상이 이미 죽고 없다는 이유로 애먼 아들을 죽인 사건도 있었고, 또 얼마 전에는 전세 사기를 당하고 자살한 원혼이 피해자를 범인으로 잘못 알고 죽인 일도 있었던 거 아시죠? 그 두 경우를 겪고 나니까 복수하는 과정에서 또 다른 억울한 죽음이 생기면 안 되겠다는 생각이 들었어요. 그건 복수가 아니라 그냥 살인인 거잖아요. 그래서 이번에는 복수가 제대로 이루어졌는지, 잘못은 없었는지 알아보려고 사건에 대해 좀 조사했거든요."

민은 잠시 말을 멈추었다가 아차 했다. 보통의 사람이라면 이쯤에서 고개를 끄덕이거나 "네, 그래서요?" 같은 추임새를 넣었겠지만 상대는 귀신이었다. 자신의 말에 어떤 반응을 보이고 있는지 전혀 알 길이 없었다. 민은 반응을 살피는 것을 포기하고 이내 설명을 이어갔다.

"빙의체인 조일섭은 사건 현장에서 현행범으로 잡혔어요. 그의 몸이나 현장에서 부적이 나오지 않은 걸로 봐선 부적을 잘 태운 것 같아요. 조일섭은 범행 당시를 전혀 기억하지 못한다고 일관되게 주장하고 있어요."

민의 이야기를 듣던 명이 고개를 돌려 막순을 바라보자 민이 설명을 멈췄다.

"경찰이 농장에 와서 조일섭을 찾고 있을 때 막순 언니가 어서 부적을 태우라고 다그쳤대. 그래서 부적을 잘 태웠대."

명이 막순의 말을 전했다.

"잘하셨어요. 그런데 경찰이 그때 오지 않았으면 조일섭은 부부 모두 살해할 뻔했어요. 그건 왜 막지 않으셨죠?"

민이 아메리카노 위쪽 어디쯤을 응시하고 물었다.

"그게 무슨 소리야? 두 명이나 죽이려고 했다고?"

명도 민과 비슷한 곳을 응시하고는 놀란 소리로 물었다.

"나는 그 농장 주인 남자를 죽인 다음에 어서 부적을 태우라고 했어. 근데 그 귀신이 내 말을 안 듣고 막무가내로 그 마누라를 찾아서 쥐어팬 거야."

막순은 자신에게 잘못을 묻는 두 사람에게 억울한 표정으로 말했다.

"언니가 못 하게 막았어야지."

"얼레? 그게 내 힘으로 되냐? 빙의만 안 돼 있었으면 내가 막았지. 근데 사람 안에 들어 있는 귀신을 내가 무슨 힘으로 막아? 알면서 나한테 왜 그래? 나는 정말 진짜로 하지 말라고, 어서 부적 태우라고 계속 얘기했어."

막순은 울 것 같은 표정이 되었다.

"그러면 두 사람을 죽이려고 했다는 말은 왜 나한테 안 했어?"

"결과적으로 한 명만 죽었으니까. 굳이 그런 말을 할 필요가 없을 거 같아서……."

명은 기가 차서 입도 다물지 못하고 막순을 빤히 쳐다봤다.

"왜, 뭐라는데?"

민이 물었다. 명은 막순이 한 말을 그대로 전했다. 민은 무거운 얼굴로 명에게 말했다.

"하마터면 있어선 안 될 살인이 또 일어날 뻔했어. 조일섭에게 죽을 뻔한 그 여자는 혼수상태에서 며칠 만에 깨어났고, 당시 상황을 자세히 설명했어."

"그 여자가 아무리 자세히 설명한다 해도 우리랑 연결 짓지는 못할 거야. 오빠, 너무 걱정 마."

"우리 걱정을 하는 게 아니야. 억울하게 죽은 사람들 원한을 풀어준다는 명분으로 살인을 돕는 게 잘못됐다는 얘기야."

명은 민의 입에서 또 귀신 복수를 그만두라는 말이 나올까 봐 잔뜩 경계한 채 민을 노려보았다.

"피해자의 입장에서 가해자에게 복수하고 싶은 마음이 드는 건 당연한 거겠지. 하지만 꼭 살인을 해야만 복수가 완성되고 억울함이 풀릴까? 내가 너 때문에 죽었으니 너도 죽어야 공평하다는 거야? 진짜 공평하려면 죽은 사람이 어떻게 죽었는지 사유를 먼저 자세히 밝혀야지. 행복하게 잘 살다가 갑자기 누군가가 살해해서 죽었다면 그 죽음의 원인은 오롯이 가해자가 되겠지. 그러면 가해자도 죽어야 공평한 걸 수도 있어. 하지만 그렇지 않은 죽음이 더 많아."

지난번 홍재광 사건도 그랬다. 원혼은 혼자 어린 아들 둘을 장성할 때까지 억척스럽게 키워내고, 늘그막에 아들들한테 기대지 않고 살 집을 마련하려다 사기를 당해서 원통해 자살했다고 했다. 하지만 돌이켜 생각해보면 한 번의 사기가 그 사람을 자살로 몰고 갔다고 단정할 수만은 없었다. 이미 삶 전체가 그 사람을 갉아먹고 있었다. 죽고 싶을 만큼 힘들 때도 여러 번이었을 것이다. 그때마다 아이들을 보면서 마음 다잡고 삶을 이어갔을 것이다. 그렇게 겨우 버티면서 장하게 살아냈는데, 그 사기 사건이 억지로 버텨오던 마음을 무너뜨렸다. 삶을 두텁게 지탱해주던 마음을 무너뜨렸으니 사기범에게 죽음의 모든 책임이 있는 거라고 생각할 수도 있겠지만 이미 그의 마음은 살면서 여기저기 상처나고 깎여서 얇아진 상태였다.

"꾸역꾸역 살아야 하는 이유였던 어린 자식들이 이젠 없고, 힘든 삶을 더 이상 연장하고 싶지 않은 상태에서 그 사람이 할 수 있는 건 자살밖에 없었어. 그 사람도 자기 인생은 왜 이렇게 고달프고 비참할까 한탄하다가 죽었다고 했잖아. 죽음의 모든 책임이 사기범한테 있었던 게 아니라고. 그나마도 진범이 아닌 피해자를 살해했지."

진범이 아닌 피해자를……. 민의 마지막 말이 이제 겨우 죄책감의 늪에서 빠져나온 명의 마음을 다시 나락으로 떨어뜨렸다. 명의 얼굴은 흙빛이 되었다. 민의 말은 틀리지 않았다. 하지만 그가 옳다고 선뜻 인정할 수도 없었다. 그러면 그동안 명이 해온 모든 복수가 틀리고 잘못된 일이 되었다. 원통하게 죽은 이들을 돕는다는 사명감으로 열심히 했던 일이었다. 원혼들의 사연에 공감해주고 함께 분노하며 적극적으로 도왔다. 막순으로부터 원혼을 돕자는 제안을 받고 스스로를 가뒀던 방에서 나온 명이었다. 그 일만이 제가 앞으로 나아가는 이유였다. 그런데 지금 누구보다 자신을 지지해주고 뒷받침이 되어주어야 할 오빠가 그 삶의 이유를 몽땅 부정해버렸다.

"오빠가 원혼들에 대해서 뭘 안다고 그런 소리를 해? 그들의 분통함을 직접 들어봤어? 내가 대충 요약해서 얘기한 걸 들은 게 다잖아. 그래놓고 다 아는 양 그들의 원한을 폄하하지 마. 사람을 죽여야 풀릴 만큼 깊은 원한이야. 그들은 그렇게 깊은 원한 때문에 편하게 죽지도 못하고 구천을 떠돌고 있는데, 그들을 죽게 만든 놈들은 죄가 세상에 알려지지도 않거나, 변호사 잘 만나서, 아니면 권력이 있어서 가벼운 처벌로 끝나. 죽은 사람들과 그 가족들은 영원히 아픔을 안고 사는데, 죄지은 놈들은 앞날이 창창해서 감형, 반성문을 많이 써서 감형, 부양가족이 있어서 감형. 감형해줄 이유도 많고, 무슨 날이면 특사까지 해줘. 그건 원혼을 두 번 죽이는 일이고 유가족들 가슴에 대못을 박는 일이야. 같은 일을 당한 나라도 도와야지. 열아홉 살짜리 여자애 얼굴을 이렇게 만든 권기택은 몇 년 형을 받았는데?"

악에 받쳐 소리치던 명은 비명을 지르며 말을 마쳤다. 명의 얼굴은 눈물로 얼룩지고, 가슴은 전력 질주한 것처럼 들썩였다.

"나도 피해자 가족이야."

민이 낮게 말했다. 그가 명의 울분을, 원혼의 분통을 모를 리 없었다. 다른 피부를 가져다 붙여서 부자연스러운 데다가 두꺼운 색조 화장으로 가려도 어색함이 감춰지지 않는 동생의 얼굴을 보면 당장이라도 찾아가 권기택의 얼굴에 똑같은 짓을 하고 싶은 적이 한두 번이 아니었다. '눈에는 눈, 이에는 이'에 따라 똑같이 해주면 분이 조금 풀릴 것 같았다.

"사람을 죽이고 싶을 만큼 깊은 원한인 건 나도 알아. 네가 사고를 당했을 때 나도 그놈을 죽이고 싶었으니까. 근데 왜 안 죽였는지 알아? 거기엔 목격자도 CCTV도 없었어. 누가 범인인지 몰라서 못 죽인 거야. 만약에 그 근처를 찍고 있는 카메라가 있었다면, 그리고 네가 사고를 당했을 것으로 추정되는 시간에 지나가는 사람이 찍혔다면, 어쩌면 나는 그 사람을 찾아가서 어떻게 해버렸을지도 몰라. 원한이란 그런 거야. 전후 사정을 정확히 따져보기 전에 내가 알고 있는 정보만으로 판단하는 거야. 박춘만 손에 죽은 사람도 한별이라는 원혼을 죽이는 데 얼마만큼 책임이 있는지 모르잖아. 주범이었는지, 옆에서 거들기만 했는지, 정말 사건을 사고사로 덮었다던 그 장교가 맞는지……. 내가 조사한 바로는 박춘만이 죽인 사람은 고등학생 때 아버지가 돌아가셨어."

그는 주범이 아니었다. 군대에서 그렇게 심하게 이한별을 괴롭혔던 주범은 아버지가 어느 지방 도지사거나 광역시장이라고 했다. 원혼은 주범을 찾아서 죽인 게 아니라 죽이고 싶은 놈들 중에 먼저 찾은 놈을 죽인 거였다. 이미 과거가 된 자에게 현재에 와서 복수할 기회를 주었는데 이런 식으로 명의 뒤통수를 쳤다. 명은 뒤통수가 뜨거워지는 것을 느꼈다. 화가 나서 혈압이 오른다는 게 이런 것인가 싶었다. 분노를 주체할 수가 없었다. 이젠 뇌가 심장처럼 쿵쾅거렸다. 명은 애먼 민에게 소리를 질렀다.

"그게 뭐 어쨌다는 거야? 주범이든 종범이든 그 사람을 죽이는 데 일조한 건 사실이잖아. 막지 않고 도왔으면 죽어 마땅해. 그렇게라도 해서 원혼의 한이 풀렸으면 됐잖아!"

충혈된 눈으로 자신을 노려보며 소리 지르는 명을 보자 민은 크게 한숨을 쉬었다. 한숨 쉬는 잠깐의 시간 동안 명은 분기가 끓어오르는 것을 가라앉히고 민도 마음을 가다듬었다. 그리고 차분하게 말했다.

"정말로 죽을죄를 지은 범인이 아닌 다른 사람을 죽이는 건 복수가 아니라 그냥 분풀이야. 네가 하려는 건 그런 게 아니잖아. 죄지은 놈에게 정당한 죗값을 치르게 하는 거잖아."

"그래서 이 일 그만두라고?"

명의 목소리는 아까보다 작아져 있었지만 독기는 여전했다.

"그만두라고 안 해!"

민이 단호하게 외쳤다. 마음이야 그만두게 하고 싶었지만, 지금은 명의 마음을 가라앉히고 차분히 생각할 수 있도록 하는 게 먼저였다.

"이왕 복수할 거면 제대로 하자는 거야. 지금까지처럼 분풀이용으로, 주먹구구식으로 하지 말고."

명은 여전히 충혈된 눈으로 민을 노려보았다. 그러면서도 뭐라 반박하지는 않고 가만히 민의 다음 말을 기다렸다.

"일단 원혼의 의뢰가 들어오면 자세한 내막을 알아봐. 언제 어디서 누구와 무슨 일이 있었는지. 그리고 그걸 나한테 낱낱이 알려줘."

"알려주면?"

명은 여전히 퉁명스러웠으나 많이 누그러진 말투였다.

"내가 사건을 조사할 수 있잖아. 내 권한으로 접근할 수 있는 모든 정보를 다 열어보고, 필요하면 내가 직접 현장에 가서 조사할 수도 있어. 나 이래 봬도 경찰이야. 제대로 파헤쳐서 또 다른 억울한 죽음을 막자는 거야. 아! 물론, 죽일 놈은 죽여야지."

마지막 말은 막순을 의식해서 덧붙인 말이었다. 처음부터 명에게 죽음의 복수극을 제안한 게 막순이었다. 범인을 죽이지 말고 경찰에 넘기자고 하면 명보다도 막순의 반발이 더 클 수도 있었다. 명은 민에게서 막순에게로 눈길을 돌렸다.

"어떻게 생각해?"

막순은 명과 민을 번갈아 보며 고민했다. 명의 눈에 그런 막순의 모습은 그녀도 어느 정도 수긍하고 있다는 뜻으로 보였다.

"언니도 오빠 말을 이해하고 있는 거 같아. 하지만 완전히 동의하진 않았어. 이건 언니랑 내가 의논해서 결정할 일이야."

"그래, 둘이 의논해봐. 근데 굳이 의논하지 않아도 내 제안이 이 신당을 만든 취지에 아주 많이 부합한다는 건 알지?"

알지만 명은 대답하지 않았다. 막순은 고개를 끄덕였지만 민은 그 모습을 볼 수가 없었다.

"그리고 일을 1년에 한 번씩만 받기로 한 것도 꼭 지켜. 이건 네가 살인을 돕는 횟수를 줄이려는 의도도 있지만, 내가 근무 시간 외에 사건을 조사해야 하기 때문에 협조하는 데 시간이 좀 필요할 수도 있어서야."

민은 마치 결정 난 듯 말했다. 그러나 명도 막순도 그 말에 딱히 반발하지는 않았다. 두 사람 다 이미 마음이 민 쪽으로 많이 기운 상태였다.

"알았어. 이제 잔소리 그만해."

명이 귀찮다는 듯이 손을 내저었다.

주하는 상담 테이블에 마른안주가 든 접시를 내려놓았다.

"더 필요한 거 있으시면 말씀하세요. 저는 올라가 있을게요."

주하가 얼른 위층으로 사라졌다. 계단이 있는 뒷문 쪽 불만 켜놓은 어두침침한 신당에는 명과 막순만 남아 술잔을 기울이고 있었다.

"재는 아직도 내가 무섭다니? 이제 적응할 때도 되지 않았나?"

막순이 주하의 뒷모습을 보고 투덜거렸다.

"다른 귀신을 보는 건 아직 무서워하는데 언니한테는 많이 적응했어. 지금은 같이 술 마셔봐야 우리 대화에 낄 수가 없으니까 불편해서 가는 거지."

명당에서 몇 년째 일하고 있는 주하는 가끔 막순의 모습을 보았다. 처음에는 비명도 지르고 기겁했지만 이젠 어두운 신당 안에 흐릿한 막순이 나타나도 별로 놀라지 않았다. 가로등 아래에서도 제 모습을 드러낼 수 있는 막순이었지만, 그럼에도 불구하고 제 목소리를 보통 사람에게 들려주는 방법은 아직 터득하지 못했다.

"그게 늘 아쉬워. 힘들게 일하는 주하한테 기특하고 장하다고 칭찬해주고 싶은데, 그걸 직접 전할 길이 없네."

막순이 맥주를 들이켜고 컵을 내려놓자 명은 잔에 있던 맥주를 테이블 아래 양동이에 붓고 새로 컵을 채웠다. 오늘처럼 소주가 아니라 맥주를 마실 땐 퇴주 사발이 아닌 퇴주 양동이가 필요했다.

"명아. 일을 1년에 한 번씩 받으면 주하가 너무 심심해지는 거 아니야? 여긴 사람 고객도 가뭄에 콩 나듯 오는데, 주하 할 일이 너무 없잖아."

컵에 차오르는 맥주를 보며 막순이 물었다.

"언니는 아까 우리 오빠가 말한 대로 하기로 마음먹은 거야?"

"민이 말이 일리가 있어. 억울하게 죽은 넋을 달래는 게 중요하긴 하지만 그렇다고 애먼 사람이 죽는 건 아닌 거 같아."

명이 제 맥주를 입으로 가져가다 말고 막순을 빤히 쳐다봤다.

"언니 원래부터 그런 생각을 하고 있었어?"

명은 아주 의외라는 반응이었다.

"나는 그저 원수 놈 잡아 죽이면 된다고만 생각했거든. 근데 네가 힘들어하는 걸 보니까 점점 이게 아니다 싶은 거야."

"그 정도로 힘들어하진 않았는데……."

명은 자신이 힘들어하는 모습을 되도록 보이지 않으려 애썼다. 민에게는 걱정 끼치지 않으려고, 막순에게는 힘들어하는 저를 보고 미안해할까 봐 힘든 내색을 하지 않았다. 다만, 명의 수척해진 모습과 부쩍 줄어든 말수를 보고 그들이 어느 정도 짐작하는 건 어쩔 수 없었다. 그래도 그들 앞에서 보이는 힘든 모습은 실제의 반도 안 될 거라 생각했는데, 막순은 이미 눈치채고 있었다니 제 연기력에 문제가 있나 하는 객쩍은 생각을 했다. 늘 옆에 붙어 있어서 명의 사정을 속속들이 아는 주하에게는 입단속을 단단히 시켰다. 그런데도 주하 입에서 새어 나간 것일까?

"주하가 그래? 나 많이 힘들어한대?"

"주하가 나한테 속 깊은 얘기를 하겠냐?"

그럴 리가 없었다. 주하는 막순의 말을 들을 수 없고, 막순이 주하에게 말을 전하려면 펜을 들고 글씨를 써야 하는데 아무리 영력이 강한 막순이라도 글씨를 빠르게 써내려갈 수는 없었다. 그나마도 괴발개발이었다.

"내 영력은 네 기도발이잖아. 아침마다 네가 달달한 아메리카노 올려놓고 온몸이 땀 범벅이 되도록 치성을 올린 덕분에 내가 이렇게 팔팔한 귀신이 됐지. 그런데 언제부턴가 네 마음이 전해져 왔어."

하마터면 명의 입에서 맥주가 뿜어져 나올 뻔했다.

"무, 무슨 소리야? 내 마음이 전해지다니?"

"오해하지 마. 네가 나를 사랑한다는 둥, 그런 거 아니니까. 네가 아침마다 나를 위해 기도할 때 그때의 네 감정이 고스란히 느껴진다는 거야. 오늘은 네가 기분 좋은 아침을 맞았구나, 오늘 아침엔 기분이 꿀꿀하구나. 어느 날은 슬프고, 어느 날은 힘들고. 어느 날은 너 때문에 내가 펑펑 운 적도 있었어. 그렇게 울고 싶은 걸 참아가면서 나를 위해 기도했구나."

"언제 그렇게 펑펑 울었어?"

"전세 사기당했다는 여자가 사기범을 잘못 알고 애먼 피해자를 죽였다는 소식을 들은 다음 날 아침……."

그날…….

명은 너무나 죄스러워 제 발등이라도 찍고 싶은 심정이었다. 그러나 인간이란 얼마나 간사한 생물인지, 막상 부엌에 있는 칼을 보니 두려운 마음이 앞서 실행에 옮기지는 못했다. 아침 기도를 마친 후, 저 때문에 밤새 잠을 설친 주하가 잠든 사이 혼자 창고에 들어가 통곡했다. 그 비통한 마음을 막순이 같이 느끼고 있었다. 마음의 충격이 심했던 것에 반해 이번에는 그 고통을 털고 일어서는 게 생각보다 빨랐다. 애먼 사람이 죽은 게 이번이 두 번

째라서 그런가 했다. 이런 잘못된 복수가 많아질수록 자신의 감정이 점점 무뎌지는 건 아닌가 하는 불안한 마음이 들었다. 이러다 살인에 무감한 사이코패스가 되는 건 아닐까? 그러나 막순의 말을 듣고 보니 제 가슴이 차가워지는 게 아니었던 것 같다. 막순이 명의 마음을, 명의 고통을 나누고 있었다. 문득 행복하다는 생각이 희미하게 가슴을 덥혔다. 명의 입꼬리가 저도 모르게 올라갔다.

"갑자기 왜 웃어? 넋 빠졌냐?"

막순이 눈을 크게 뜨고 물었다.

"아니, 나 정신줄 잘 잡고 있으니까 걱정 마."

"웃지 마. 불안해!"

"그냥, 내가 혼자가 아니구나 싶어서……. 근데 예전에 미친 귀신 하나가 원수를 죽이라고 했더니 그 아들을 죽인 적 있잖아. 그때도 나 엄청 힘들었는데, 언닌 안 그랬어?"

"그건 벌써 몇 년 전 일이잖아. 그땐 네 감정 같은 거 전혀 몰랐어. 언젠지 기억도 안 나는 어느 날부터 아주 조금씩 네 감정이 들어온 거야. 처음엔 기분이 좀 이상하네 했지. 그게 네 감정인 줄도 몰랐으니까."

"음."

명은 이해했다는 뜻으로 고개를 끄덕이고 말했다.

"이제 기도할 때마다 언니한테 사랑한다고 고백해야겠다."

"야!"

막순이 기겁하며 소리쳤다.

"너 그런 짓 하지 마. 이상한 감정 실어서 기도하지 마. 가만 안 둔다?"

명이 까르르 웃었다.

"이 각박한 세상에 따뜻하게 사랑 좀 해보겠다는데 왜 그렇게 정색이야? 어차피 언니는 남자 지긋지긋하다며?"

"남자 지긋지긋하고 싫지만, 그렇다고 여자는 좀……. 난 그냥 독야청청 혼자 살 거야."

"언니는 이미 혼자 못 살아. 나 없으면 누가 기도해줄 건데?"

"아오, 씨!"

명은 귀신 놀리는 재미가 이렇게 쏠쏠한 줄 처음 알았다. 2층에 있던 주하는 참 오랜만에 명의 밝은 웃음소리를 들었다.

새로운 프로젝트

교복 입은 여학생이 명당 입구를 통과해 들어오는 모습이 명의 눈에 띄었다. 여학생은 신당 한가운데에 서서 주변을 둘러보며 이곳의 분위기를 파악하는 듯했다. 그러다가 명과 눈이 마주치자 반갑게 웃으며 다가왔다.

"거기 서."

명이 말하자 여학생이 멈춰 섰다.

"예?"

명의 맞은편에 앉아 상담하던 고객이 당황해 물었다.

"아! 고객님 말고요. 잠시만요."

명은 고객에게 양해를 구하고 여학생을 향해 크게 말했다.

"학생! 저쪽 대기석에 앉아 있어. 이분 먼저 봐드리고 봐줄게. 주하야, 커피 말고 뭐 있지?"

주하가 냉장고를 열어보았다.

"사이다랑 바나나 우유 있어요."

"딸기 스무디는 없어요?"

여학생이 주하를 향해 물었다. 명은 고개를 내저었다. 여기가 무슨 카페인 줄 아나 보다.

"재는 네 목소리 못 들어. 그냥 바나나 우유 먹어."

명이 말하자 주하가 바나나 우유에 빨대를 꽂아서 대기석 테이블에 놓았다. 여학생은 딸기 스무디가 아니라서 아쉬웠지만 바나나 우유를 들고 빨대를 입에 물었다. 빨대를 쪽쪽 빨면서 신당 내부를 구석구석 살펴보았다. 퇴마 전문 신당이라고 해서 무시무시한 그림들이 사방에 걸려 있고 향냄새가 진동하는 음침한 곳일 줄 알았는데, 완전히 예상을 빗나갔다. 주하라는 사람이 앉아 있는 카운터 뒤에는 카페처럼 커피 머신과 컵들, 이름은 모르지만 커피와 관련이 있을 것 같은 도구들이 가지런히 널려 있었다. 벽에 있는 그림이라고는 해바라기가 그려진 서양화 액자 하나가 전부였다. 반복된 무늬가 진하게 박혀 있는 벽지가 벽을 가득 메우고 있었다.

신당 안의 테이블은 모두 세 개였는데, 자신이 앉아 있는 대기석 앞에 하나, 명이 고객과 상담하고 있는 곳에 하나, 그 옆에 빈 테이블이 하나 있었다. 상담 테이블 위에는 노트북과 핸드폰이 있었다. 신당이라기보다는 카페에 가까운 느낌이었다. 텔레비전에서 본 신당들은 대기하는 사람들이 쭉 앉아 있다가 다음 사람을 부르면 한 명씩 방 안으로 들어가는 모습이었는데, 여긴 쭉 앉아 있는 사람들도 없었다. 이 집 무당은 돌팔이인가? 그런데 돌팔이라고 하기엔 자신을 알아본 데다가 이야기까지 잘 나누었다. 진짜 무당이 맞긴 한 것 같았다.

"주하야! 매화당에 연락해서 설상화 만신님 오늘 뵐 수 있는지 여쭤봐."

드디어 명이 상담을 마치고 고객을 어디로 보낼지 정하는 중이었다. 주하가 매화당에 전화하더니 고객을 모시고 나갔다.

"이제 너 이리 와봐."

제 차례가 오자 여학생은 단숨에 날아와 명 앞에 앉았다. 명은 명찰을 흘끗 보았다. 최효빈.

"여긴 무슨 일로 왔니?"

아무리 어려도 고객은 고객이었다. 교복 입은 학생에게 존대까지는 아니어도 최대한 친절하게 물었다.

"여기 오면 복수할 수 있다고 해서요."

효빈이 상체를 앞으로 쭉 내밀며 눈을 반짝였다.

"누가?"

명은 뻔히 알지만 물었다.

"막순이라는 언니가요."

명은 속으로 한숨을 쉬었다. 이 언니가 진짜! 오빠가 일은 1년에 한 번만 받으랬는데, 벌써 영업을 뛰면 어떡해?

"막순 언니가……. 그래, 그 언니 소개로 왔구나. 그런데 이모라고 안 하고 언니라고 하네?"

"스물네 살이니까 언니라고 부르래요. 조선 시대에는 좋은 화장품도 없고, 만날 땡볕에서 밭일하다가 겉늙은 거래요."

명에게도 했던 말이었다. 막순은 이모나 아줌마라는 말을 싫어했다. 집안의 막내로 태어나 언니나 누나라는 말을 들을 일이 없었다. 그러다 열넷 어린 나이에 아버지 손에 이끌려 시집이라는 곳에 버려졌다. 없는 살림에 입 하나 줄이려는 아버지의 결정이었다. 된 시집살이로 10년간 소처럼 일하다 자식은 노비로 팔리고 본인은 다른 이도 아닌 남편에게 맞아 죽은 참으로 기구한 일생이었다. 얼굴이 녹아내려 엉덩이와 허벅지살로 덕지덕지 기운 채 살아야 하는 저보다 더 불쌍한 것 같아서 막순의 소원대로 언니라고 불러왔다. 하지만 불쌍한 건 불쌍한 거고, 괘씸한 건 괘씸한 거다. 오빠 말이 일리가 있네 어쩌네 하더니 며칠 만에 영업을 하다니! 보험을 팔았으면 판매의 여왕이 되고도 남았겠다.

"그래. 여기가 복수할 수 있게 도와주는 곳이 맞긴 한데, 내부 사정상 당분간 도와줄 수가 없어. 큰마음 먹고 왔을 텐데 미안하게 됐다. 대신 우리가 다시 일을 시작할 땐 제일 먼저 너를 부를게."

효빈의 얼굴에 실망이 가득 찼다.

"왜요? 무슨 내부 사정인데요? 막순 언니가 거짓말한 거예요? 아니면 그 언니는 여기 내부 사정이 있는 줄 몰랐던 거예요?"

효빈은 무조건 도와달라고 조를 심산인 것 같았다. 명은 어서 이 아이를 내보내고 막순을 불러 따져야겠다고 다짐했다.

"글쎄……. 막순 언니가 잘못 알았을 수도 있지. 그 때문에 네가 여기까지 헛걸음하게 된 건 유감이야. 언니 대신 내가 사죄의 의미로 일을 다시 시작할 땐 반드시 너를 제일 먼저 부르겠다고 약속할게."

"그게 언젠데요?"

"사정이 정리되려면 1년쯤 걸릴 거 같아. 빠르면 11개월?"

효빈은 안 된다고 소리치며 좀 더 빨리 불러달라고 애원했다. 내부 사정이 뭔지는 모르겠지만 자신이 도울 수 있는 건 돕겠다고도 했다. 명은 이 어린애가 무슨 원한이 이렇게 깊을까 궁금해졌다. 학교 폭력일 확률이 높겠지. 그러면 복수의 대상이 이 아이 또래의 다른 아이가 될 것이다. 상관없다. 폭력으로 친구를 죽게 할 정도로 막된 아이라면 선처가 필요 없다. 어차피 반성하지도 않을 것이다. 검사 앞에서만 미안한 척하고 거짓 반성문을 수십 장 써낼 게 뻔한 아이, 미리 청소하는 게 낫다.

하지만 오빠는? 보나 마나 왜 약속을 지키지 않느냐고 언성을 높일 것이다. 민의 질책도 부담스럽지만, 살인을 자주 도와주는 게 명 자신에게 심적으로 큰 타격이 되는 것도 점점 더 힘겨웠다. 비록 살인의 대상이 사회에서 영원히 격리시켜 마땅한 범죄자일지라도 말이다. 명은 기필코 이 아이를 돌려보내야 했다. 진상 고객 다루는 건 주하가 잘하는데 주하가 귀신을 볼 수도 들을 수도 없다는 사실이 여간 안타까운 게 아니었다.

"우리 내부 사정은 우리만 해결할 수 있는 일이야. 네가 지금 아무리 여기서 졸라도 소용없어."

"막순 언니한테 조건도 들었어요. 복수하기 전에 귀신 소동 잘 일으킬 자신 있고요. 저를 죽인 아저씨들은 두 명이지만 저는 한 명한테만 복수할게요. 약속할게요."

"아저씨들?"

"네. 아저씨들이 저를 성폭행하고 죽였어요. 여기 이렇게요."

효빈은 뒤로 돌아 자신의 뒤통수를 보여줬다. 명은 손으로 제 입을 막았다. 망치로 내리친 것인지 두개골이 함몰되어 있었다. 피와 엉켜 떡진 머리카락을 보며 명의 눈이 충혈되고 젖어들었다.

왜 하필이면…….

*

"그냥 밖에서 만날걸, 사모님 피곤하시잖아요."

규영이 의자에 앉으며 말했다. 경욱은 아내가 건네준 쟁반을 책상에 내려놓고 침대에 앉았다. 쟁반에는 주스 두 잔과 사과 접시가 있었다.

"술상을 봐온 것도 아니고 그냥 주스랑 사관데 뭐가 피곤해."

경욱이 포크로 사과를 하나 찍어 베어 물었다. 지금부터 경욱과 규영이 나눌 이야기는 팀장과 팀원들 모르게 진행하는 수사에 관한 것이었다. 그 때문에 밖에는 이들이 의논할 만한 마땅한 자리가 없었다. 두 사람은 평일에 기숙사에서 생활하는 경욱의 대학생 아들 방에 모였다. 규영은 가방에서 A4용지 몇 장을 꺼내 경욱에게 주었다.

"퇴마사님이요, 처음 볼 때부터 얼굴이 이상하다고 했잖아요. 옛날에 염산 테러를 당했었대요. 수술을 여러 차례 해서 그 정도로 좋아진 거예요."

서류를 훑어보려던 경욱은 '염산 테러'라는 말에 놀란 눈으로 규영의 얼굴을 쳐다보았다.

"이름은 채명이 본명이고요, 나이는 스물아홉. 어쩐지 얼굴은 성형 중독된 나이 든 아줌마 같은데 목소리는 참 젊다 했어요. 테러 사건에 대한 기록을 전부 뽑아오기엔 좀 많아서요, 제가 요약했어요."

명은 대학에 합격한 후 편의점에서 아르바이트를 했다. 어느 날 그녀는 점주가 카운터 아래와 여자 화장실에 카메라를 설치해놓은 걸 발견했다. 카메라를 들키자 점주는 명이 신고하지 못하게 협박을 했다. "경찰에 신고하면 그동안 찍은 거 인터넷에 뿌릴 거야." 명은 협박 때문에 아르바이트를 그만둘 수가 없었다. 어쩔 수 없이 아르바이트 하러 가면 강제로 추행을 당했다. 결국 견디다 못해 경찰에 신고하겠다고 하자 점주가 염산 테러를 한 것이었다. 점주는 사람도 없고 CCTV도 없는 곳에서 범행을 저지르고는 쓰러져서 고통에 몸부림치던 명이 정신을 잃고 미동도 하지 않자 죽은 줄 알고 버려두고 갔다. 그 후 천우신조로 구조된 명은 중환자실에서 의식불명 상태로 누워 있다가 두 달 만에 깨어났다. 곧 모든 사실이 밝혀졌고 점주는 체포되었다.

명의 사연을 들은 경욱은 굳은 얼굴이 되었다. 경욱에게도 딸이 있었다. 명이 사고를 당한 게 대학 입학 직전이었고 경욱의 딸은 이제 고3 수험생이었다. 딸 가진 아빠로서 저도 모르게 명에 대한 안타까운 마음과 걱정이 일었다. 처음 명당에 찾아갔을 때 명에게 CCTV 영상을 요구했던 일이 생각났다. "제가 카메라에 찍히는 걸 싫어해서요." 명은 신당 안에 카메라가 없는 이유를 그렇게 말했었다. 경욱과 규영은 얼굴 때문이라고 생각했는데, 그보다 더 아픈 이유가 있었다. 쓰디쓴 한숨을 한 번 쉬고 이번에는 직원에 대해 물었다.

"퇴마사님이 사는 명당 주소지에 퇴마사님 말고 한 명이 더 등록돼 있었는데, 이 사람이 직원 같아요. 이름은 권주하, 나이는 스물셋인데요. 제가 조사하다가 비명 지를 뻔한 게……."

규영은 잠깐 말을 끊었다가 다시 이어나갔다.

"권주하가 퇴마사님 얼굴에 염산을 뿌린 편의점 점주 아들이에요."

"뭐?"

경욱이 놀라 소리쳤다. 규영은 경욱의 이 반응이 꽤 마음에 들었다. 저도 처음 이 사실을 알았을 때 펄쩍 뛰었는데, 베테랑 형사인 경욱도 똑같은 반응이라니. 제가 초짜라서 그런 게 아니었다.

"초등학생 때 엄마가 죽고 나서부터 가출을 밥 먹듯 했고요. 그러다 중학교는 입학만 했지 거의 안 다녔더라고요. 어쩌다 작은 조직에 굴러 들어갔는데, 조직에서 비교적 형님 축에 속하는 20대들이 소매치기, 퍽치기, 절도 등을 하는 동안 권주하랑 다른 10대 동생은 망을 보거나 사람들의 시선을 끄는 일 같은 걸 했어요. 조직이 일망타진되면서 권주하는 소년원으로 보내졌고요. 그때가 열일곱 살이었어요. 열여덟 살에 소년원을 나와서 곧바로 퇴마사님 남매랑 같이 지낸 거 같아요. 그 후에 아버지 권기택이 5년 복역하고 출소했어요."

"5년?"

경욱은 의외라는 얼굴이었다. 아무리 10년 전 사건이라도 너무 적은 형량이었다.

"처음에는 7년 6개월을 받았는데 2심에서 5년으로 깎였어요. 초범이고, 살해 의도가 없었다고 판결 난 데다가 깊이 반성하고 있다는 이유였는데, 반성문을 참 많이 썼나 봐요."

"7년 6개월도 짧은데, 거참!"

"원래 사회적으로 이슈가 되지 않는 한은 형량이 적잖아요. 그땐 디지털 성범죄에 대한 처벌도 지금보다 많이 약했고."

경찰로서의 자부심과 보람이 다 무너지는 순간이었다. 힘들게 나쁜 놈 잡아놓으면 말도 안 되게 적은 형량을 받는 것이었다. 그런 일이야 허다하지만 그럴 때마다 입 안이 써져서 더 쓴 소주가 생각나는 건 어쩔 수 없었다.

"아까 채명 남매라고 했잖아. 남은 한 명은 누구야?"

"네, 오빠가 있어요. 본청에서 근무하는 채민 경위라고……. 근데 그 사람 카이스트 출신이에요."

규영이 준 자료를 내려다보며 이야기를 듣던 경욱이 눈을 치켜뜨고 규영을 보았다.

"오빠가 본청에?"

경욱이 물었다.

"네, 본청에 있긴 한데 지금으로선 퇴마사님이 사건들과 얼마나 관련되어 있는지, 또 채민 경위도 관련이 있는지 수사하기 전엔 알 수 없죠."

경욱은 크게 숨을 내쉬더니 잠시 생각하느라 아무 말이 없었다. 규영은 경욱의 입이 떨어지길 기다렸다.

"지난 몇 년간 일어난 살인 사건 중에 범인이 범행 상황을 전혀 기억하지 못한다는 기록이 있는 건 전부 찾아봐. 이건 우리 둘만 비공식적으로 하는 수사니까 시간이 좀 걸려도 어쩔 수 없어. 일단 찾아봐. 나는 주변 탐문을 해봐야겠어."

규영이 명에 대해 이 정도까지 알아내는 데만 해도 시간이 꽤 걸렸다. 팀장의 지시를 받고 공식적으로 수사해야 하는 사건이 우선이었기 때문이다. 시간이 많이 걸리고 근무 외 시간을 사용할 수밖에 없음에도 규영은 경욱의 지시를 잘 따랐다. 자신은 이제 갓 형사가 된 병아리였고, 파트너인 경욱은 20년 넘은 경력을 가진 베테랑 형사였다. 배울 것이 많았다. 그리고 퇴마사에 대한 개인적인 호기심도 이 사건을 더 열심히 조사하는 큰 이유였다.

*

주하는 나가는 고객에게 문을 열어주고 허리를 90도로 숙여 인사했다. 고객이 나가자 문을 닫고 문패를 'CLOSED'로 돌리더니 그것도 모자라 문을 잠그기까지 했다. 그는 한달음에 명의 자리로 가 명이 열어보고 있는 가방 안을 들여다보았다. 가방 안을 본 주하의 눈, 코, 입이 더 이상 벌릴 수 없을 만큼 크게 벌어졌다.

"우와아! 2억은 이렇게 생겼구나!"

주하가 탄성을 질렀다.

"어차피 맨날 보는 5만 원짜리지, 뭐 다른 게 있다고 그렇게 호들갑이야?"

명이 핀잔했다. 말은 그렇게 하면서도 커다래진 눈을 반짝이는 모습은 주하와 마찬가지였다. 두 사람이 보고 있는 가방 안에는 5만 원짜리 지폐 마흔 다발이 있었다. 상마무역 회장 자택의 귀신을 쫓아낸 대가로 받은 돈이었다. 20년 묵은 원귀와 짜고 친 고스톱이라는 것을 꿈에도 모르는 회장 부부는 무속인과 거래했다는 소문이 날까 두려워 비서를 통해 현금으로 보수를 전달했다. 주월산업 신 회장과 마찬가지로 2억이라는 큰돈 안에는 상마무역 회장 가족의 명예를 위한 비밀 유지비가 포함되어 있었다.

"그 원귀가 정말 한이 깊긴 했나 봐요. 오래 걸리긴 했지만, 상마무역 회장님댁을 뚫을 줄은 몰랐네."

주하가 돈다발을 양손에 들어보며 말했다.

"20년 넘게 쌓인 한이니까. 그런 놈은 늙어 죽을 때까지 계속 고통을 줘야 하는데, 아깝다."

명은 원혼이 너무 약하게 복수했다고 안타까워했다. 이번 원혼은 20년의 한을 담아 자신의 인생을 그렇게 짓밟은 자를 무자비하게 때려죽였다. 비록 죽기 전까지는 매질의 고통이 있었을지언정 20년에 비하면 찰나의 순간이었다. 원혼이 당했던 것처럼 20년간 지속적인 고통을 줘야 공평했다.

'공평'.

갑자기 민의 말이 떠올랐다.

'내가 너 때문에 죽었으니 너도 죽어야 공평하다는 거야? 진짜 공평하려면 죽은 사람이 어떻게 죽었는지 사유를 먼저 자세히

밝혀야지.'

그 원혼이 죽은 이유는 오랜 학대로 인해 얻은 병 때문일 것이다. 그런데 아픈 사람한테 약 한 번을 안 먹였으니 죽음의 책임은 그 부부에게 모두 있다고 할 수 있다. 그러면 두 사람을 반씩만 죽이는 게 공평한 건가? 아니면 그들도 20년간 감금하고 학대해야 공평한가? 공평이란 애당초 무엇인가?

잠시 생각하던 명은 이내 고개를 내저어 생각을 털어냈다. 그것보다 주하에게 해줄 말이 있었다.

"어젯밤에 너 잘 때, 이번 원혼이 다시 찾아왔어. 고맙다고 하고는 가더라."

주하가 놀란 토끼 눈이 되었다.

"에에? 그걸 왜 이제 얘기해요?"

"원혼이 간 다음에 나도 곧바로 잠이 들어서 잊고 있었어. 너랑 그 원혼 얘기하다 보니 지금 생각난 거야."

주하는 늘 방문을 열어놓고 잤다. 명이 악몽 속을 헤매는 소리가 들리면 얼른 달려가 깨워주기 위해서였다. 지난밤에도 명의 방에서 작은 목소리가 들렸다. 잠귀가 밝은 주하는 얼른 일어나 명의 방문 앞에 섰다. 그런데 방 안에서 들려오는 소리는 비명도 흐느낌도 아닌 조용한 대화였다. 주하는 문 앞에서 주저하며 서 있다가 잠시 후 방 안이 조용해지자 제 방으로 돌아왔다. 아마 그 때였던 것 같았다. 원혼이 고마움을 전하러 온 때가.

"처음 아니에요?"

"처음이지."

원혼이 복수를 마치고 해원(解冤)한 후에 인사하러 찾아온 건 처음이었다. 보통은 복수를 마치고 부적을 태운 후 제 갈 길을 가버렸다. 그들이 어디로 사라지는지는 명도 알지 못했다. 저승이라는 게 있어서 그곳으로 가는 건지, 다른 사람으로 다시 태어나는 건지, 그냥 구천을 떠도는 건지…….

"참 잘생겼더라. 젖살도 안 빠지고 아주 앳된 얼굴이었어. 아마 농장 부부를 만나기 전 어릴 때 모습이었나 봐."

명이 어젯밤을 떠올리며 넋두리하듯 말했다.

"진짜 해원하면 죽을 당시의 흔적이 없어져요?"

"그런가 봐. 나도 해원한 원혼은 막순 언니밖에 본 적이 없어서 긴가민가했는데, 어젯밤 원혼을 보니 그 말이 맞구나 싶더라. 해골에 가죽만 붙여놓은 것 같던 퀭한 얼굴이 어떻게 그렇게 예뻐질 수가 있나 하고 놀랐잖아. 처음엔 다른 원혼이 온 줄 알았어."

명은 죽어서 귀신이 되었을 때 자신의 얼굴도 범죄를 당하기 전의 모습으로 돌아갈 수 있을까 궁금했다. 주하는 원혼의 모습을 상상해보았다. 원혼이 사람에게 모습을 보이는 연습을 할 때, 주하는 그 깡마른 얼굴을 본 적이 있었다. 그 얼굴에 통통한 얼굴을 한 잘생긴 소년의 모습을 겹쳐보았다. 하지만 잘 그려지지 않았다. 이내 주하는 상상하기를 포기하고 가방 안에서 돈뭉치 하나를 꺼내 명에게 주고는 나머지를 금고에 넣고 잠가버렸다.

"겨우 하나만 주기야? 마흔 개나 되는데 두 개 정도는 줘야지."

명이 불만을 토해냈다.

"민이 형이 알면 혼날 각오하고 많이 준 거예요. 다음 수입이 있을 때까지 그걸로 버티시고, 아껴 쓰세요. 사고 싶은 거 있으면 싼 걸로 사고, 기부도 한 번에 많이 하지 말고 조금씩 여러 군데 하세요."

"야! 다음 수입이 1년 후야. 그때까지 이걸로 어떻게 살아?"

"1년에 용돈 5백이 적어요? 다른 사람들은 월세, 공과금, 할부금, 생활비 마련하느라 용돈은 꿈도 못 꿔요. 오죽하면 월급이 스쳐 지나간다고 하겠어요?"

주하는 단호했다. 민으로부터 이 집안의 살림과 명을 돌볼 것을 부탁받은 후로 한 번도 그 책임을 허투루 한 적이 없었다. 인정 많지만 단호한 성격인 데다가 남의 기분을 헤아리는 기술이 좋아서인지, 명의 기분을 상하지 않게 완급 조절을 하면서도 명의 무분별한 소비 행각을 잘 차단했다.

명은 죽을 고비를 넘기고 나서부터 삶에서 계획이라는 게 없어졌다. 당장 무슨 일이 일어나 죽을지도 모르는 인생인데 굳이 앞으로를 위해 지금을 희생할 필요는 없다는 생각이었다. 그래서 즉흥적으로 되는 대로 막 살려고 했다. 돈을 쓰며 얻는 쾌감에 눈을 뜬 후로는 돈 쓰는 것에 중독된 게 아닐까 싶을 만큼 주체를 못 하고 돈을 쓰려고 했다. 그런 명에게 민은 싸워서 이겨야 하는 적이었다. 그러나 같은 잔소리도 주하가 하면 명은 몇 번 반발하다가 조용해졌다. 민과 주하의 말투 때문이기도 했지만, 더 큰 요인은 권기택 때문에 인생을 망쳤다는 동질감이었다. 덕분에 민은 주하를 믿고 회사 근처로 이사 갈 수 있었고, 명은 엄마처럼 돌봐주고 잔소리도 해주는 주하 덕분에 사람답게 살 수 있었다.

주하는 살림을 맡은 책임감이 큰 만큼 명의 돈 관리에도 철저했다. 예전에는 생활비 통장을 명과 함께 관리했지만, 명이 즉흥적으로 생활비를 몽땅 기부해버린 사건 후에는 주하가 제 명의로 통장을 만들어 생활비를 단독 관리했다. 돈이 들어오면 오늘처럼 명에게 용돈을 떼어주고 나머지는 금고나 민만 아는 비밀통장에 넣었다. 그렇게 차곡차곡 모은 돈은 앞으로 몇 번이나 더 해야 할지 모르는 명의 수술비와 40년 넘은 신당 건물의 개축 비용으로 쓸 계획이었다.

참 다행스럽게도 명은 두 사람의 이런 통제에서 굳이 벗어나려 애쓰지 않았다. 자신을 걱정하는 사람들이 있다는 안도감을 늘 만끽하며 살았다. 명은 두 사람의 인정에 대한 믿음이 있었다. 4개월쯤 후 용돈이 다 떨어졌다며 조용히 손을 내밀면 온갖 잔소리는 듣겠지만 돈이 살포시 손에 올려질 것이다. 두 사람도 명이 방탕하게 쓴 돈의 대부분은 사회복지재단 쪽으로 흘러갔음을 알고 있을 테니까.

돈을 금고에 넣고 잠그는 주하와 돈뭉치 한 다발만 더 달라고 애원하는 명이 티격태격하고 있는데 누가 문을 두드렸다. 명은 얼른 돈뭉치를 서랍에 넣었다. 주하는 문으로 가 유리를 통해 밖을 확인하더니 이내 열어 주었다.

"너희는 영업시간에 툭하면 문을 걸어 잠그더라. 도대체 안에서 무슨 비밀 얘기를 하는 거야? 둘이 뽀뽀라도 했냐?"

빨간 두루마기 위에 파란 전복을 입은 명광도사가 들어오며 통명스럽게 말했다. 명광은 명의 맞은편 의자에 앉으며 주하에게 커피를 주문했다.

“고객이 없어? 왜 우리 집에 와서 헛소리야?”

명이 퉁명스럽게 대꾸했다.

“어허! 헛소리라니? 오라버니한테 말버릇하고는……. 내가 긴히 전해줄 얘기가 있어서 없는 시간 힘들게 내서 와줬구만.”

명광은 주하가 준 믹스커피 잔을 앞에 내려놓으며 물었다.

“요즘엔 오는 사람이 없어? 어째 우리 집에 사람 보내는 횟수가 뜸하다? 매화당이랑 천신궁에 다 몰아주는 거 아니야?”

명광의 의심 가득한 눈초리에 명이 콧방귀를 뀌고 대답했다.

“아니거든. 나 공평무사한 사람이야. 못 믿겠으면 그 언니들한테 가서 직접 물어봐.”

“근데 왜 요즘엔 일거리를 안 줘? 이젠 잡귀도 직접 손대는 거야? 하바리는 취급 안 한다며?”

명광은 안달을 내며 일거리 좀 나눠달라고 성화했다.

“요즘은 귀신들이 휴가를 갔나, 귀신 붙은 사람이 안 오네. 고객들은 다 정신과로 보내고 있어. 자기 마음에 병이 든 걸 왜 자꾸 귀신 탓으로 돌리려고 하는지, 원! 근데 오빠는 긴히 전해줄 얘기라는 게 일거리 달라는 거야? 얼른 커피나 마시고 가.”

명의 말을 들은 명광은 아차 하며 그제야 깜빡했던 본론을 말했다.

“어제 말이야. 경찰들이 와서 너에 대해 캐묻고 다니더라.”

느긋하게 앉아 있던 명과 주하가 고개를 쭉 빼고 명광의 말을 경청했다. 이름은 기억 안 나지만 김 뭐라는 나이 든 형사와 새파

랗게 젊은 형사가 와서 명이 언제부터 퇴마 일을 시작했는지, 모월 모일에 명과 주하가 나가거나 들어오는 걸 봤는지, 명의 오빠를 아는지, 그 사람이 자주 오는지 등등 명의 신상에 관해 주로 물었다고 했다. 주하에 대해서도 물었는데, 명광은 주하라는 이름만 알 뿐 성도 나이도 모르고 친척인지 남인지도 모른다고 대답했다.

"젊은 형사가 네가 퇴마하는 걸 본 적이 있느냐고, 진짜 악귀를 몰아내는 거냐고 묻더라. 그래서 내가 이 골목에 있는 사람 중에 사기꾼 한 명도 없다고, 여기 있는 무당들 다 자기네 신령님 모시고 신명을 받들면서 착하게 산다고 크게 뭐라고 했어. 어딜 감히 우릴 사기꾼 취급해? 나쁜 짓하면 신령님이 크게 노하시는 것도 모르고 말이야."

명광은 씩씩대며 울분을 삼켰다.

"오빠, 잘했어. 경찰이 감히 선량한 시민을 범법자로 만들려고 하다니, 내가 진정서라도 넣을까? 그 경찰 징계하라고?"

명이 명광의 울분에 동감하며 분노하자 오히려 명광은 '징계'라는 말에 당황했다.

"경찰들이 잘 몰라서 실수한 걸 가지고 무슨 징계까지……. 우리가 사기꾼 취급받는 게 하루 이틀도 아닌데 뭐. 치성드리면서 마음 가라앉혀야지. 원래는 정말 정직해야 하는 건데, 우리끼리는 돕고 살아야 하잖아, 응? 그래서 어제 형사들 질문에 대부분 잘 모른다고 잡아뗐어."

긴히 할 얘기는 다 끝났음에도 명광은 질척거리면서 쉽게 돌아갈 생각을 안 했다.

“내가 어제 신령님께 어찌나 송구하던지……. 응?”

명광이 이렇게 눈치를 주며 명이 알아챘으면 하는 그 속내를 명이 모를 리 없었다.

“신령님이 오빠보고 잘했다고 하실 거야. 같은 처지의 사람들끼리 서로 돕는 건 좋은 거잖아. 내가 다음 일거리 생기면 오빠한테 보내줄게. 원래는 천신궁 언니 차렌데 오빠가 형사들 때문에 고생하고 신령님께 미안한 일도 했으니까 그 언니 몰래 오빠한테 넘길게. 그 돈으로 신령님 공양에 맛있는 것도 올려드리고 해.”

‘그리고 애들 학원비도 내고.’

명광에게 하고픈 가장 중요한 말은 명의 입 안에만 머물렀다. 명광은 듣고 싶은 말을 듣더니 환한 얼굴로 돌아갔다. 명은 즉시 매화당의 설상화와 천신궁의 은천을 비롯해 사주 골목에서 친하게 지내는 점쟁이들에게 전화를 걸어 형사가 왔었는지, 무얼 물어봤는지, 어떻게 대답했는지 확인했다. 다들 명과 친하지 않아서 잘 모른다는 식으로 말하고 돌려보냈다고 했다. 명은 주하에게 그동안 사주 골목 사람들에게 인심을 후하게 베푼 덕에 이렇게 보호받는 거라며 거들먹거렸다.

명은 다른 무속인들처럼 내림굿을 받은 적도 없고, 퇴마 같은 건 전혀 할 줄 몰랐다. 그저 귀신을 보고 대화하는 능력으로 퇴마 흉내를 내는 것뿐이었다. 때문에 퇴마 상담을 온 인간 고객들을 다른 무속인들에게 보낸 것뿐이었지만, 그렇게 고객을 늘린 무속인들은 명을 보살 중의 보살이라고 칭송했다.

"근데 설상화 만신님이랑 은천 누님한테도 고맙다고 다음 일 먼저 주겠다고 하면 어떡해요? 그렇게 공수표 막 날리다가 탈 나지."

전화를 끊는 명에게 주하가 한 소리를 했다.

"누굴 먼저 줬는지 알 게 뭐야? 다들 다른 사람 몰래 일 받은 줄 알고 서로 쉬쉬하고 있을 텐데……."

들킬 일을 걱정하는 주하와 달리 명은 그런 뒤탈은 신경도 안 썼다. 주하는 명의 배포와 사기꾼 기질에 혀를 내두를 뿐이었다. 저 누나는 사기꾼 안 됐으면 뭐 해서 먹고살았을까?

*

예전에는 숨만 쉬어도 날아가버리던 솜털이 이렇게 움직이기 힘든 것인 줄 몰랐다. 손으로 밀어서 솜털을 움직이면 첫 단추를 잠근 거라고 했는데, 그 첫 단추를 못 잠그고 있은 지가 2주가 다 되어가고 있었다. 효빈은 막순의 말대로 집중에 또 집중을 했다.

이번에는…….

역시나 손가락은 무심하게 솜털을 통과해 지나갔다. 무엇이 문제였을까? 효빈은 솜털을 가까이에서 이리저리 살폈다. 이러다 사시 되겠네. 가까이서 솜털을 노려보니 저절로 두 눈동자가 가운데로 모였다. 그런데 아무리 봐도 솜털이 이상한 건 아닌 것 같았다. 솜털을 가져다 이 자리에 올려놓은 건 막순이었다. 막순 언니가 번쩍번쩍 드는 것을 보니 솜털보다는 자신에게 문제가 있는 것 같았다.

"진도가 너무 안 나가서 짜증이 나겠지만, 그게 원래 그렇게 쉽게 되는 게 아니야. 인내하고 연습하다 보면 어느 날 문득 될 거야. 오늘은 이만 가도 돼. 더 하고 싶으면 연습 좀 더 하고 가든가. 나는 명이랑 얘기나 좀 해야겠다."

막순은 솜털과 씨름 중인 효빈에게 말하고는 2층으로 올라갔다. 효빈은 천장을 통과해 사라지는 막순의 치맛자락을 무감하게 바라보다가, 막순의 발끝까지 모두 보이지 않게 되자 솜털을 보고 한숨지었다.

명은 제 방에서 노트북으로 동영상을 보고 있었다.

"뭘 그렇게 열심히 봐?"

"이제 나도 시간이 남으니까 요리를 배워보려고."

"네가 요리를?"

"응. 주하가 하는 음식들은 맛이 너무 건전해서……."

"더 자극적인 음식을 직접 만들어보시겠다?"

명은 고개를 끄덕이고 계속 동영상을 시청했다. 요리를 눈으로만 배우고 있는 명이 한심했지만 막순은 직접 만들어보라는 잔소리는 하지 않았다. 막순이 아는 명은 작심삼일을 철저히 지키는 사람이었다. 사흘 정도 요리 동영상을 주야장천 보다가 포기할 게 뻔했다.

"효빈이는 아직도 연습하고 있어?"

동영상이 다 끝나자 명이 물었다. 막순이 고개를 끄덕였다.

"걔는 진도가 안 나갈 텐데 포기도 안 하네."

"효빈이가 포기하길 바라는 거야? 그래서 효빈이를 위한 치성을 안 드리는 거야?"

막순이 묻자 명은 노트북의 전원을 끄고 덮은 뒤 천천히 대답했다.

"효빈이가 포기하길 바라는 건 아니야. 다만, 오빠랑 약속했으니까 시간을 끄는 거지. 저렇게 한 달쯤 지나면 솜털을 움직일 수 있게 해주고, 그다음 한두 달 정도 지나면 숟가락을 들어 올릴 수 있게 해주고……."

명도 막순도 효빈의 사연을 듣고는 도저히 거절할 수가 없었다. 효빈은 부모 없이 할머니와 동생과 살았다. 엄마는 동생이 두 살 때 아빠와 크게 싸운 후 집을 나갔고, 아빠는 돈 벌러 서울에 간다고 나가선 영영 연락이 끊겼다. 할머니가 어린 손주들을 맡아서 힘들게 키우고 있었다. 그런 가정환경 탓에 자신감 없고 조용했던 착한 효빈이 성범죄자의 표적이 되기는 쉬웠다.

오가다 만나면 인사를 나누고 할머니 안부도 물어보던 동네 아저씨가 갑자기 일이 많이 생겨서 그러니 몇 시간만 도와달라고 했다. 그 아저씨는 창고 임대업을 하면서 커다란 비닐하우스 몇 동을 가지고 농사를 짓는 사람이었다. 겨우 중학교 1학년이었던 효빈은 일을 도와주면 시급을 쳐서 돈을 주겠다는 말에 좋아하며 따라갔다. 일이 많다고 해서 하우스로 갈 줄 알았는데 아저씨는 창고로 들어갔다. 그래도 효빈은 늘 인사하던 동네 아저씨를 전혀 의심하지 않고 창고에 따라 들어갔다. 그곳에는 다른 아저씨가 있었고, 효빈은 몹쓸 짓을 당했다. 그렇게 효빈은 짧은 생을 마감했다.

명과 막순에게도 상황은 다르지만 같은 아픔이 있기에 효빈의 복수를 꼭 도와주고 싶었다. 아니, 도와줘야 한다는 의무감이 들었다.

"내 부부 생활은 매일매일이 끔찍한 강간의 연속이었으니까."

막순이 탄식하며 말했다. 막순이 아버지 손에 이끌려 시집에 버려진 건 효빈과 같은 나이 때였다. 첫 달거리가 끝나자 아버지는 이제 막순이 다 컸으니 시집가야 한다고 했다. 시집가면 낭군님의 예쁨 많이 받고 배불리 먹을 수 있다며. 시집은 밭도 있고 막순네보다 부자라고 했다. 어머니는 막순을 떠나보내며 하염없이 울었지만 그 속을 모르는 막순은 1년에 한 번씩은 어머니를 뵈러 오겠다고 약속하며 어머니를 달랬다. 그러나 그게 어머니와 오빠들과의 마지막이었다.

초야가 뭔지도 모르고 시집간 첫날 밤, 신랑은 막순에게 마구잡이로 달려들며, 싫다는 막순을 힘으로 누르고 상처 입혔다. 초야의 끔찍했던 기억은 막순에게 트라우마가 되었다. 낮에는 시어머니와 함께 밭일과 집안일을 하고 밤에 녹초가 되어 겨우 바닥에 몸을 누이면 하루 종일 투전판에 있다가 돌아온 남편에게 시달려야 했다. 거부하면 돌아오는 건 주먹이었다. 남편은 주로 돈을 잃는 편이었지만, 어쩌다 돈을 따고 밤새 여자를 끼고 술을 마시느라 집에 안 들어오는 날은 막순의 인생에 몇 번 없는 행복

한 날이었다.

"지금은 부부간에도 성폭행이 성립하지만, 그 시절에 그런 게 어딨어? 여자는 남자를 위해 존재하는 거였지."

명과 막순이 동시에 한숨을 내쉬었다.

"내일 아침에는 효빈이를 위해 기도할까?"

명이 혼잣말처럼 중얼거렸다.

"좀 더 있다가 한다며?"

"갑자기 효빈이를 위해 뭔가를 해주고 싶어졌어."

"으이그, 넌 항상 즉흥적으로 뭘 하는 게 문제야. 계획성 있게 살아봐라, 좀."

"내가 원하는 대학 가려고 얼마나 계획성 있게 열심히 공부했는데. 그런데 이거 봐. 결국은 대학 입학도 못 했잖아."

살아가는 데 계획 같은 건 무의미하다는 명의 지론이었다. 막순은 "치!" 하고 말았다.

밝혀지는 진실

규영은 이제 이 방이 친근해지기 시작했다. 근무 시간에는 공식적인 사건들을 수사하고, 남는 시간에만 퇴마사 사건을 비공식적으로 수사했다. 그런데 공식적인 사건들이 근무 외 시간까지 잡아먹는 경우가 허다해서 퇴마사 사건의 진행이 미진할 수밖에 없었다. 그렇게 조금씩 조사한 자료들을 취합하고 의견을 나누려면 갈 만한 곳은 경욱의 집뿐이었다. 기숙사 생활을 하는 대학생 아들의 방이 규영에게 편안해지고 있는 이유였다. 경욱의 고등학생 딸도 이제는 학원 끝나고 늦은 밤 귀가해 규영을 마주하면 집에 있는 가구쯤으로 생각하며 덤덤하게 인사했다.

"박춘만은 이미 CCTV 자료가 소실돼서 범행 전에 채명과 만났는지 알 방법이 없어. 하지만 박춘만이 채명의 부적을 갖고 있었다는 사실로 채명을 만났을 확률이 높다고 볼 수 있지. 물론 채명은 만난 적 없다고 주장하지만……. 홍재광이랑 조일섭은 만난 증거가 있으니까 그걸 이용해서 추궁해볼 수도 있지 않을까 싶어."

명에게 접근하는 데 있어서 경욱은 대단히 조심스러웠다. 기억을 잃었다고 주장하는 살인범들에겐 범행 당일이나 하루 전에 채명을 잠깐 만났다는 공통점이 있는데, 만난 시간이 30분도 채 되지 않았다. 그렇게 잠깐 만났다는 것만으로 명이 사건과 직접적인 관련이 있다고 몰아붙일 수도 없는 노릇이었다. 명이 살인 사건과 무관하지 않은 건 확실한데, 어떤 식으로 관여했는지에 대한 증거가 너무나 희박한 상황이었다. 그럼에도 경욱이 명을 놓지 못하는 이유는, 프로파일러도 범인들이 기억을 잃었다는 게 거짓이 아님을 인정한 상황에서 세 살인 사건의 범행 동기를 명이 알고 있으리라는 늙은 형사의 감 때문이었다.

물증이라고는 짧은 동영상뿐이고 심증만 확실한 상태에서 명을 추궁한다는 건 대단히 어설프고 위험한 일이라는 걸 경욱이 모를 리 없었다. 자칫하면 그들이 앞으로 찾을 가능성이 높은 증거들을 어서 숨기라고 명에게 경고하는 꼴이 될 수도 있었다. 그러나 시간이 없었다. 수사 속도가 너무나 느렸다. 새로운 증거를 찾기 전에 명과 관련된 또 다른 살인 사건이 터질 수도 있었다. 경욱은 살인을 막고 싶었다. 살인 사건이 또 발생한다면 그 책임은 막지 못한 자신에게 있을 것만 같았다.

"기억을 잃었다는 건 정신과 관계된 약물을 썼다고 볼 수도 있는 거 아닐까요? 약에 중독된 상태에서 범행을 저지른 거죠."

"약물 검사, 모두 음성이 나왔어."

규영의 가설을 경욱이 한 번에 잘랐다.

"향은 어때요?"

"향?"

"펜트하우스에 설치된 카메라 영상들에서도 퇴마사님이 향을 피웠고요, 조일섭을 만나러 골목으로 들어갈 때도 퇴마사님이 한 손에 연기가 나는 향로를 들고 갔어요."

명과 주하가 조일섭을 만나러 골목으로 들어가는 영상을 전문가에게 개인적으로 의뢰한 결과 명이 한 손에는 종을 다른 한 손에는 향로를 들고 있었다는 것을 알아냈다.

"향으로 정신을 혼미하게 만든 다음 살인을 하도록 최면 같은 걸 건다? 그러면 향을 같이 맡은 채명이랑 직원은? 왜 정신이 멀쩡할까?"

경욱의 반론에 규영은 할 말이 없어졌다. 규영은 잠시 시무룩해 있다가 입을 열었다.

"지금 상태에서는요, 차라리 향으로 귀신을 부르고 부적으로 귀신을 범인에게 빙의시켜서 살인을 하도록 조종했다는 게 가장 확률이 높은 가설이에요. 전혀 과학적이지 않아서 선배님이 싫어하시겠지만요."

"규영아."

경욱이 아들을 부르는 아버지처럼 인자하게 불렀다.

"세상에 과학으로 증명하지 못하는 건 없어. 심령 사진도 사진 전문가가 보면 왜 귀신처럼 보였는지 과학적으로 증명하고, 사람들이 귀신 소리라고 주장하는 것도 전문가가 찾아보면 과학적인 원인을 발견하게 돼. 지금 우리가 보고 있는 사건들은 범인들이 기억을 잃었다는 것과 범행 전에 채명을 만났다는 것 외에 기억을 잃기 시작한 시점이 채명을 만난 시점과 맞아떨어진다는 공통점이 있어. 그래서 내가 채명이 살인 사건과 관련 있다고 생각하는 거야. 채명을 살인과 연결할 증거가 없는 게 아니라 우리가 못 찾는 거야. 증거를 찾는 게 우리 경찰의 일이야. 증거를 찾기 힘들다고 미신을 끌어다 사건에 접목하면 경찰이 무슨 필요가 있니? 굿이라도 할까? 살인한 귀신 찾아달라고?"

규영은 하도 답답해서 꺼낸 말이었는데, 경욱이 아버지처럼 꾸중하자 더 의기소침해졌다. 아무런 지원도 받지 못하고 몰래 개인 시간을 내서 수사해야 하는 상황이 답답하고 힘들긴 경욱도 마찬가지였다. 그럼에도 불구하고 진범은 따로 있을 것이라는 확신 때문에 수사를 계속 이어나갈 생각이었다. 규영도 답답한 나머지 귀신이니 빙의니 하는 말을 꺼냈을 뿐 포기할 생각은 없었다. '퇴마사'라는 불가사의한 인물이 초자연 현상에 관심이 많은 규영을 이 사건에 잡아두고 있었다.

"채민 쪽을 파보는 건 어때요?"

잠시 말이 없던 규영이 물었다. 기억을 잃은 살인범들은 모두 전과자였다. 범인들은 서로 한 번이라도 만났을 가능성이 없는 사람들이었고, 명은 더더욱 만날 일이 없는 환경이었다. 명이 범인을 어떻게든 살인에 이용했다면 범인에 대한 정보는 본청에서 근무하는 오빠에게서 받았을 확률이 높았다. 경욱은 규영에게 미소를 지어 보였다.

"나도 채민 쪽을 의심하지 않은 건 아니야. 나도 채민이 그런 정보를 줬을 거라고 생각해. 그런데 거기서도 한계에 부딪힌 거야. 압박할 증거도 없이 섣불리 채민에게 가서 이것저것 물어볼 수는 없잖아. 오히려 우리가 널 의심하고 있으니 조심하라고 친절하게 알려주는 꼴이 될 수도 있으니까. 이런 어려움 속에서도 채명을 놓을 수 없는 건, 정말로 채명이 살인을 사주한 진짜 범인이라면 앞으로 이런 사건은 계속 일어날지도 모르기 때문이야. 내가 늘 하는 말 있잖아. 범인 잡는 것보다 더 중요한 건?"

"범죄 예방이요."

경욱은 웃으며 고개를 끄덕였다. 두 사람은 명의 신당에 다시 한번 가서 증거가 될 만한 게 있나 찾아보기로 했다.

*

먼지만큼 가벼운 하얀 솜털이 빠르게 날아와 명의 눈앞에서 멈췄다. 명은 말없이 고개만 끄덕였다.

"이거 보세요! 제가 드디어 솜털을 움직였어요! 움직이자마자 이렇게 들어 올릴 수도 있어요!"

효빈은 기쁨을 주체하지 못하고 천장에 머리가 닿을 정도로 뛰어올랐다 내려오기를 반복하면서 소리를 질러댔다. 효빈이 들고 있는 거위 솜털도 효빈과 함께 오르락내리락하는 중이었다. 그 모습을 본 주하는 고개를 절레절레 흔들었다. 누나, 대체 어쩌시려고…….

"넌 아직 어려서 그런지 익히는 게 빠르구나."

명이 웃는 얼굴로 말했다.

"제가 익히는 게 빨라요? 진짜요? 저 이거 움직이는 데 3주나 걸렸는데요?"

효빈은 이제 명의 주위를 뱅글뱅글 도는 중이었다. 명은 정신이 사나워서 괜히 노트북에 눈길을 주고 말했다.

"시작은 누구나 오래 걸리는 법이야. 하지만 다른 귀신들은 솜털을 밀어내는 데 성공한 후에도 들어 올리는 데까지는 몇 시간이 걸리거든. 너는 밀자마자 들었으니 정말 진도가 빠른 거지."

명의 말에 사기가 오를 대로 오른 효빈은 테이블이라도 들어 올릴 수 있을 것 같았는지 보이는 건 뭐든지 건드렸다. 그러나 아직 아무것도 움직일 수 없다는 걸 알게 되자 금세 시무룩해졌다. 명은 서랍에서 면봉 하나를 꺼내 상담 테이블에 올려놓았다.

"솜털 다음엔 면봉이야. 천천히 힘을 길러야지. 우물 가서 숭늉 찾을래?"

효빈은 솜털을 내려놓고 면봉에 손을 댔다. 그러나 효빈의 손가락은 면봉을 통과할 뿐이었다. 막순이 얼른 면봉과 솜털을 집어 들었다.

"효빈아! 명이도 일해야지. 너는 나랑 저쪽 가서 연습하자."

막순이 효빈을 데리고 고객 대기석으로 갔다. 주하는 면봉과 솜털이 대기석으로 날아가는 것을 보고는 명에게 속삭였다.

"누나, 어쩌려고 그러셨어요? 벌써 효빈이한테 영력을 넣어주시면 안 되잖아요. 나중에 민이 형 알면 사달 날 텐데!"

주하는 마치 민에게 모든 걸 다 들킨 것 같은 표정을 하고 있었다.

"쫄지 마! 영력 미리 넣어주면 좀 어때? 복수만 천천히 하면 되는 거지. 오빠의 속뜻은 살인을 줄이자는 거잖아. 그것만 잘 지키면 되는 거야. 다음번 치성은 한참 있다가 드릴 거야. 그렇게 치성드리는 간격을 길게 해서 1년 끄는 거지."

애가 타는 주하에 반해 명은 느긋하기 그지없었다. 그런데 갑자기 면봉이 쏜살같이 날아와 명의 눈앞에서 멈췄다. 주하는 눈이 접시만 해졌다.

"저 이제 면봉도 들 수 있어요."

효빈이 의기양양하게 웃으며 면봉을 들고 있었다. 명도 주하만큼 놀라 눈이 동그래졌다.

"어! 어어, 그래. 발전하는 속도가 정말 남다르구나. 넌 참 대단한 아이야."

명은 얼떨결에 효빈을 칭찬했다. 솜털을 겨우 들 정도의 치성만 드렸을 뿐인데, 솜털을 들자마자 면봉을 들었다고?

"저 이제 뭘 들면 돼요?"

신이 난 효빈이 물었다.

"음……. 막순 언니! 포크 가져가서 연습시켜줘."

막순은 놀란 눈으로 명을 보았다가 효빈이 돌아보자 얼른 웃는 표정으로 바꿨다. 면봉에서 갑자기 포크는 말도 안 되는 비약이었다. 그걸 명도 알고 있었다. 그러나 예상보다 빠르게 발전하는 효빈에게 잠시 브레이크를 걸 필요가 있었다. 면봉보다 수십 배는 무거운 포크를 주고 당분간 효빈을 위한 치성은 드리지 않을 참이었다.

*

"퇴마 별거 없어요. 사람 싸우는 거랑 똑같아요. 중요한 건 힘과 기술이죠."

명이 앞에 앉은 두 형사에게 가볍게 설명했다. 이번에 형사들은 웬일로 퇴마에 대해 궁금한 게 있다며 물으러 왔다.

"기억이 나실지 모르겠는데, 제 부적 사진을 갖고 오셨을 때 제가 부적에 제 피를 묻혀서 힘을 과시한다고 했잖아요? 피는 힘이고, 부적은 기술이에요. 부적을 잘 써야 악귀를 완전히 보내버릴 수가 있거든요."

명은 확신에 찬 어조로 말했다.

"향은 왜 피웁니까?"

규영이 물었다.

"귀신 불러야죠. 제사 지낼 때 향 피우잖아요."

명이 당연한 걸 왜 모르냐는 투로 대답했다.

"향을 그래서 피우는 게 아니라고 알고 있는데……."

경욱이 조용히 말했다. 정신을 차분히 하고 경건한 마음가짐으로 임한다는 뜻에서 향을 피운다고 알고 있었지만, 굳이 명에게 설명하지는 않았다.

"아……! 제사 지낼 땐 다른 의미인가? 아무튼 저는 귀신을 부르기 위해서 향을 피워요."

명은 제사는 제 알 바 아니라는 식으로 대답했다. 형사들이 듣기에 명의 말에는 어딘가 아귀가 안 맞는 부분이 있었다. 비과학적인 미신의 영역인 데다가 형사들이 모르는 분야라고 생각나는 대로 즉흥적으로 대답하는 것처럼 보였다.

"그러면 퇴마사님이 사용하는 향은 특별한가요?"

규영이 물었다.

"인터넷에서 인센스라고 치면 대단히 많은 종류의 향이 나와요. 우리나라 향뿐만 아니라 인도, 중국, 일본, 심지어 유럽에서 들여오는 향도 있어요. 저는 향들을 종류별로 사놓고 그날그날 기분에 따라 골라 써요. 제 기분은 곧 그날 귀신의 기분이거든요."

카운터에 앉아서 명의 말을 듣고 있던 주하는 명에게 제발 말을 좀 적게 하라고 간절히 텔레파시를 보냈다. 말이 많아지면 의심을 사게 된다. 명이 쏟아내는 수많은 말 중에 형사들에게 덜미가 잡힐 말이 분명히 있을 것이다. 주하는 명의 말이 길어지면 길어질수록 수명이 짧아지는 게 느껴질 지경이었다. 그러나 명은 그런 주하의 바람도 모른 채 신이 나서 떠들어댔다.

"그러면 시중에서 구할 수 있는 아무 향이나 다 귀신을 부를 수 있다는 말씀이세요?"

규영이 물었다.

"아무 향이나 상관없지만 중요한 건 제 피예요."

명은 여기서 말을 끊고 형사들의 궁금증을 유발했다. 형사들이 궁금해서 다음 말을 물어보길 바랐다. 명은 은근히 이 상황을 즐기고 있었다.

"피요?"

규영이 물었다. 명은 기꺼이 설명했다.

"향에 제 피를 미리 묻혀서 잘 말려놔요. 그러고 나서 향을 피우면 연기 속에 제 피의 향도 같이 묻어 나가거든요. 물론 사람은 못 맡아요. 귀신만 맡을 수 있는 피 냄새예요."

명은 또 말을 끊었다. 그러자 규영이 다시 물었다.

"퇴마사님의 피 냄새를 맡고 귀신이 온다고요?"

"네."

"부적에 퇴마사님의 피를 묻히는 이유가 퇴마사님의 힘을 보여줘서 내쫓는 거라고 하셨잖아요?"

규영이 의아해하며 물었다. 주하는 드디어 올 것이 왔구나 생각했다. 등줄기에 땀이 흘러내리는 게 느껴졌다.

'누나, 제발…….'

"제가 그렇게 말씀드렸었나요?"

명은 학생이 궁금한 것을 선생님께 질문하듯 아무렇지 않게 물었다. 당황한 것은 오히려 규영이었다. 명의 태도 때문에 규영은 잠시 잘못 기억했나 헛갈릴 정도였다.

"그렇게 말했습니다."

경욱이 무거운 목소리로 대답했다. 명은 잠깐 주저했다. 형사들은 명이 당황해서 변명할 말을 찾는 중이라고 생각했다. 그러나 명의 얼굴이 당황한 얼굴인지는 알 수 없었다. 명의 얼굴 근육은 늘 같은 모습이기 때문이었다.

"수분 하나 없이 바싹 마른 피가 향과 섞여서 탄 채 연기가 되어 날아가요. 제 피는 보통 사람의 피가 아니에요. 제 피에는 영력이 서려 있어요. 흔히 신기(神氣)라고 하죠? 그런 피의 미약한 냄새를 맡고 귀신이 와요. 그런데 부적에는 진한 제 피가 묻어 있어서 피의 주인이 얼마나 강한 사람인지 단박에 알아보고는 걸음아 날 살려라 도망가는 거예요. 아! 이건 TMI인데, 귀신은 걷거나 뛰지 않아요. 날아가요."

명은 TMI를 말할 땐 대단한 비밀이라도 들려주는 것처럼 고개를 내밀고 작은 소리로 말했다.

"궁금한 게 있습니다."

경욱이 말했다. 명은 경욱을 보고 입을 다문 채 입술에 힘을 주었다. 경욱은 명의 표정을 편하게 질문하라고 미소를 지어 보이는 것으로 해석했다.

"혹시 조일섭이라는 사람을 아십니까?"

갑자기 치고 들어오는 경욱의 질문에 규영과 주하가 동시에 놀랐다. 주하는 심장이 쪼그라드는 것 같았다.

"그게 누군데요?"

명이 표정 없이 물었다.

"화주시에 가신 적이 있죠?"

경욱이 묻자 명은 잠시 뜸을 들이다가 대답했다.

"화주시에 간 적이…… 있긴 있죠. 최근은 아니지만……."

"그게 언젭니까?"

명은 주하를 돌아보고 물었다.

"주하야, 우리 화주에 갔던 게 언제지?"

"한 달 넘었죠. 음…… 지난달 초였나?"

주하는 잔뜩 얼어붙은 얼굴로 대답했다. 화주에서 조일섭을 만난 걸 형사들이 이미 알고 있다는 사실에 머리의 피가 아래로 다 쏟아져 내리는 것 같았다.

"왜 갔습니까?"

경욱은 여전히 무겁고 차분한 목소리로 물었다.

"놀러 간 건 아니고요. 퇴마하러 갔죠."

경욱에 반해 명의 목소리는 가볍고 여상스러웠다.

"거기에 악귀가 있었습니까?"

"네."

"악귀가 있는 건 어떻게 아셨나요? 차를 타고 두 시간이나 달려야 하는 먼 곳인데."

"죽었다 깨어나도 못 한다는 말이 있죠? 근데, 저는 죽었다 깨어났더니 새로이 할 수 있는 게 생겼어요. 귀신과 소통하는 능력이요. 이곳엔 퇴마를 의뢰하는 사람도 오지만 귀신도 와요. 어디에 참 몹쓸 귀신이 있어서 사람도 괴롭히고, 귀신도 괴롭힌다. 그러니 와서 쫓아내다오."

"귀신 의뢰를 받고 가셨다?"

"네."

"예전에 주월산업 회장 집에서 퇴마하셨을 땐 신령님이 가라고 알려주셨다면서요? 화주에 가실 땐 신령님이 가르쳐주신 게 아니었나요?"

규영이 진심으로 궁금해서 물었다.

"아아, 그거요? 사람을 괴롭히면 신령님이 노하세요. 그래서 저보고 가보라고 하시는 거예요. 하지만 귀신들끼리의 일은 신령님이 신경 안 쓰세요."

경욱은 어이가 없어서 말도 안 나왔다. 눈앞의 여자는 퇴마를 핑계로 사기를 치더니 이젠 경찰에게까지 사기를 치려고 하고 있었다. "아아, 그거요?"라는 말로 벌어낸 짧은 시간 동안 자신들에게 둘러댈 거짓말을 찾고 있었던 게 분명했다. 허파에서 바람이 빠졌다. 기가 막혀서 맥없이 헛웃음만 나왔다. 그렇게 잠시 웃던 경욱이 정색하더니 핸드폰을 꺼내 보여주었다. 핸드폰 화면에는 주하와 명이 시차를 두고 조일섭을 따라 골목으로 들어가는 모습이 보였다.

"두 사람이 조일섭을 따라 골목으로 들어갔다가 나온 후 조일섭이 범행 현장으로 가서 살인을 저질렀어요. 몇 달 전에는 퇴마를 핑계로 펜트하우스에 갔을 때 당신들이 만난 운전사가 당신들과 헤어지자마자 살인을 했고요. 그전에는 어느 살인범의 주머니에서 당신이 쓴 부적이 나왔어요. 세 명의 살인범들은 당신을 만난 후부터 기억이 사라졌어요. 당신이 그들을 만나서 뭘 했는지 제대로 해명하지 않으면 당신이 살인 사건과 아주 깊은 연관이 있거나, 살인범과 공모했거나, 살인을 사주했다는 혐의를 벗을 수 없을 겁니다."

주하의 손에서 핸드폰이 미끄러져 카운터 위로 떨어졌다. 명과 형사들은 일제히 소리가 난 주하 쪽으로 고개를 돌렸다. 주하는 당황해서 허둥대다가 서랍에서 마른 행주를 꺼내더니 급하게 카운터와 핸드폰을 닦았다.

"손에서 땀이 나십니까?"

경욱이 물었다.

"아, 저……."

주하가 머뭇거리자 명이 대신 대답했다.

"재가 원래 손에 땀이 많아요. 그래서 손 닦을 행주를 늘 가까이에 놔두죠. 그런데 형사님 말씀 들어보니 정말 제가 살인에 깊이 관여한 것 같네요. 그 영상 보니까 생각나요. 저 조일섭 만났어요, 골목에서. 그땐 그 사람 이름이 조일섭인 줄 몰랐죠."

형사들은 명의 눈을 쳐다보았다. 표정이 없는 얼굴에선 아무것도 읽을 수가 없으니 명의 눈에서 실낱같은 당황이나 거짓말을 찾아보려 했다. 명은 그런 형사들의 눈을 피하지 않았다.

"이걸 어떻게 설명해야 형사님들을 납득시킬까요? 이건 어때요? 주하가 먼저 조일섭을 따라가서 붙잡았어요. 저는 향을 들고 가서 악귀를 불러냈죠. 향냄새를 맡고 온 악귀는 주하가 미리 준 부적을 받아 들고 있던 조일섭에게 빙의했어요. 아! 그러면 악귀가 제 피 때문에 도망간다는 말이 거짓말이 되는군요. 다시 정정할게요. 제 피는 악귀에게 내비게이션 같은 거예요. 제 피를 따라오면 악귀가 원하는 일을 할 수 있는 거예요. 그래서 향 속의 제 피 냄새를 따라와서 제 피가 묻은 부적을 들고 있는 사람에게 철썩 붙은 거예요. 와아! 이거 흥미진진한데?"

명은 말하다 말고 갑자기 홀린 듯이 천장을 바라보았다. 형사들도 무심결에 명을 따라 천장을 바라보았다. 그러나 천장에는 아무것도 없었다. 형사들은 다시 명을 향해 고개를 내렸지만 명은 여전히 천장만 바라보았다.

"주하야! 아메리카노에 시럽 잔뜩 넣고, 초콜릿 큰 거 갖다 줘. 바나나 우유도 주고."

명이 천장을 보며 말하자 주하는 재빨리 명의 말을 따랐다. 쟁반에 커피와 초콜릿과 바나나 우유를 담은 주하는 명에게 오지 않고, 고객 대기석으로 가 탁자 위에 올려놓았다. 형사들은 그런 주하의 행동에 상반된 표정을 지어 보였다. 놀라움과 감탄을 그대로 얼굴에 담은 규영이 물었다.

"귀신이 온 건가요?"

"저를 돌봐주시는 신령님이에요."

규영은 저도 모르게 입을 벌렸다. 다행히 '와아!' 하는 소리가 입 밖으로 새어 나오지는 않았다. 경욱은 그런 규영을 향해 속으로 혀를 차며 이 사기꾼이 어디까지 사기를 치는지 경멸이 가득 배인 얼굴로 명을 지켜봤다. 명은 그런 경욱의 얼굴을 잠깐 보더니 아무렇지도 않게 말을 이었다.

"그래서 악귀는 자신이 빙의한 조일섭을 이용해서 살인을 한 거예요. 귀신은 물리력이 없으니까 사람한테 빙의하지 않으면 아무것도 할 수가 없거든요. 기껏해야 어두운 곳에서 사람 눈에 슬쩍 보이는 게 다예요. 어때요? 이 정도면 제가 그 살인자들을 만나서 뭘 했는지 충분한 설명이 됐나요?"

명이 의기양양하게 물었다. 신이 나서 설명하는 명과 달리 주하는 이제 얼굴까지 땀이 흘렀다. 뛰어가서 명의 입을 손으로 틀어막는 상상을 반복해서 하고 있었다.

"계속 그런 식이면 혐의는 사실이 될 수밖에 없습니다."

경욱이 말했다.

"하지만 이거 외에는 달리 설명할 방법이 없네요."

명은 정말 안타깝다는 투였다.

"그러면 살인을 사주했다는 걸 인정하시는 겁니까?"

"저는 조일섭이라는 사람한테 살인을 사주한 적이 없어요. 귀신에게 마음대로 하라고 했을 뿐이죠. 그거라도 죄가 적용이 된다면 판사님께 그대로 말씀하시든지요."

명은 교묘하게 혐의를 부인하고 빠져나갔다. 명의 말대로 판사에게 귀신 운운할 수는 없는 노릇이었다. 형사들은 일단 이쯤에서 물러나기로 했다. 계속 귀신을 들먹이며 떠드는 명에게서 더 이상 캐낼 수 있는 게 없다는 판단에서였다. 조사실이었다면 형사들의 영역이었겠지만, 이곳은 명에게 절대적으로 유리한 명의 영역이었다. 명에게 진실을 말하게 하려면 더 확실한 증거가 필요했다.

형사들이 나가자 주하가 명에게 뛰어왔다.

"누나, 왜 그러셨어요? 사실대로 다 말하면 어떡해요?"

주하는 금세 울음이 터질 것 같은 얼굴이었다.

"나는 기껏 진실을 말해줬더니 저 형사들은 안 믿네. 그러니까 너무 걱정 마. 너는 그렇게 간이 콩알만 해서 이 험한 세상을 어떻게 살아가려고 그러니?"

"이 세상에서 누나가 제일 험해요."

울먹이는 주하를 본체만체하며 명은 손을 내저었다.

"험한 나한테 적응할 때도 됐잖아. 이제 자리 좀 비켜줄래? 언니랑 효빈이가 뭐가 그렇게 궁금한지 음료수도 안 먹고 옆에 와 있다."

주하는 일단 귀신들에게 자리를 양보했다. 명과 이야기해봐야 제 속만 더 답답할 게 뻔했다. 카운터 자리로 돌아온 주하는 귀신들과 신이 나서 떠드는 명을 보았다. 명은 자신의 진술에 형사들이 맥을 못 춘 이야기를 무용담처럼 하고 있었다. 주하는 형사들이 왔던 사실을 민에게 어떻게 보고해야 할지 막막했다. 박춘만, 홍재광, 조일섭과 명이 관련 있다는 사실을 형사들이 알고 왔다고 이실직고해야 했다. 그러면 민은 명과 한바탕 크게 싸울지도 몰랐다. 아니면 민의 성격상 싸늘하고 냉랭한 반응을 보일 수도 있다. 어떤 상황이든 주하는 남매 사이에서 심장이 쪼그라들 수밖에 없었다. 주하는 귀신들과 시시덕거리는 명을 보며 제 머리를 쥐어뜯었다.

*

효빈은 명의 코앞에서 숟가락을 들었다 내리기를 반복해 보였다. 막순은 그런 효빈을 옆에서 지켜보며 뿌듯해했고, 명은 효빈에게 장하다고 칭찬했다. 주하만이 카운터 뒤에 앉아 죽상을 하고 있었다. 효빈이라는 귀신은 왜 저렇게 진도가 빠른 거야!

갑자기 명당 문이 벌컥 열렸다. 주하는 반사적으로 고개를 돌려 문을 보았다. 명은 공중에 떠 있는 숟가락을 냅다 낚아챘다. 민이 성큼성큼 걸어 들어와 명 앞에 섰다.

"어, 어…… 오빠! 연락도 없이 갑자기 웬일이야?"

명이 당황스러움을 숨기지 못한 목소리로 민을 올려다보고 물었다.

"갑자기 오면 안 돼?"

민이 굳은 얼굴로 물었다.

"아, 아니? 오빠가 집에 오는 건데 갑자기 와도 되지."

명은 힘주어 밝은 표정을 하며 과장된 어조로 대답했다.

"네 손에 있는 숟가락은 뭔데?"

민이 여전히 굳은 얼굴로 물었다.

"이건…… 숟가락이지. 숟가락이야."

"새 일을 받았다며?"

민은 더 이상 말을 돌리지 않고 정곡을 찔렀다. 명은 주하를 째려보았다. 주하는 명의 칼날 같은 눈길을 피해 냉장고로 달려갔다.

"형! 시원한 아이스 아메리카노 드릴까요?"

"아무거나."

민은 주하 쪽을 돌아보지도 않고 대답했다. 민의 눈은 명의 눈만 노려보고 있었다.

"새 일이라기보다는 이번에 온 귀신 사연이 하도 딱해서 좀 봐주고……."

“어쨌든 새 일을 받았다는 얘기잖아. 지난번에 분명히 일은 1년에 한 번만 받기로 한 거 아니었어?”

민은 명의 말을 끊었다.

“그랬지. 일은 1년에 딱 한 번만 할 거야. 지금은 얘가 사정이 너무 딱해서 봐주고 있는 거고, 복수는 한참 후에 할 거야. 조일섭 일 끝나고 1년 되려면 아직 몇 달 남았잖아? 그 후에 할 예정이었어. 난 정말 약속 잘 지키고 있어.”

명은 민의 화를 누그러뜨리기 위해 눈을 동그랗게 뜨고 결백을 증명하는 순백의 어린양처럼 굴었다. 마침 주하가 민에게 줄 커피를 들고 왔다.

“주하야! 내 말이 사실이지? 내가 분명히 복수는 1년 후에 한다고 했지? 내가 효빈이한테 하는 말 너도 들었잖아.”

명은 자신을 두둔해달라는 간절한 마음을 담아서 주하에게 물었다.

“네, 분명히 누나가 그랬어요. 귀신한테 말하는 거 저도 들었어요.”

민도 이미 들은 얘기였다. 주하는 어제 저녁, 민과의 약속을 철석같이 지키기 위해 형사들이 왔다 갔다고 보고했었다. 민은 주하와의 문자 대화를 통해 형사들의 이야기는 물론 효빈에 관한 이야기까지 알게 되었다. 민이 여기까지 온 이유는, 복수는 나중에 실행할 것을 확실히 다짐받고 효빈 사건에 대해 자세히 알아보기 위해서였다. 이번에는 사건을 제대로 파헤쳐서 원혼이 지난번처럼 엉뚱한 사람에게 복수하는 것과 그로 인해 명이 깊은 죄책감에 무너지는 것을 막으려고 작정했다. 민은 화를 내지도 않고 냉담하지도 않았으며 조금 딱딱하게 말한 것뿐이었건만 명은 제 발이 저려서 민에게 변명하기에 급급했다.

"저 사람 누구예요?"

언제나 당당하던 명이 쩔쩔매는 것을 보고 효빈이 막순에게 물었다.

"명이 친오빠야."

"아아! 그러면 명이 언니가 그때 말한 내부 사정이라는 게 저 오빠와의 약속이었어요? 1년에 한 번만 원혼의 복수를 도와주기로요?"

막순은 고개를 끄덕이면서도 민만 바라보았다. 민이 효빈의 일에 대해 어떻게 말할지 예의 주시하고 있는 중이었다.

"정말 이번 복수는 나와의 약속을 지키면서 할 거야?"

민이 낮고 조용한 소리로 물었다.

"응, 물론이지. 내가 오빠랑 약속했잖아. 오빠 동생, 약속 어기고 그런 사람 아니야."

민은 잠시 말없이 명의 눈을 바라보았다. 명은 제 머릿속을 헤집어보는 듯한 민의 눈길을 피하고 싶었지만 그러면 민이 제 말을 믿지 않을 것 같아 눈에 힘을 주고 민을 마주 보았다.

"믿어도 되지?"

민이 다시 한번 물었다.

"당연하지. 오빠가 안 믿으면 누가 날 믿겠어? 나한텐 오빠밖에 없잖아."

명이 일부러 민의 가장 아픈 부분을 찔렀다. 민은 동생을 위해서라면 섶을 지고 불 속으로 뛰어들 사람이었다. 무슨 일이 있어도 명을 보호할 수밖에 없는 민은 그제야 상담석에 앉았다. 민이 커피를 한 모금 마시자 명과 주하, 막순이 동시에 안도했다. 막순이 가슴에 손을 얹고 한숨을 내쉬자 효빈이 호들갑스럽게 물었다.

"왜요, 왜요? 지금 일이 어떻게 돌아가고 있는 거예요? 잘된 거 아니에요?"

"응, 잘됐어. 다행이야. 하마터면 민이가 이 일 때려치우라고 할 뻔했는데, 네 복수를 몇 달 후에 한다는 말을 받아들인 거야."

효빈은 "그렇구나" 하고 중얼거렸다. 민은 효빈에 대해 물었다. 효빈이 복수를 다짐하게 된 사연뿐만 아니라 주소, 가족 관계, 학교 등등 사건 수사에 도움이 될 만한 것들은 수첩에 적어가며 파고들었다. 명은 제가 모르는 부분에 대해선 옆에 있는 효빈에게 물어봐가며 민에게 알려주었다. 필요한 기본 정보는 다 얻었다고 판단한 민은 수첩을 챙겨 넣었다.

"일단 오늘 들은 내용을 토대로 내가 조사할 수 있는 데까지 조사해볼게. 하지만 내가 담당 형사가 아닌 이상 오래 걸릴 수도 있어. 뭐라도 알아내면 연락할 테니까 그때까지 일 벌이지 말고, 알았지?"

민은 나갈 때까지 복수를 천천히 하라는 당부를 반복했다.

가장 완벽하게 복수하는 방법

은천은 천신궁 문을 열고 밖에 나왔다가 멀리서 서성이는 경욱을 발견했다. 일전에 사주 골목을 돌며 점쟁이들에게 명에 대해 묻고 다닐 때 본 얼굴이라 그가 누군지 확신할 수 있었다. 그땐 젊은 형사가 옆에 있었는데 오늘은 혼자였다. 사주 골목을 찾는 사람들의 발길이 뜸한 평일 낮이어서 경욱이 쉽게 눈에 띄었다. 경욱 쪽에서도 천신궁에서 나온 은천을 발견했다. 경욱이 알은체를 할까 봐 은천은 얼른 다시 들어갔다. 창문으로 경욱이 있던 곳을 살펴보았는데 경욱은 이미 어디론가 사라지고 없었다. 은천은 소파에 앉아 전화기를 들었다.

"응, 언니!"

통화 연결음 두 번 만에 명이 전화를 받았다.

"나 오늘 너한테 가려고 했는데, 못 가고 이렇게 전화한다."

"응? 왜? 무슨 일 있어?"

은천은 명에게 가려고 밖에 나왔다가 경욱을 봤다고 이야기했다.

"선물로 들어온 스페인산 최고급 올리브유가 있어서 너 하나 나눠주려고 했거든. 너한테 만날 얻어먹기만 하니까……."

"아유, 언니는 뭘 그런 걸 가지고……. 그냥 내가 여유가 생겨서, 사람들이랑 어울리고 노는 게 좋아서 그런 건데 뭐."

"네가 좋아서 하는 일이라도 사람이 얻어먹고 입 싹 닦으면 안 되지. 며칠 전에는 한우 선물 세트도 돌렸잖아. 그러면 서로 오고 가는 정이 있어야지. 아무튼 문 앞까지 나갔다가 그 사람을 본 거야. 전에 왔을 때 나는 너 잘 모른다고 시치미 뗐는데 내가 지금 너한테 가면 이상하잖아. 그래서 얼른 들어왔어."

"응, 언니. 정말 잘했어. 올리브유는 받은 셈 칠게, 고마워."

은천은 경찰이 명을 왜 조사하냐고 물었다. 명은 퇴마해준 집 고용인이 살인 사건에 연루되었는데 무엇 때문인지 경찰이 자꾸만 자신을 거기에 갖다 붙이고 있다고 투덜거렸다.

"정말 이상한 사람들이네. 무속인이라고 사기꾼 취급하는 것도 억울한데, 이젠 지들이 범인을 못 잡으니까 애꿎은 무속인을 의심하는 거야? 경찰이 그렇게 선량한 사람 함부로 모함해도 돼? 명아! 그 뭐냐? 죄 없는 사람 막 죄 있다고 뒤집어씌우는 거 있잖아. 그걸로 고소해버려."

은천은 자기 일인 양 화를 냈다.

"아이고, 그래도 내 편 들어주는 사람은 언니뿐이다. 정말 고마워. 무고죄로 고소해봐야 변호사 비용 들고, 법원 쫓아다니고,

골치만 아파. 내가 결백하니까 그냥 내버려둘 생각이야. 증거가 없으니까 저 사람도 저렇게 헛물켜다 말겠지."

은천은 누명 쓰는 명을 위로한 뒤 전화를 끊었다. 명이 전화기를 내려놓자 주하가 물었다.

"또 경찰이 왔대요?"

"응. 이 근처를 돌아다니면서 나름대로 뭔가를 조사하나 봐."

명은 별일 아니라는 듯이 느긋하게 말했지만, 주하는 또 심장이 벌렁거리고 머리가 조여오기 시작했다. 주하가 보기에 김경욱이라는 나이 든 경찰은 아주 유능한 사람이었다. 손으로 허공을 뒤젓는 것처럼 아무런 증거도 잡히지 않을 게 뻔한데도 그 경찰은 명을 물고 늘어졌다. 뭔지는 몰라도 감이 아주 좋은 형사임에 틀림없었다. 오늘도 신당에 들어올까? 그 사람이 들어오기 전에 미리 문 앞에 소금을 뿌릴까 생각했다. 주하는 카운터 아래에 있는 소금 통을 꺼냈다.

"너 혹시 문 앞에 소금 뿌리게? 그 형사 못 들어오게?"

명의 말에 퍼뜩 정신을 차린 주하는 소금 통을 다시 내려놓았다. 아무리 귀신이 돌아다니는 신당에서 일을 한다지만, 귀신도 아닌 경찰을 소금으로 막을 생각을 하다니……. 그저 습관적으로 해오던 일이건만 이젠 정말 소금이라도 뿌려야 조금이나마 위안이 되는 자신이 참으로 한심했다.

"경찰이 그렇게 불안해?"

명이 물었다.

"그냥……."

주하는 대답을 얼버무렸다. 경찰이 들어와서 또 무언가 캐물을 게 불안했다. 그러다 꼬투리 잡혀서 잡혀갈 게 무서웠다. 어렸을 때 아버지란 인간에게 하도 맞아서 그런지 천성이 순하고 겁이 많은 주하는 소년원 시절이 생각나 끔찍했다. 이젠 소년원이 아니라 교도소에 가겠지. 차라리 죽어버리는 게 낫겠다.

주하는 경찰이라면 민을 빼곤 다 두드러기가 나도록 싫고 불안했다. 만약 경찰이 들어와서 명이 아닌 자신에게 질문을 던진다면? 새로운 증거물을 내밀면서 해명해보라고 한다면? 주하는 입술을 파르르 떨다가 모든 걸 이실직고할 것 같았다. "사실은 한 많은 귀신이 흉악한 사람에게 빙의해 살인할 수 있게 도왔어요"라고.

아버지를 피해 가출한 어린 주하는 살기 위해 범죄자 무리에 들어갔다. 이전에도 몇 번이나 가출했었는데, 경찰에게 잡혀 아버지가 있는 집으로 도로 보내졌었다. 그러곤 죽도록 맞았다. 이번에는 기필코 경찰에게 잡히지 않으리라 마음먹었다. 그렇게 들어간 조직에서 형님들은 간덩이가 콩알만 해서 쓸모가 없다며 주하에게 온갖 구박을 했다. 그래도 아버지만큼 때리진 않았다. 비위 맞춰주고 한껏 숙이고 있기만 하면 내쫓지도 않았다. 나중에 형님들은 늘 숨죽이고 사는 주하가 불쌍해 보였는지 이 바닥에서 계속 살려면 일을 배워야 한다며 주하의 미래까지 걱정해주었다. 처음에는 망보는 일을 시켰다. 그러나 주하는 그나마도 제대로 못해서 조직이 일망타진되었다. 경찰서에서 잔뜩 겁을 먹은 주하는 숨김없이 다 말했다. 나중에 알게 된 사실이었는데,

경찰은 이미 조직을 잡기 위한 그물을 쳐놓은 상태였다. 운 나쁜 주하는 처음으로 범죄에 가담한 날 잡힌 것이었다. 그 후로 주하는 절대 나쁜 짓을 하지 않겠다고 다짐했다. 자신은 나쁜 짓을 하는 즉시 경찰에게 잡히는 운을 타고 난 사람인 것 같았다. 그런데 어쩌다 살인을 돕는 일을 하게 된 것인지 알다가도 모르겠다.

"경찰이 앞으로 명당에 못 오게 만들까?"

명이 물었다. 주하는 귀가 솔깃했다.

"어떻게요?"

"글쎄! 궁리해봐야지."

명의 공수표였나 보다. 주하는 '그러면 그렇지' 하고 말았다.

"그건 차차 생각해보고, 일단 달달한 아메리카노랑 과자나 가져와."

주하는 자리에서 발딱 일어나 냉장고로 향했다.

"바나나 우유는요?"

냉장고 문을 열고 주하가 물었다.

"필요 없어. 오늘은 언니 혼자 왔네. 언니, 오늘은 왜 혼자야?"

뒤엣말은 막순에게 물은 것이었다.

"효빈이는 집에 가본대. 간 김에 제 몸뚱어리가 혹시 발견되지 않았나 확인도 할 겸……."

"뭐? 가서 가족들한테 옆에 와 있다고 알리는 건 아니겠지?"

그럴 가능성이 충분했다. 효빈이 할머니와 동생을 보고는 반가운 마음에 그동안 쌓아온 영력을 이용해 무슨 짓을 할 수도 있었다. 가령 펜을 들고 '효빈이 여기 있어요'라는 글씨라도 쓰면 큰일이었다.

"할머니 심장이 약해서 그런 짓은 안 할 거래. 할머니 심장마비라도 일으키면 난리 나지. 동생이 아직 초등학생인데……. 그리고 사람들 앞에서 존재를 알리려고 하는 순간 인연을 끊어버릴 거라고 단단히 일러뒀어."

막순도 효빈이 돌발행동이라도 할까 봐 걱정돼 미리 대비를 한 상태였다. 원혼들은 가족들에게 죽은 자신의 모습을 드러내는 걸 썩 좋아하지 않았다. 병원 침대에 누워 자연스럽게 죽은 게 아니기 때문에 가족들의 마음만 더 고통스럽게 만들 뿐이라고 생각했다. 다들 조용히 복수만 하고 떠났다. 하지만 효빈은 중학생이었다. 어디로 튈지 모르는 질풍노도의 시기라 명과 막순은 효빈 단속에 신경을 많이 썼다.

주하가 막순의 간식거리를 상담 테이블에 올려놓자 막순이 본론을 꺼냈다.

"박춘만한테 빙의했던 귀신 기억나?"

기억 못 할 수가 없었다. 군대에서 괴롭힘 당하다 죽었다는 이한별! 그 귀신 때문에 명의 부적은 경찰 손에 들어가고, 그것을 시작으로 경찰이 자꾸만 명의 주변을 맴돌았다. 명은 박춘만이라는 이름을 듣자마자 혈압이 올라 주먹으로 테이블을 내리쳤다.

"그 귀신 내 눈에 띄기만 해봐. 죽여버릴 거야."

명이 너무 세게 내리친 바람에 기우뚱해진 커피 잔을 막순이 얼른 잡아 바로 세웠다.

"어이구야! 커피 다 쏟을 뻔했네. 왜 그렇게 흥분을 해?"

"언니 같으면 흥분 안 하게 생겼어? 그 귀신 때문에 나한테 경찰이 붙었는데?"

명은 한별 대신 막순에게 성질을 부렸다. 막순은 예상을 뛰어넘는 명의 거센 반응에 입을 다물어버렸다. 명은 몇 분간 욕을 버무린 성토의 말을 내뱉었다. 주하는 얼른 얼음물을 대령했다. 명은 얼음물을 보자마자 벌컥벌컥 들이마시더니 목을 타고 흐르는 물을 손바닥으로 대충 닦고 나서야 흥분을 가라앉혔다.

"주하가 경찰을 얼마나 싫어하는데, 그 형사들은 잊을 만하면 오잖아. 근데 갑자기 그 귀신 얘기는 왜 꺼냈어?"

막순은 명의 눈치를 보며 말을 꺼냈다. 어제 막순은 우연히 한별을 보았다. 부적에 모든 기억이 봉인된 채 생각도 목적도 없이 떠도는 한별을 발견하고는 호기심에 따라가보았다. 한별은 어딜 가도 천덕꾸러기였다. 다른 귀신들에게 구박과 멸시를 받지만 정작 본인은 자신이 어떤 취급을 받는지조차도 모르고 떠돌아다녔다. 죽은 지 얼마 되지 않아 아직 영력이 팔팔한 어떤 귀신들은 재미 삼아 한별을 괴롭혔다. 한별은 저항할 생각도 못 하고 당하기만 했다. 그 모습을 본 막순은 울화가 치밀었다. 저래서야 살아 있을 때랑 다를 게 없잖아. 한참 괴롭힘을 당한 한별은 또 멍청하게 떠나갔다. 한별이 가고 나자 막순은 한별을 괴롭혔던 귀신을 속이 풀릴 때까지 두들겨 팼다. 어차피 귀신은 죽을 걱정 같은 건 하지 않아도 되니까. 다시 한별을 찾는 건 쉬웠다. 한별은 빨리 다니지도 않았다.

하루 종일 이리 치이고 저리 치이면서 떠돌던 한별은 귀신이면서도 먹어야겠다는 본능은 남아 있는지 음식 냄새와 향냄새가 나는 어느 집으로 들어갔다.

"개는 남의 집 제사에 가서 아무것도 못 얻어먹어. 뭘 먹으려 하면 다른 귀신들이 내쫓아버리거든. 밤 한 톨이라도 더 먹으려면 경쟁자를 줄여야 하는데, 제일 만만한 게 개잖아."

막순은 한별이 불쌍해서 옷고름으로 눈물을 훔치기까지 했다. 막순이 명을 찾아온 이유는 한별이 태우지 못한 부적을 찾아서 태우기 위함이었다. 자신이 누군가에게 빙의해서 부적을 찾아 태워 없앨 테니 적당한 사람만 물색해달라는 얘기였다. 명은 한별을 위해 그런 수고를 할 생각은 없었지만, 막순의 부탁을 듣자마자 머릿속에 떠오르는 한 사람이 있었다.

"주하야! 이제 그 늙은 형사 내일이 마지막이다."

명은 주하에게 큰 소리로 말했다.

*

명과 마주 앉은 경욱이 물었다.

"이제 제대로 얘기할 생각이 든 겁니까?"

경욱은 명이 할 얘기가 있다며 조용히 혼자 오라고 해서 와 있는 참이었다. 명이 정색하고 말했다.

"저 지금 궁서체예요. 추호도 거짓이 없으니 잘 들으세요."

경욱은 어서 말하라는 뜻으로 고개를 끄덕이고 명의 눈을 똑바로 쳐다봤다.

"제 부적은 퇴마 부적이 아니에요. 귀신을 붙이는 부적이죠."

귀신을 부르는 부적이라는 말은 언젠가 규영으로부터 들었던 말이었다. 진짜로 부적이 귀신을 부르는지, 귀신이란 게 정말 있기는 한 건지 의심스럽지만 경욱은 일단 조용히 명의 이야기를 들어주기로 했다.

"형사님이 말한 살인자들 모두 제 부적으로 원혼들을 빙의시킨 거예요. 원혼들은 모두 억울하게 죽은 사람들이었어요. 억울함을 풀려면 복수해야겠죠? 저는 그들의 사연을 듣고 일부러 흉악범들한테 빙의시켜줬어요. 교도소를 제집 안방처럼 들락거리는 놈들로만 골랐죠. 그런 놈들은 사회에 있어봐야 반성 없이 다시 범죄를 저지를 놈들이니까요. 복수할 때 CCTV에 잘 찍히는 곳, 목격자가 있는 곳을 골라서 하면 빙의가 풀린 후에 자기는 살인하지 않았다고 말해도 증거가 빵빵하니까 중형을 받고 교도소에 오래 있을 거 아니에요? 저는 불쌍한 원혼 구제도 해주고, 이 사회도 정화하는 참 훌륭한 일을 하고 있는 거예요."

경욱은 혼란스러웠다. 이 여자가 무슨 의도로 이런 개도 안 믿을 황당한 소릴 지껄이나 하며 머릿속으로 분주하게 분석했다.

"그걸 나보고 믿으라는 거요?"

경욱이 으르렁거리듯 물었다.

"그게 사실이니까 믿으셔야 해요. 살인자들 모두 살인할 때의 기억이 없죠?"

경욱은 명당에 처음 왔을 때 명이 했던 말을 떠올렸다. 사람은 귀신에게 빙의되어 있는 동안의 일을 전혀 기억하지 못한다고 했었다.

"그게 바로 이 부적이거든요. 한번 보실래요?"

명은 서랍에서 미리 제 피를 묻혀둔 부적을 꺼내 내밀었다. 경욱은 부적을 받아 들고 이리저리 살펴봤다. 그러곤 의식을 잃었다. 경욱의 정신은 이미 막순의 지배를 받고 있었다. 막순은 미리 경욱 옆에 서 있었기 때문에 일부러 향을 피우거나 부적을 태워 부를 필요가 없었다. 경욱이 부적을 잡은 순간 막순은 웃으며 경욱 안으로 들어갔다. 늘 막순을 졸졸 따라다니던 효빈은 막순이 빙의하는 모습을 보고 소리를 지르며 요란하게 감탄했다.

경욱에게 빙의한 막순은 곧장 경찰서로 갔다. 경찰서에서 경욱의 동료가 말을 걸어오면 경욱의 기억을 뒤지느라 약간 반응이 늦긴 했지만 곧잘 대답했다. 막순은 증거 자료실로 가서 문제의 부적을 찾았다. 그러고는 명당으로 가져와 깨끗이 태웠다. 이제 막순의 마음이 한결 가벼워졌다. 막순은 다음으로 경욱의 주머니에 넣어놨던 부적을 꺼냈다. 명이 막순을 경욱에게 빙의시키기 위해 사용한 부적이었다. 막순은 웃으며 그 부적마저 태웠다. 부적이 다 타고 막순은 경욱의 몸에서 빠져나갔다. 경욱의 정신은 경욱에게 돌아왔다. 명이 물었다.

"이제 어떻게 된 일인지 아시겠지요?"

"무얼 말입니까?"

경욱이 명에게 되물었다. 황당한 귀신 이야기만 늘어놓던 명이 마치 뭔가 설명한 것처럼 말하는 게 이상했다.

"한 시간 넘게 설명드렸잖아요."

명이 살짝 짜증을 내며 말했다. 경욱은 여기 온 지 10분이나 됐을까 하며 손목시계를 보았다. 하지만 명의 말대로 한 시간 반 정도 지나가 있었다. 깜짝 놀라 핸드폰으로 다시 한번 시간을 확인했다. 핸드폰도 손목시계와 같은 시각을 가리켰다. 경욱은 혼란스러웠다. 지난 한 시간 반의 일이 전혀 기억에 없었다. 그 시간 동안 자신에게 무슨 일이 있었는지 알지 못해 크게 당황했다.

"왜 그러세요?"

경욱의 허옇게 질린 얼굴을 보고 명이 물었다.

"나한테 무슨 짓을 한 거요?"

경욱이 떨리는 목소리로 물었다.

"예에? 무슨 짓이요? 제가? 형사님한테? 그게 무슨 소리세요? 설명 잘 듣는 것 같더니 딴생각하셨어요?"

명은 기가 막힌다는 어투였다.

"혹시 향을 피웠습니까?"

"아니요. 향은 퇴마할 때만 피워요. 향냄새 싫어하시는 고객님이 많아서 신당에서는 향 안 피워요."

미약한 잔향도 나지 않는 것으로 미루어 명의 말은 사실인 것 같았다. 경욱은 이 상황을 어떻게 받아들여야 할지 암담했다. 기억을 잃은 살인범에게 일어났던 일이 자신에게도 일어났다. 인생에서 지난 한 시간 반이 뚝 떨어져나간 것 같았다. 어렴풋이 기억나는 조각조차 없었다.

"기억이…… 지난 한 시간 반의 기억이……."

경욱이 말을 잇지 못하자 명이 물었다.

"기억이 사라졌어요? 전에 말씀하신 그 살인자들처럼요?"

경욱은 넋 나간 표정으로 고개만 끄덕였다.

"그래서 제가 형사님께 무슨 짓을 했다고 생각하셨어요? 세상에나!"

경욱은 멍하니 명을 바라볼 뿐 대답하지 않았다. 명도 대답을 기다리지 않았다.

"지금 제 표정이 어떤지 모르시죠? 저 지금 많이 억울하고 어이가 없어요. 제가 살인범들이랑 무슨 관계가 있다는 둥 살인을 사주했다는 둥 이상한 말만 하시더니, 이젠 형사님께 무슨 짓을 했다고 하시다니요. 경찰이 무고한 사람을 이렇게 매도해도 되는 거예요?"

명이 따졌다. 그 모습을 지켜보던 주하는 신이 나서 속으로 명을 응원했다.

"제가 도대체 무슨 짓을 어떻게 하면 사람들의 기억을 그렇게 깨끗하게 지울 수 있을까요? 설명해보세요. 아! 아니다. 그 설명은 제가 했었죠? 사람한테 귀신을 빙의시켜서 살인하게 만들고 살인자는 빙의된 시간만큼 기억이 없어진다고요. 그거겠네요. 그쵸? 제가 형사님께 귀신을 씌워서 한 시간 반 동안 기억을 잃게 만들었겠네요. 그러면 한 시간 반 동안 형사님께 무얼 하라고 시켰을까요? 어디 가서 누굴 죽이셨을까요?"

명의 언성이 높아졌다가 점점 낮아지더니 마지막 말은 경욱을 조롱하는 듯도, 경욱에게 삿된 주문을 거는 듯도 한 야릇한 말투가 되었다. 경욱은 한 시간 반 동안 자신이 무엇을 했는지 알지 못해 공포에 떨었다. 다른 살인자들처럼 누군가를 살해했을까? 일어서서 제 몸을 살펴봤다. 핏자국도 몸싸움한 흔적도 없었다. 이내 경욱은 자신이 빙의됐었다는 걸 철석같이 믿고 있다는 사실을 깨달았다. 규영이 귀신 타령할 때마다 타박하던 저였다. 과학적인 증거가 분명히 있다고 강력하게 주장하던 저였다. 그런 제가 스스로 빙의되었다고 믿고 그 흔적을 샅샅이 찾고 있는 것이었다. 신당에 와서 차나 커피를 받은 적이 없으니 약물 중독이라고 할 수도 없었다. 향을 피우지도 않았으니 냄새에 중독됐을 리도 없었다. 더구나 그런 향을 피웠다면 같은 공간에 있는 명과 주하가 이렇게 멀쩡할 수가 없었다. 여러 가능성을 떠올리던 경욱의 생각들이 모두 빙의로 귀결되었다. 경욱이 체념한 얼굴로 의자에 털썩 주저앉아 힘없이 명에게 물었다.

"지난 한 시간 반 동안 내가 무얼 했습니까?"

"그걸 왜 제게 물으세요? 본인 일은 본인이 잘 알죠."

경욱은 명이 여기서 한 시간 반 동안 제 얘기를 들었노라고 말하지 않은 것에 주목했다. 그렇다면 나가서 무언가를 했을 수도 있는 일이었다. 속이 탔다.

"나보다 당신이 더 잘 아는 것 같습니다만……."

"아이고, 세상에! 정말로 제가 형사님께 귀신을 씌워서 무슨 나쁜 짓이라도 시켰다고 믿으시나 보네. 이렇게 억울할 수가! 만약에요, 정말로 제가 그런 재주가 있다면요, 당장 형사님께 귀신을 씌워서 광화문 한복판에서 빨개벗고 뛰어다니게 하겠어요. 그래야 제 억울한 심정이 좀 풀릴 것 같거든요."

경욱은 벌거벗은 채 광화문 광장 한복판을 뛰어다니는 상상을 했다. 지나가던 차들이 자신을 보고 서행하고, 사람들은 핸드폰을 꺼내 촬영한다. 온몸에 소름이 끼쳤다. 수치심이 문제가 아니었다. 인터넷과 뉴스를 통해 그 영상을 보게 될 가족들의 충격이 얼마나 클지 가늠도 안 되었다. 회사에선 징계를 받을 것이다. 어쩌면 파면당할 수도 있다. 상상 속에 머물러 있던 경욱의 시선이 명에게 꽂혔다. 눈앞의 이 여자는 자신이 상상한 최악의 상황을 현실로 만들 능력이 있는 여자였다.

이제야 깨달은, 그 말도 안 되는 일을 가리키는 한 단어를 차마 입 밖에 낼 수가 없었다. 말하는 순간 평생의 신조로 삼았던 과학적 증거와 이성적 판단이 모두 무너지고 앞으로 정상적인 경찰 생활을 못 하게 될 것 같았다. 몇 분간 망연자실한 채 앉아만 있었다. 명은 경욱이 어딘가 안 좋아 보인다며 주하에게 따뜻한 차를 부탁했다. 명은 차를 호호 불며 호록호록 마셨지만 경욱은 찻잔에 손대는 것조차 꺼림칙했다. 멍하니 찻잔을 바라보다가 힘들게 입을 열었다.

"내가 광화문 광장을 뛰어다닐 일이 있겠습니까?"

명이 찻잔을 내려놓고 대답했다.

"그걸 제가 아나요? 형사님이 아시지."

명은 더 이상 말하지 않았다. 명이 말하지 않아도 경욱은 알 수 있었다. 계속 명의 뒤를 캐고 다니면 광화문 광장에서 나신으로 뛰어다니는 제 영상을 보게 되리라는 것을…….

"그렇겠지요. 나 하기 나름이겠지요."

경욱은 체념하고 힘없이 일어서서 인사도 없이 터벅터벅 걸어 나갔다. 경욱이 나가고 문이 닫히자 주하가 참았던 환호성을 질렀다.

"야호! 이제 안 온다아! 막순이 누님, 뭐 맛있는 거 드릴까요?"

주하는 냉장고를 열고 뭐가 좋을까 살펴봤다. 효빈은 막순이 경욱의 몸에 들어가 경찰서에 다녀오는 모습을 따라다니며 계속 지켜봤다. 빙의라는 게 이렇게 신기하고 강력한 힘을 지녔다는 것을 처음 알았다. 저도 빙의해보고 싶었다.

"저도 나중에 빙의하면 사람을 제 몸처럼 막 움직일 수 있는 거예요? 막순 언니가 한 것처럼?"

"응. 하지만 지금은 아니야. 아직 네 영력은 한참 더 키워야 하고, 처음에 내가 말한 1년 후가 되려면 아직 몇 달이나 남았어."

명은 빙의에 너무 감동한 나머지 지금 당장 빙의하게 해달라고 조를까 봐 미리 효빈에게 일러두었다.

"저는 빙의하면 사람 죽이는 일만 할 수 있는 줄 알았어요. 근데, 와! 이건……."

효빈은 오늘 막순을 통해 빙의에 대해 몰랐던 사실을 알았다.

"어떤 사람에게 빙의하느냐가 중요한 거지. 내가 일부러 흉악범을 찾아서 빙의시키는 건 원체 폭력이 기본 옵션으로 장착돼 있는 놈들이라 복수하기가 용이해서야. 하지만 아까 그 형사의 경우는 흉악범에 비하면 대단히 착한 사람이잖아. 그런 사람한테 빙의하면 복수 못 해. 게다가 그렇게 착한 사람을 복수에 이용하고 감방에 집어넣을 수는 없잖아."

"저는 나중에 착한 사람한테 빙의시켜주세요."

효빈은 나중에 빙의하게 되면 복수도 하고 싶었지만, 그보다 우선 하고 싶은 게 있었다. 명과 막순이 동시에 놀라 물었다.

"뭐?"

"저는 사람 죽이는 복수보다는 우리 불쌍한 할머니랑 동생을 챙겨주고 싶어요. 착하고 돈 잘 버는 사람한테 빙의해서 할머니 모실래요."

"넌 참 기특한 생각을 하는구나. 아직 어려서 덜 악한 건가? 하지만 착한 사람한테 빙의해선 안 돼. 그 사람 인생은? 너 때문에 열심히 살아가던 그 사람 인생이 단절되는 건 어떻게 할래?"

"아……!"

거기까진 생각하지 못했다. 제 가족을 위하는 일이 어떤 사람에겐 커다란 문제가 될 수 있다니……. 효빈은 남의 인생을 망쳐가면서까지 제 잇속을 챙길 만큼 사악한 아이가 아니었다. 빙의해서 할 수 있는 건 복수뿐이라는 걸 새삼 깨달았다. 가족을 돌볼 수 있게 되었다는 생각에 날아올랐던 기분이 한순간 나락으로 떨어졌다. 갑자기 시무룩해진 효빈은 바닥을 뚫고 스르르 내려갔다.

"쟤 어디 가는 거야?"

명이 막순에게 물었다.

"글쎄다. 그냥 기분이 가라앉아서 혼도 가라앉나 보지, 뭐."

"쟤 저러다 지구 반대편까지 가는 거 아냐?"

"그러면 미국 구경이나 실컷 하고 오라 그래. 여기서 지구 반대편이면 미국 맞지?"

"남미 아냐?"

지구 반대편이 어디인지 따지는 건 그저 효빈 때문에 뭉클해진 마음을 가라앉히기 위해 하는 실없는 잡담이었다. 이렇게라도 하지 않으면 부둥켜안고 울 것만 같았다. 부모에게 버림받았지만 엇나가지 않고 착한 심성을 유지하는 장한 효빈이! 명은 자신이 살해당한 원통함보다 남은 가족들 걱정이 더 큰 효빈을 도와주고 싶은 마음이 불쑥 솟아났다.

"나중에 효빈이 오면 다음 훈련 단계로 넘어가야겠다."

"뭐? 너 진짜 효빈이를 착하고 돈 잘 버는 사람한테 빙의시켜주려고?"

막순이 깜짝 놀라 물었다.

"아니, 그런 짓은 안 하지. 그냥 효빈이를 위해 뭔가를 해주고 싶은데 내가 해줄 수 있는 게 그런 것밖에 없어서……."

"너 그러다가 효빈이가 나만큼 영력이 세져서 능력 좋은 사람한테 빙의하면 어떡하려고?"

"개 맘대로 빙의가 돼? 내가 부적을 안 써주는데?"

"아, 그렇구나!"

*

어떻게 운전을 했는지도 모르게 정신없이 경찰서로 돌아온 경욱은 자리에 앉아 꺼진 모니터만 멍하니 바라보았다. 외근 나갔다가 돌아온 규영이 옆에 와도 알아차리지 못했다.

규영이 물었다.

"명당에 가신 일은 어떻게 되셨어요?"

경욱은 스르르 고개를 돌려 규영을 물끄러미 쳐다보았다. 몇 초간 말없이 규영을 쳐다보던 경욱이 두 손으로 머리를 감싸 쥐었다.

"머리 아프세요?"

"응."

경욱은 머리가 아픈 게 아니었지만 그냥 그렇다고 했다. 다른 어떤 말도 할 수가 없었다. 규영은 두통약을 사 오겠다며 다시 나갔다. 경욱은 이러고 있을 때가 아니었다. 빙의되었을 때 자신이 무엇을 했는지 알아내야 했다. 그는 벌떡 일어나 밖으로 뛰쳐 나갔다. 잠시 후 두통약을 사 온 규영은 경욱이 안 보이자 빈자리에 약만 올려놓고 제 자리로 가 앉았다. 경욱이 돌아온 건 한참 후였다.

"어딜 그렇게 동에 번쩍 서에 번쩍 돌아다니세요? 전화도 안 받으시고……."

"응."

경욱은 또 대답만 하고 자리에 앉았다. 모니터 앞에 약봉지가 보였다. 초점 없는 시선을 약봉지에 고정한 채 머릿속이 분주히 움직였다. 방금 CCTV 화면을 확인한 결과 경욱은 빙의된 채 명당에서 나와 곧바로 경찰서로 왔다. 중간에 멈추지 않았다. 그렇다면 경찰서에서는 과연 무엇을 했을까? 경찰서의 CCTV 화면은 무슨 구실로 보여달라고 할까 궁리해보았다. 내 행적을 추적하는 중이라고 하면 당연히 농담 취급하겠지. 이 궁리 저 궁리하며 멀뚱히 약봉지에 고정되었던 그의 눈에 초점이 살아났다.

'약봉지?'

경욱은 그제야 약봉지를 인식하고 규영을 쳐다보았다. 규영은 경욱이 뭔가 말하길 기다렸다.

"잠깐 나와봐."

규영은 경욱을 따라 차 안으로 들어갔다.

"명당에서 무슨 일이 있으셨길래 또 차 안 데이트예요?"

"어……."

경욱은 무슨 말부터 해야 할지 갈피를 잡지 못해 머뭇거렸다. 혹시 차 안을 들여다보는 사람이 없는지 주변을 살피기도 했다. 규영은 해야 할 일을 향해 거침없이 나아가며 자신을 이끌던 경욱이 전에 없는 행동을 하자 뭔가 잘못된 게 아닐까 하는 불안이 엄습했다.

"살인이라도 저지르셨어요? 왜 그렇게 안절부절……."

"아직 살인한 정황은 발견하지 못했어."

"예에?"

경욱의 마음을 가라앉히고자 실없는 농담을 던진 것이었는데 예상외로 진지한 대답이 나오자 규영은 놀라 이상한 소리를 냈다. '아직'이라니? 이미 살인을 저질렀고 나중에 그 정황이 발견될 수도 있다는 말로 들렸다.

"채명이 예전에 원혼을 흉악범에게 빙의시켜서 복수하게 했다고 말했던 거 기억나?"

규영은 고개를 끄덕였다. 어떻게 기억을 못 할 수가 있을까. 제가 어렸을 때부터 깊이 관심 갖던 분야인데.

"범인은 빙의된 동안의 일을 전혀 기억하지 못한다고 했지. 살인을 하고도 말이야."

"네."

명의 말은 헛소리, 명은 사기꾼이라며 콧방귀를 뀌고 비웃던 사람이 갑자기 빙의니, 원혼이니 하는 말들을 진지하게 쏟아내고 있었다. 낮은 목소리였지만 점점 흥분해가고 있는 말투였다. 규영은 어렴풋이 뭔가 짐작하고 있었지만, 과학적 증거와 이성적 판단을 신조로 살아온 사람이 설마 그럴 리가 하며 한편으론 부정하고 있었다.

"정말 아무것도 기억나지 않아."

흥분과 두려움에 충혈된 경욱의 눈을 보자 규영은 긍정과 부정이 동시에 망치가 되어 뒤통수를 강타한 것 같았다.

"비, 비……."

규영은 머릿속을 가득 채운 '빙의'라는 말을 차마 완성하지 못하고 입만 뻐끔거렸다.

"내가 무얼 했는지 알 수가 없어. 하지만 살인은 아닌 거 같아."

경욱은 소리 지르며 울고 싶은 마음을 억지로 참아 누르고 있었다. 그는 잠시 숨을 고르고 말을 이어나갔다.

"서에 가서 내가 뭘 했는지 알아야 해."

"서에 가서요? 그러면 아까……."

규영은 경욱이 빙의되었을 때쯤 경찰서 안에서 마주쳤다고 했다.

"증거 자료실에서 나오다가 저랑 마주쳤잖아요. 제가 거긴 왜 들어가셨냐고 하니깐 '나중에'라며 급하게 다시 나가셨어요."

"증거 자료실?"

경욱과 규영은 혹시나 하며 증거 자료실로 갔다. 역시나 그들의 예상대로 명의 부적이 없어졌다.

"나를 이용해 부적을 빼돌렸군."

"역시나 대단한 부적이었어요. 빼돌릴 만한 가치가 있는 것 같아요."

두 사람은 귀신, 영혼, 빙의 같은 비과학적인 것들이 자신들의 이성을 잡아먹고 존재를 드러냈다는 걸 실감했다. 두려움과 더불어 무력감에 휩싸였다. 지금까지 쫓던 살인의 실체를 알리려면 빙의의 증거를 잡고 귀신의 죄를 밝혀야 했다.

'CCTV 화면에서는 피고가 죽였지만, 사실 진범은 피고가 아니라 원혼입니다.'

판사에게 이렇게 말해야 했다. 이미 죽은 영혼에 대한 체포 영장을 발부해달라고 해야 했다. 원혼이 살인할 수 있도록 도와준 명의 체포 영장도 함께…….

'저는 조일섭이라는 사람한테 살인을 사주한 적이 없어요. 귀신에게 마음대로 하라고 했을 뿐이죠. 그거라도 죄가 적용이 된다면 판사님께 그대로 말씀하시든지요.'

조일섭 사건의 CCTV 영상을 들고 명당에 갔을 때 명이 한 말이었다. 명의 이 말은 사실이었지만 판사에게 그대로 말할 수는 없었다. 경욱은 엄청난 사실을 알아냄과 동시에 엄청난 무력감에 짓눌려야 했다. 아무것도 할 수 있는 게 없다. 이제 이 사건에서 손을 뗄 시간이 되었다.

"이제 어떡하실 거예요?"

다시 차 안으로 돌아와 규영이 물었다.

"우리가 할 수 있는 게 없잖아."

"이걸로 끝인가요?"

"끝이고 싶지 않지만……."

경욱은 차마 끝내자는 말을 꺼낼 수가 없었다. 할 수 있는 게 없어도 무언가를 하고 싶었다.

"내가 늘 말했지? 범인 잡는 것보다 중요한 게……."

"범죄 예방이라고요."

경욱은 힘없이 미소 지었다. 빠릿빠릿하지도 않고 쓸데없이 오컬트에나 관심 있어 하는 어린 후배가 그래도 그 가르침 하나만큼은 머릿속에 잘 넣어두고 있었다. 성실하니까 그 신념만 잘 지키면 좋은 형사가 될 것 같았다.

"예방……해야지. 했으면 좋겠다."

규영은 경욱의 이 중얼거림이 무슨 뜻인지 언뜻 이해되지 않았다.

"채명한테 앞으로 귀신 시켜서 사람 죽이는 짓 하지 말라고 하고 싶다. 아무리 나쁜 놈들 감옥에 오래 썩히는 일이어도, 정말 죽일 놈을 죽이는 일이어도, 그렇게 사적으로 단죄하는 건 말리고 싶다."

경욱은 갑자기 오한을 느꼈다. 빙의 후유증인지, 정신적 충격이 너무 커서 그런 건지 알 수가 없었다. 오늘은 조퇴해야겠다.

그 후로 경욱은 채명에 대한 이야기를 일절 하지 않았다. 맡은 사건이 있기에 수사는 했지만 찾은 증거가 정말 맞는 것인지, 잡은 범인이 자신의 의지로 범행을 저지른 게 맞는지 의심이 생겼다. 그랬다가도 잡념을 털어내야 한다고 고개를 휘휘 저어 스스로를 다잡았다. 마음속으로 늘 귀신과 싸웠다. 규영은 부쩍 힘이 없어지고 안색도 안 좋아진 경욱이 걱정되었다.

"선배님, 요즘 몸이 많이 안 좋으세요? 혹시 빙의되신 이후로 신병(神病) 같은 거 생긴 건 아니에요?"

규영이 조심스럽게 물었다.

"신병?"

경욱이 바람 빠지는 소리를 내며 무기력하게 웃었다.

"신병이라기보다는 마음의 병인 것 같아. 내가 무얼 해도 이게 진짜인지 의심하게 되고, 확신이 없고, 범인을 잡으면서도 과연 내가 잘하고 있는 건지 모르겠고……. 하아……. 경찰 그만둘 때가 됐나 보다. 이제 대학생이 둘이 될 텐데……."

"무, 무슨 소리를 그렇게 하세요?"

규영은 덜컥 겁이 났다. 경욱은 제가 잘못하면 지청구하고 싶은 소리도 하지만 존경하는 선배였다. 이렇게 무너져서는 안 되는 사람이었다.

"너 그러다 울겠다?"

경욱이 규영의 일그러진 얼굴을 보고 말했다.

"걱정 마라. 내가 경찰 그만두는 경우는 순직 아니면 정년퇴직이니까."

규영은 경악과 안도가 섞인 얼굴로 입만 뻐끔거렸다. 무슨 말을 하고 싶기도 했고, 왜 사람 놀라게 하냐고 확 쥐어박고 싶기도 했다.

"요즘 생각이 좀 많아서 그래. 채명한테 해주고 싶은 말이 있는데, 차마 그곳에 갈 용기가 나지 않아. 거기 가면 또 내가 나 아닌 다른 사람이 되고, 내가 한 일을 내가 기억 못 하는 일이 생길 것 같고……."

"무슨 말을 해주고 싶으신데요?"

경욱은 뜸을 들이다 무겁게 입을 열었다.

"미안하다고……."

*

'경찰이 너무 자주 와. 소금을 좀 더 비싼 걸로 바꿔서 뿌릴까?'

주하는 상담 테이블에 명과 마주 앉은 규영을 보며 속으로 객쩍은 생각을 했다. 지난주엔 늙은 형사가 와서 호되게 당했는데, 오늘은 젊은 형사가 당할 차례인가 하며 입꼬리를 올리고 은근히 기대해보기도 했다.

"그런데 왜 혼자 오셨어요? 다른 형사님은 안 오시고?"

명이 냉랭하게 물었다.

"선배님은 도저히 이곳에 못 오시겠답니다. 그날 일 때문에 많이 힘들어하셨어요. 퇴마사님은 이해하시죠? 그런 일 겪으면 사람이 얼마나 크게 충격을 받을지."

명은 경욱의 충격을 이해했지만 늘 그랬듯 표정에 드러나지는 않았다. 규영이 말을 이어나갔다.

"그래도 이 뜻은 꼭 전하고 싶어 하셔서요, 제가 혼자라도 오겠다고 했습니다. 이건 제 생각도 선배님이랑 같거든요. 어……, 더 이상 살인을 방조하지 마세요. 대한민국 경찰은 퇴마사님이 생각하시는 것보다 능력 있습니다."

말주변 없는 규영이 밑도 끝도 없이 경찰 자랑을 했다. 그러나 명은 그 투박한 말만으로도 규영이 할 말을 대충 짐작하고도 남았다.

"억울하게 죽은 원혼들의 복수를 돕는다고 하셨다죠? 그러면 죽임을 당한 피해자들이 원혼들에게 큰 원한을 살 만한 일을 했다는 말씀이고요. 하지만 우리가 조사했을 때 피해자들은 죄가 없었어요. 박춘만한테 식당에서 살해당한 사람, 홍재광한테 쇠파이프로 맞아 죽은 사람, 조일섭이 죽인 농장 주인 모두 이렇다 할 죄가 없는 사람이었어요. 그런데 뭘 복수했다는 거죠?"

그러면 그렇지. 진실은 쥐뿔도 모르면서 경찰 능력 운운하다니……. 명은 속으로 비웃었다. 비웃음의 의미로 한쪽 입꼬리를 삐죽 올리다가 얼굴이 이상하게 일그러졌다.

"박춘만한테 죽은 사람은 군대에서 후임을 학대해서 죽게 만들었어요. 그런데 같이 후임을 괴롭혔던 다른 사람이 엄청난 뒷배를 갖고 있어서 사고사로 덮였죠. 차기 대권주자라나 뭐라나? 홍재광이 죽인 사람은……."

명은 잠시 머뭇거리다가 대충 얼버무렸다.

"전세 사기와 관련 있던 사람이에요. 조일섭이 죽인 농장 주인은 부모 잃은 초등학생을 데려다가 가두고 20년 넘게 노예처럼 부리다 병이 드니까 약 한번 안 사주고 죽게 내버려뒀어요. 이 정도면 원혼들의 원한이 얼마나 큰지 아시겠어요? 대한민국 경찰이 능력 있다고요? 대한민국에 경찰이 전혀 알지 못하는 사건이 얼마나 많은지 아세요? 범인을 못 잡아서 미제로 남은 사건도 많잖아요. 경찰이 범인을 잡았는데 말도 안 되는 온갖 구실로 감형돼서 공분을 산 사건은 또 얼마나 많은가요? 공권력을 믿을 수 없으니 자력 구제해야지요. 형사님은 죽어서 구천을 떠도는데 형사님을 죽인 놈은 잘 살고 있는 상황, 견딜 수 있으시겠어요?"

규영은 말문이 막혔다. 누군가 신고하지 않는 이상 경찰은 사건이 발생한 사실을 알 수 없었다. 힘들게 잡은 범인은 적은 형량을 받기 일쑤였다. 명에게 대꾸할 말을 찾을 길이 없었다. 경욱이 미안한 이유가 이거였나 보다. 하지만 경욱이 미안해할 일이 아니었다. 이 나라 공권력이 미안해할 일이고, 힘 있는 자들의 비리를 막아야 할 일이고, 시스템을 고쳐야 할 일이었다.

"그래서……."

규영은 고개를 떨구었다.

"죄송합니다. 제가 경찰을, 공권력을 대표할 자격은 없습니다. 하지만 저라도, 저랑 선배님이라도 깊이 사과드립니다. 원혼들께도 죄송하고, 그들을 도와 살인을 공모하게 된 퇴마사님께도 죄송합니다."

"그걸 왜?"

명은 아무 잘못 없는 규영이 사과하는 이 상황이 대단히 거북했다. 이러려고 규영을 몰아붙인 건 아니었는데, 이렇게 억울한 사연들도 있으니 알아달라고 말한 것이었는데……. 사과해야 할 사람은 규영이나 경욱이 아니었다.

"사과하지 마세요. 형사님이 사과할 일도 아니고, 내가 형사님께 사과받을 이유도 없으니까요."

"이깟 사과가 무슨 소용이겠습니까. 하지만 저희가 죄송한 건 사실이지요. 그래서 저희에게 만회할 기회를 주셨으면 합니다. 이게 선배님이 진짜로 하고 싶으셨던 말이에요."

만회할 기회라는 게 뭔지 궁금했다. 명은 조용히 규영의 다음 말을 기다렸다.

"퇴마사님은 원혼들과 소통할 수 있으시죠? 그래서 아무도 모르는, 피해자만이 알 수 있는 사건의 내막을 들을 수 있으실 거 아니에요? 우리에게 그걸 얘기해주세요. 그러면 퇴마사님 이야기를 토대로 판사에게 내밀 수 있는 확실한 증거를 잡아서 범인을 재판정에 세우겠습니다. 증거가 확실하고 많을수록 경찰이 알아내지 못했던 여죄를 더 밝혀내서 감형을 막을 수 있습니다."

명은 오빠가 생각났다. 민은 원혼의 이야기를 듣고 범인이 정말 죽어 마땅한 놈인지 밝힌 후에 복수를 실행하자고 했다. 말은 그렇게 했지만, 사실은 동생이 살인을 돕는 걸 막고 범인을 법정에 세우고 싶어 한다는 걸 명은 잘 알고 있었다. 규영이 하는 말이나 민이 했던 말이나 크게 다르지 않았다. 이후로도 규영은 비슷한 이야기를 반복하면서 명을 설득하려 했다. 규영이 말재주가 없어서 그의 말은 논리정연하지 않고 비포장도로 같았지만, 뜻을 전하는 간절함만은 절절히 담겨 있었다.

살인을 돕는 일에 정신이 지쳐가던 명에게 민이 마음의 짐을 덜 만한 방법을 제시했다. 막순마저도 어느 정도 수긍하고 있었고 명도 조금씩 마음이 기울어가던 그 뜻에 규영이 무게를 더하고 있었다. 명은 민의 말을 듣고 나서 했던 고민을 다시 하며 규영의 말을 들었다. 이 자리에서 규영에게 '그럽시다'라고 간단히 대답해버리면 그동안 명을 짓눌렀던 죄책감에서 헤어날 수 있을 것이다. 그러나 쉽게 결정할 수 있는 문제가 아니었다. 자신을 찾아오는 원혼들의 원통한 마음을 잘 알기 때문이었다. 내가 죽은 것처럼 그놈도 똑같이 죽어야 한다는 마음뿐인 원혼들이었다.

명은 규영에게 생각해보겠다고 말하고 돌려보냈다. 규영은 문을 나서기 전까지도 자신과 경찰을 믿어달라고 부탁했다.

"어떡하실 거예요?"

규영을 내보내고 나서 주하가 물었다.

"일단, 오빠를 기다려보자."

어차피 민과 이야기하면 범죄자를 죽이지 않고 경찰에게 맡기는 방향으로 흘러갈 게 뻔했다. 그걸 알면서도 명은 자신의 생각에 확고한 방향을 잡아줄 사람을 원했다.

죽일 자격

주하는 차 세 잔을 앞에 내려놓고 테이블 한쪽에 앉았다.

"이건 뭐야? 오늘은 커피가 아니네?"

민이 생소한 차를 내려다보며 물었다.

"이제부터 커피 말고 허브차를 마시기로 했어요. 건강에 좋잖아요."

"그래. 커피는 하루에 한 잔이면 충분하지. 잘 생각했다."

민은 속으로 명의 곁에 있어야 할 사람은 자신이 아니라 주하라고 생각했다. 그러나 명의 생각은 전혀 달랐다.

"이거 맛없어. 그냥 커피 마셔도 되는데, 무슨 노인네도 아니고 건강 되게 챙겨요. 응? 언니는 갑자기 왜?"

명이 주하에게 불평하다 말고 민 옆의 허공을 바라보았다. 민과 주하도 동시에 명의 눈길을 좇았다.

"근처에 있다가 민이 오는 거 보고 따라왔어. 왠지 효빈이 얘기를 할 거 같아서."

"저는 늘 막순 언니 옆에……."

효빈이 막순 옆에서 헤헤거리며 말했다. 명은 민에게 이제 다 모였으니 이야기를 시작하라고 했다. 민은 일단 옆에 있다고 추정되는 막순과 효빈에게 어색한 인사를 했다. 그사이 주하는 시럽을 잔뜩 넣은 아메리카노와 딸기 우유를 가져왔다. 딸기 우유는 효빈이 처음 왔을 때 딸기 스무디를 찾았던 걸 기억한 주하가 바나나 우유 대신 사다 놓은 것이었다. 대화 준비가 다 된 것을 확인한 민이 입을 열었다.

"먼저 사건 접수된 게 있나 찾아봤는데요, 실종 신고된 게 있었어요. 효빈이 할머니가 전단지를 만들어서 돌리셨더라고요."

민이 프린트해 온 전단지를 꺼냈다.

"오! 효빈이가 이렇게 생겼구나?"

주하가 전단지를 끌어당기며 말했다.

"주하 너도 아직 효빈이 얼굴을 못 본 거야?"

민이 물었다.

"효빈이가 보이는 연습을 시작한 지 얼마 안 돼서 거뭇한 형태만 봤어요. 얘는 빠르게 익히니까 곧 볼 수 있을 거예요."

민은 반사적으로 고개를 끄덕이고 이야기를 계속했다.

"그곳 경찰은 가출이 아니라 실종이라고 판단하고 수사를 하고 있어요. 하지만 효빈이가 그날 하교하는 모습을 본 사람들은 있는데, 그 이후에는 아무도 본 사람이 없고, 납치나 사고의 정황도 찾지 못한 상태예요."

"우리 동네가 집도 별로 없고 사람도 별로 없어서 그런가 봐요. 동네가 워낙 후져서 CCTV도 없어요."

효빈이 그럴 줄 알았다는 듯이 말했다. 효빈의 말이 들리지 않는 민은 가방에서 A3 크기의 종이를 꺼내 펼쳤다.

"그래서 말인데, 범인 잡을 증거를 찾으려면 직접 가서 조사하는 게 빠를 것 같아. 효빈이네 집 주변 위성사진을 뽑아왔어. 효빈이가 말한 집이 여기. 전에 말해준 주소로 찾은 건데 맞아?"

민이 빨간색으로 미리 표시해둔 곳을 짚었다.

"응, 맞대."

명이 효빈의 말을 전했다. 효빈은 사진 위를 손가락으로 짚어가며 위치를 설명했고 명이 효빈의 말을 옮겼다.

"여기가 문제의 그 창고. 그 사람 창고가 여기 보이는 건물 두 동인데, 효빈이가 범죄를 당한 곳은 산에 더 가까운 뒤쪽 건물이야."

민은 명이 가리킨 건물에 표시를 하더니 명의 눈치를 보며 갑자기 말하기를 주저했다.

"어……."

"왜 그래?"

명이 묻자 민은 간신히 입을 열었다.

"으응……. 미안하지만 효빈이의 시신 위치를 알 수 있을까?"

명을 비롯한 모든 이가 민이 주저한 이유를 깨달았다. 분위기를 읽은 효빈이 빙긋 웃었다.

"아아! 저 괜찮아요. 가끔씩 가서 제 시체 확인하는데요, 뭐."

효빈이 미안해하는 민의 어깨를 다독여주었다. 당연히 민은 전혀 모르고 있었다.

"대충 여기 어디쯤일 것 같은데, 제가 이렇게 위에서 내려다본 적이 없어서 정확하진 않아요."

효빈이 산속 한 곳에 손가락으로 넓게 동그라미를 그리며 말했다. 그 말을 명이 그대로 전해주자 민은 난감했다.

"범위가 너무 넓어. 나 혼자 이 구역을 다 찔러보면서 찾을 수도 없고……."

"그러면 제가 얼른 가서 다시 보고 올까요? 위에서 내려다보고 오면 확실히 알려드릴 수 있을 것 같은데요."

막 나가려는 효빈을 명이 말렸다.

"굳이 그럴 필요가 있을까? 오빠가 너희 동네 갈 때 너도 같이 가서 알려주면 되잖아."

*

예상한 대로 길이 없는 산속이었다. 아무리 이 마을 사람이라도 한번 들어오면 길을 잃기 십상일 것 같았다. 사방이 나무와 풀이고 바닥은 돌과 낙엽뿐, 방향을 짐작할 만한 특이한 점이 아무것도 없었다. 길을 안내해주는 연필이 없었다면 혼자 들어올 엄두도 내지 못할 곳이었다. 민은 1미터쯤 앞에 떠 가는 형광색 연필을 따라가고 있었다. 가면서 연신 주변을 둘러보았지만 민의 눈엔 같은 모습의 나무와 풀뿐이었다. 여기서 갑자기 저 가느다란 형광색 길잡이가 사라진다면 119의 도움을 받아야만 마을로 돌아갈 수 있을지도 모른다. 약초나 버섯을 캐러 산속을 다니는 사람들은 이런 데서도 길을 찾을 수 있을까 하는 시답잖은 궁금증이 생겼다. 내가 도시에서만 살아서 산속이 이렇게 어려운가?

연필은 작았지만 형광색이라 산속에서도 눈에 잘 띄었다. 효빈은 민을 배려해 발 디디기 좋은 곳으로 안내하고 있었다. 길잡이를 놓칠세라 바짝 긴장하고 따라가던 민은 연필의 움직임이 멈추자 함께 멈춰 섰다. 연필은 어른 머리만 한 돌 위에 안착했다.

"돌로 표시해뒀다더니 그게 이 돌이구나? 이 돌 아래에 묻혀 있는 거니?"

민의 물음에 돌아오는 대답은 없었다. 대신 돌에 얹혀 있던 연필이 공중에 떠서 원을 그리고 다시 내려왔다. 돌은 오랫동안 제자리에서 움직이지 않은 모습이었다. 범인들이 돌을 올려놓은 후로 몇 달 동안 한 번도 움직이지 않은 듯했다. 와서 눈으로 확인만 하고 간 것일 수도, 위치가 위치인지라 아예 와보지도 않은 것일 수도 있었다.

민은 사진을 몇 장 찍은 후 메고 온 작은 배낭에서 목장갑을 꺼내 꼈다. 돌을 옆으로 살짝 치우고 야전삽으로 파보았다. 얼마 파지 않았는데 시신이 담긴 천 가방이 보였다. 발견될 염려가 없는 곳이어서 그런지 깊이 묻지도 않았다. 가방을 파내 확인하는 대신 허공에 대고 물었다.

"이 가방 안에 시신이 있는 게 확실해?"

연필이 허공에 동그라미를 그렸다. 민은 그대로 흙을 덮고 아까와 똑같은 모습으로 돌을 올려놓았다.

"여기서 더 파면 나중에 수사에 혼선을 줄 수 있어서 그냥 덮는 거야."

민은 연필을 따라 산을 내려오며 나중에 혼자 다시 찾아올 수 있을지 걱정되었다. 올라오면서 봤던 지형지물을 다시 한번 머릿속에 열심히 새겨 넣으며 내려오다 보니 어느새 마을이었다. 올라갈 땐 무척 먼 길이라고 생각했는데, 한 번 봤던 길이라 그런지 그렇게 멀지만은 않았다. 그런데도 숨겨놓은 시신이 발견되지 않은 걸 보면 사람의 발길이 거의 없는 곳이 확실했다.

효빈의 집 근처에 세워놓은 차로 돌아온 민은 배낭을 차 안에 넣고 나와 문제의 창고로 향했다. 아무리 인적이 드문 곳이어도 이곳은 마을이었다. 지나가는 차나 사람이 있을 수도, 밭에서 일하는 주민이 있을 수도 있었다. 혹시라도 혼자 떠다니는 연필을 발견하고 경악하는 사람이 생길까 봐 민은 연필 끝을 쥐고 걸었다. 민이 길을 잘못 들거나 효빈이 꼭 보여주고 싶은 게 있으면 연필을 잡아 방향을 틀기로 미리 약속해두었다.

효빈의 집은 버스 정류장으로부터 가장 먼 마을 끄트머리에 자리 잡고 있었다. 효빈의 할머니는 마을 안쪽에 있는 집을 팔고 집값이 싼 이 집으로 이사 왔다고 했다. 집값 차액을 손주들 양육비에 보태려는 할머니의 궁여지책이었다. 효빈의 집에서 정류장 반대쪽으로는 창고 건물이나 폐건물 들이 띄엄띄엄 있었다. 마을 주민이라도 창고에 볼일이 있지 않은 이상 갈 일이 없게 생긴 곳이었다.

10분 정도 걸어서 도착한 창고 문은 꼭 잠겨 있었고, 사람은 없었다. 창고 임대업을 하는 사람이라고 했으니 평소에는 창고에 올 일이 없을 것이다. 기존 임차인이 나갈 때나 새로운 임차인과 계약할 때 오는 정도일 것이다. 창고를 빌려 쓰는 임차인 또한 창고에서 물건을 넣고 꺼낼 때 외에는 올 일이 없을 것이다. 정말 한적하기 그지없는 곳이었다. 두 개의 창고 건물 중 효빈이 범죄를 당한 곳은 뒤쪽 건물이었다. 당시 건물 내부는 텅 비어 있었다고 했다. 지금은 물건이 있는지 건물은 잠겨 있었다. 창고를 한 바퀴 둘러본 민은 창고 주인의 집으로 걸음을 옮겼다.

효빈에게 일을 도와달라고 하면서 꾀었던 창고 주인의 이름은 안재익. 창고 임대업을 하면서 커다란 비닐하우스 몇 동을 소유했고, 그곳에서 직접 농사도 지었다. 효빈의 말에 의하면 동네 사람들이 통상 안 사장이라고 부른다고 했다. 안재익이 사는 집은 마을 안쪽이었다. 가는 길에 효빈의 집을 지나게 되어 있었다.

민은 효빈의 집 근처에 세워둔 차로 돌아와, 내비게이션에 미리 입력한 안재익의 집 주소를 열었다. 내비게이션이 가리키는 대로 점점 마을 안쪽으로 가면서 보니 주변에 보이는 집들이 마당 넓은 전원주택들이었다. 집과 집 사이는 길이나 밭, 개울 등으로 경계가 지어져 있었다. 그 전원주택 중 하나가 안재익의 집이었다. 주택 마당에서 놀던 개들이 낯선 차의 등장에 신경을 곤두세우고 짖어댔다. 이 동네 사람들은 전원주택의 완성을 개라고 생각하는지 개를 키우는 집들이 많아서 민의 차 하나 때문에 온 동네가 떠나갈 듯 시끄러워졌다. 민은 열려 있던 차창을 올렸다.

개 짖는 소리가 한결 조용해졌다.

저 앞에 안재익의 집이 보였다. 사람은 보이지 않았다. 천천히 집 주변을 돌았다. 이 집 주인이 안재익이 맞는지, 효빈을 꾀어 강간하고 살해한 자가 맞는지 확인해보고 싶었다. 내려서 벨을 눌러볼까? 벨 소리에 모습을 보이는 사람이 안재익이 맞는지 효빈이 확인해줄 것이다. 집에서 조금 떨어진 곳에 차를 세우고 내릴까 말까 잠시 고민했다.

갑자기 대시보드 위에 올려놓은 연필이 요동을 치며 딱딱 소리를 냈다. 깜짝 놀란 민이 바라보자 연필은 한 방향을 가리켰다. 연필이 가리키는 방향으로 눈길을 돌렸다. 한 남자가 길을 따라 걸어오고 있었다. 민의 차를 향해 걸어오는 남자의 얼굴이 점점 가까워질수록 민의 눈은 점점 커졌다. 심장이 세차게 뛰었다. 이러다 심장이 가슴을 뚫고 나오는 게 아닐까 싶을 때 남자가 무심하게 민의 차를 지나쳐 걸어갔다. 남자가 차 바로 옆을 지날 땐 정신이 아찔했다. 남자는 안재익의 집 앞에서 벨을 눌렀다. 잠시 후 문이 열리고 남자가 마당을 지나 현관으로 들어가는 모습이, 낮은 담장을 넘어 확실하게 보였다.

남자가 사라지자 민의 정신이 차츰 이성을 찾아갔다. 운전대에 올린 손이 부들부들 떨렸다. 등과 얼굴에는 식은땀이 흘러내렸다.

'저 작자가 왜?'

효빈은 뭔가 말하고 싶은 게 있는지 연신 연필로 대시보드를 때렸다. 그러나 민은 효빈과 대화할 상황이 못 되었다. 효빈의 말을 들을 수도 없을뿐더러 대화할 정신도 없었다.

"가서 얘기하자."

민은 짧게 말하고 마을을 빠져나왔다.

*

민이 명당에 들어선 건 일주일이 지난 후였다. 효빈이 살던 동네에 다녀온 날은 피곤하다는 핑계로 명당에 들르지 않고 집으로 갔다. 그 후 일주일 동안 격무에 시달리느라 올 수가 없었다. 명도 민이 일하는 곳의 업무 강도를 알기에 빨리 오라고 독촉하지 않았다.

민이 들어오자 이번에도 막순과 효빈이 득달같이 날아왔다. 주하는 늘 그렇듯이 상담 테이블에 음료수들을 세팅하고 한쪽에 앉았다. 민은 궁금해 죽겠다는 눈빛으로 저를 뚫어져라 바라보는 명을 마주보고 천천히 입을 열었다.

"효빈이한테 얘기 다 들었을 텐데 뭐가 그렇게 궁금해?"

"효빈이 말은 효빈이 말이고, 오빠 얘기는 또 오빠 얘기지. 가서 효빈이 시신 확실히 확인했어?"

"응. 정말 사람들이 일부러 지나갈 곳은 아니었어. 멧돼지가 파헤쳐놓는다 해도 발견되기 힘든 곳이야. 그런 곳이라 안심했는지 깊이 묻지도 않았더라. 시신을 직접 확인하지는 않고 가방만 발견했는데, 만져보니까 가방 안에 둥그런 게 만져졌어. 가방 안에 웅크리고 앉아 있다더니 아마 머리였나 봐. 거기까지만 확인하고 다시 덮었어. 나중에 경찰이 수사할 때 내가 판 것 때문에 수사에 혼선이 생기면 안 되잖아."

민이 차를 한 모금 마시느라 말을 멈추자 명이 냉큼 물었다.

"그러면 범인들은 봤어? 직원 놈만 보고 사장은 못 봤다며?"

민은 천천히 찻잔을 내려놓고 대답했다.

"안재익 집 근처에 차를 세워놓고, 나가서 벨을 누를까 말까 고민하고 있었는데 때마침 직원이 나타난 거야. 효빈이가 연필을 요란하게 움직이면서 그 남자를 가리키는 바람에 범인 중 한 명인 걸 알았어. 그 남자가 안재익 집 벨을 누르니까 문이 열리더라. 안에 안재익이 있다는 말이겠지. 그 집에는 안재익만 살고 있다고 했었잖아. 다른 가족들은 모두 서울에 산다고……."

"응, 그랬지. 그래도 얼굴을 확인했으면 더 확실했을 텐데, 아깝다. 그러면 이제 효빈이가 살해당한 것도 확인했고, 범인들도 봤으니까 복수하는 데 반대하지 않을 거지?"

명은 복수 대상이 죽어 마땅한 놈이라는 게 확실히 밝혀졌으니, 1년에 한 번이라는 민의 제한이 무용하다는 생각이었다.

"죽일 거야?"

민이 침울하게 물었다. 명은 뜸을 들이고 천천히 대답했다.

"죽이겠지."

명의 대답은 무거웠다. 효빈이 당연히 죽이길 원한다고 생각했다. 명은 원혼의 살인을 돕기로 마음먹는 게 예전처럼 쉽지 않았다. 그럼에도 효빈이 원한다면 복수를 도와주겠다는 약속을 지킬 생각이었다. 그런데 효빈은 조용했다. 효빈이 "네, 죽일 거예요" 하며 명의 말에 적극 동의할 걸 예상했던 명은 반응이 돌아오지 않자 의아한 눈으로 효빈을 보았다. 어쩐 일인지 효빈은 어쩔 줄 몰라 하며 명의 눈치만 살폈다.

"죽일 거 아니야?"

명이 효빈에게 물었다. 효빈이 얼른 대답을 못 하자 막순이 강한 어조로 다그쳤다.

"그런 놈들은 죽어도 싸잖아. 널 그렇게 만든 놈이야. 네 머리에 난 상처를 생각해봐. 네 눈에 안 보여서 잘 모르나 본데, 그놈들이 망치로 박살 낸 네 뒤통수에서 늘 피가 흐르고 있어. 확 죽여서 한을 풀면 상처는 깨끗하게 사라질 거야. 게다가 그런 놈들을 없애는 게 세상에도 이득이야. 살려뒀다가 또 누가 그렇게 당할 줄 알고? 마음 같아선 죽음의 고통을 평생 느끼게 해주고 싶지만 여러 번 죽일 수는 없으니까 최대한 고통스럽게 죽여야지."

언니들이 대답을 재촉하며 바라보자 효빈은 주저하다가 겨우 말문을 열었다.

"저…… 사실은 죽이고 싶지 않아요."

"뭐?"

막순이 경악했다. 막순은 기가 막혀 잠시 조각처럼 굳어 있었다. 꼿꼿이 앉아 있던 명은 "으음!" 하면서 허리에 힘이 빠져나간 것처럼 의자 등받이에 몸을 기댔다.

"효빈이가 뭐라는데?"

민이 물었다.

"죽이고 싶지 않대."

"그러면 효빈이는 그놈들을 죽이지 않고 어떻게 하고 싶은 거야?"

민은 명이 바라보는 허공 어디쯤을 보고 물었다.

"막순 언니가 방금 그랬잖아요. 마음 같아선 죽음의 고통을 평생 느끼게 해주고 싶다고. 저도 그래요. 근데 듣고 보니까 그냥 죽이는 건 너무 큰 자비를 베푸는 거 같아요. 세상 살기 너무너무 힘든데, 죽여주면 오히려 고마운 거 아니에요? 저는 죽이는 것보다 평생 두고두고 괴롭히는 게 더 효과적인 복수라고 생각해요."

"평생 두고두고……."

명은 효빈이 했던 말을 반복해서 중얼거렸다. 그러다가 민과 주하가 효빈이 무슨 말을 했느냐고 묻자 효빈의 말을 전달해주었다.

"어떻게 하면 평생 두고두고 괴롭힐 수 있을까?"

민이 이번에도 효빈이 있으리라 짐작되는 허공을 바라보고 물었다.

"모르겠어요. 남은 평생 푸세식 화장실에서 벌레만 먹고 살게 할 수도 없고, 매일 가서 고문할 수도 없고……."

효빈의 아이다운 발상에 명은 저절로 웃음이 지어졌다.

"오랫동안 감옥에서 못 나오게 하는 건 어때?"

명의 말에 가장 먼저 반응한 건 민이었다. 민은 아무 말도 하지 않았지만 놀란 얼굴로 명의 얼굴을 쳐다봤다. 효빈은 아무리 생각해도 그게 범죄자들을 고통스럽게 만드는 가장 현실적인 방법일 것 같다며 명의 말에 수긍했다. 막순은 아쉬운 표정이었지만 효빈의 의견을 존중했다.

"당사자가 그렇게 하겠다는데 내가 뭐라고 감 놔라 배 놔라 하겠어?"

못마땅한 어투였지만 막순은 속으로 아침 치성 때 명의 아픈 감정이 들어올 일은 없겠다며 안도했다.

"자, 그러면 우리 이제 새로운 작전을 짭시다. 일단 도움 주실 분들을 모셔야겠지요?"

명이 핸드폰을 꺼내며 쾌활하게 말했다.

"도움 주실 분이라니?"

민이 어리둥절해 물었다.

"그놈들 감옥에 보내려면 경찰이 수사를 해야겠지? 그런데 오빠가 이 사건 수사할 거야? 강력 범죄 수사해본 적 있어? 맨날 컴퓨터 모니터나 쳐다보는 사람이? 수사는 수사 전문가에게 맡겨야지."

민은 반박할 수가 없었다. 민이 해본 사건 수사는 경제 범죄뿐이었다. 지금은 수사와는 거리가 먼 데이터 분석이 주 업무였다.

"그래서 누굴 부르려고?"

"내가 귀신이랑 무슨 짓을 하는지 아는 사람."

명은 민에게 대답하며 전화번호를 찾아 눌렀다.

"안녕하셨어요? 저 채명입니다. 거두절미하고, 지금 명당으로 와주시겠어요? ……급한 일인데……. 다른 일 보시고 오신다고요? 음……. 저 지금 귀신이랑 작업할 거거든요. ……나중이면 안 오셔도 되고요. 이미 늦을 거예요. ……그럼요, 당장 오시면 제 작업의 방향이 바뀔 수도 있죠. ……기다릴게요."

명의 통화를 지켜보던 민과 주하가 황당하다는 표정으로 한마디씩 했다.

"너는 지금 그거 협박 아니냐?"

"저도 협박으로 들렸어요. 지금 당장 오지 않으면 귀신이랑 살인을 또 할 거다, 뭐 그런……."

명이 웃으며 말했다.

"이래야 그 사람들이 빨리 오지. 현장에 다녀온 사람이 여기 있을 때 후딱 해치워야 할 거 아니야?"

"야! 그래도 그건 아니지. 그 사람들도 맡은 사건 때문에 바쁠 텐데."

"경찰이 살인 사건 막는 것보다 중요한 일이 뭐가 있어?"

명은 남의 일이라고 그저 웃을 뿐이었다. 소스라치게 놀라 헐레벌떡 달려올 두 사람을 생각하니 은근히 신이 났다.

경욱과 규영이 명당에 도착하는 데는 20분도 채 걸리지 않았다. 또 살인 사건이 발생할까 봐 열 일 제쳐두고 달려온 참이었다. 그들이 명당 문을 박차고 들어오자마자 본 광경은, 상담 테이블에서 세 사람이 한가로이 차를 마시는 모습이었다. 테이블 한쪽에는 사람은 없고 커피와 딸기 우유만 놓여 있었다.

"최대한 빨리 온 거요. 지금 귀신이랑 무슨 작업을 한다는 겁니까?"

상담 테이블 앞으로 성큼성큼 오면서 경욱이 다급하게 물었다. 경욱을 본 명은 활짝 웃으며 반겼다.

"오랜만에 뵈니까 반갑네요. 작업은 아직 시작 안 했어요. 형사님들 오시면 도움을 좀 받으려고요. 일단 저희 오빠랑 인사 나누세요."

경욱과 규영은 민과 어색하게 인사를 나누면서도 명이 무슨 꿍꿍이를 숨기고 있는지 머릿속으로 바쁘게 계산했다. 민은 명이 일으킨 살인 사건들의 공범으로 의심되는 사람이었다. 형사들은 민이 어떤 식으로 얼마나 깊이 가담했는지 알아내고 싶어도 뚜렷한 물증을 잡지 못해 의심만 할 수밖에 없었다. 그런 민을 소개받았다. 그렇다면 민이 사건에 깊이 연관된 게 틀림없었다. 그런데 보통 공범, 특히 가족은 숨기지 않나?

경욱이 얼떨떨한 표정을 지으면서도 많은 생각을 하고 있는 눈빛을 본 민은 형사들의 오해를 풀기 위해 먼저 효빈의 사건에 대해 차근차근 설명했다. 중간중간 명이 끼어들려고 했지만 민이 잘 차단했다. 덕분에 형사들은 사건 경위를 빨리 이해했다. 민은 핸드폰에 저장된 효빈의 전단지도 보여주었다.

"이 아이가 지금 옆에 있다는 건가요?"

규영이 신기해하며 두리번거렸다.

"네, 형사님 옆에 있어요. 그 딸기 우유 효빈이 거예요."

명의 말에 규영은 머리가 쭈뼛쭈뼛 서는 것을 느꼈다. 아무리 오컬트에 심취해 있어도 바로 옆에 귀신이 있다는 사실은 소름 끼쳤다.

"저 커피는 누구 겁니까?"

경욱이 물었다.

"아! 저랑 동업하는 막순 언니예요. 구면이실 거예요. 언니랑 함께 경찰서 다녀오셨잖아요."

경욱도 갑자기 등골에 땀이 솟는 느낌이었다. 살인을 막겠다는 일념으로 두려움을 누르고 이곳에 왔는데, 그 끔찍한 기억이 다시 살아났다. 경욱의 표정이 좋지 않은 것을 감지한 민이 명에게 으르렁거리며 그만하라고 눈치를 주었다.

"왜? 난 그저 막순 언니를 소개해주려고 한 것뿐인데?"

명이 억울하다며 항변했다.

"그 얘긴 그만하자. 자, 경위님! 효빈이를 살해한 범인들은 이미 확인했는데요. 이제부터 증거를 수집하고 체포하려면 무엇부터 해야 할까요?"

민이 얼른 말을 돌려 본론으로 넘어갔다.

"일단 사체부터 찾읍시다. 사체가 있어야 살인 사건이 성립하니까요. 그리고 사체는 우리에게 많은 것을 말해줍니다. 운이 좋으면 부검에서 범인들의 DNA도 찾을 수 있을 겁니다."

"효빈이가 자세히 다 얘기했는데 왜 자기 시신을 부검하느냐고 묻고 있어요. 머리가 깨진 것도 화가 나는데 굳이 칼질까지 해야 하냐고요."

명이 효빈의 말을 전달했다. 경욱은 이제 귀신의 존재를 믿기 시작했지만, 귀신의 마음을 헤아려야 한다는 생각은 하지 못했다. 하지만 명의 말을 들으니 효빈의 마음이 이해될 것도 같았다. 가족의 시신을 부검하는 것도 힘든데, 하물며 제 몸을 난도질한다는 건 얼마나 끔찍할까. 그래도 필요한 과정이었다.

"검사와 판사에게는 살해당한 귀신의 증언이 아니라 과학적 증거를 보여줘야 합당한 형벌을 내릴 수가 있어요. 그건 피해자가 살아 있는 경우도 마찬가지입니다. 피해자의 말을 전적으로 믿고 판결을 내리는 게 아니에요. 그 말을 뒷받침할 증거가 있어야 해요. 효빈 양의 마음이 많이 아프더라도 부검은 해야 합니다. 대신 부검을 통해 범인들의 악행을 낱낱이 밝히겠습니다."

명과 막순이 몇 분간 효빈을 달래고 설득했다. 효빈도 사실은 그래야 한다는 걸 알고 있었다. 다만, 경찰들이 모여서 제 얘기를 들어주니 이제 금방 모든 게 해결될 것 같은 착각이 들었던 것뿐이었다. 제 시신을 파내고, 부검하고, 증거를 모으고, 체포하고, 재판하는 과정이 짧진 않다는 사실을 직시하자 잠시 화가 났었다. 그들이 자신을 죽이고 파묻는 데는 몇 시간밖에 걸리지 않았는데, 그 사실을 설명해줬는데도 그들을 감옥에 처넣기까지의 과정이 너무 힘들고 길다는 게 분통이 터져서 그랬던 것이었다. 효빈은 통곡했다. 막순이 효빈을 안고 함께 울어주었다. 명의 얼굴에도 눈물이 흘러내렸다.

"그냥 쉽게 죽여버릴까?"

명이 잠긴 목소리로 효빈에게 물었다. 경욱과 규영이 바짝 긴장했다. 효빈은 막순의 어깨에 얼굴을 묻은 채 고개를 좌우로 흔들었다. 명은 고개를 끄덕였다. 명은 눈물을 닦고 목소리를 가다듬고 나서 형사들에게 물었다.

"그러면 언제 시신을 수습하러 갈까요? 하루빨리 가는 게 좋겠죠?"

"아니, 무작정 가서 시신을 파낼 수는 없지. 거긴 사람이 지나갈 일이 없는 곳이야. 등산로가 가까운 것도 아닌데, 우연히 가서 시신을 발견했다고 보고할 순 없잖아?"

민의 말에 형사들도 동의했다. 시신을 발견할 만한 동기가 필요했다. 길도 없는 곳에 굳이 가서, 하필이면 바로 그 자리를 굳이 파야 했던 동기.

"약초를 캐다가 발견했다고 할까요?"

규영이 의견을 냈지만 다들 고개를 저었다. 전문 약초꾼들은 그렇게 아무데나 무턱대고 파지 않는다는 이유에서였다.

"내가 굿 한번 하지, 뭐."

명이 자신있게 말했다.

"나 일단 무속인이잖아. 무속인이 굿하는 건 당연하고."

"굿을 해서 시신을 찾는다고?"

민이 인상을 구기며 말도 안 된다는 투로 물었다.

"굿할 구실이야 만들면 되지. 효빈이 할머니를 설득해서 효빈이 찾는 굿을 한다거나……."

"저희 할머니 교회 다니세요."

효빈이 명의 말을 막았다.

"응? 할머니 교회 다니셔? 그러면…… 아! 신당을 만든다고 하자. 신당 만들기 전에 산신께 제를 올리는 굿. 야아, 그거 괜찮다! 내가 작두는 못 타도 체력이 좋아서 펄쩍펄쩍 뛰는 건 잘하잖아. 굿하다가 접신한 척 정신없이 효빈이가 묻힌 곳으로 뛰어가면 되지. 효빈이가 안내해줄 거니까 헤매지 않고 곧장 찾아낼 수 있어. 그러면 굿 구경 온 사람들이 놀라 자빠질 거야."

명은 그 상황을 상상하며 혼자 깔깔대고 웃었다. 민은 혀를 찼고 주하는 나쁘지 않다고 생각했다. 규영이 감탄했다.

"괜찮은 생각인데요? 어차피 합리적인 방법으로 찾을 수 있는 장소가 아니잖아요. 그러면 비합리적인 방법으로 찾아야죠. 모로 가도 서울만 가면 된다고, 시신만 빨리 찾으면 되는 거 아니에요?"

"이 순경님?"

민이 규영을 진정시키려 했다.

"그럽시다."

경욱이 말했다. 민은 눈이 동그래졌다.

"합리적인 방법 찾느라 그 동네에서 서성이고 시간 끌다가 놈들이 이상한 낌새라도 느끼면 시신을 훼손할 수도 있어요. 죄지은 놈들은 원래 육감이 발달하거든요. 들킬까 봐 늘 신경을 곤두세우고 있어서……. 차라리 굿을 해서라도 느닷없이 시신을 찾아내면 놈들은 허를 찔리고 당황해서 오히려 증거를 흘릴 수도 있어요."

경욱의 말에 자신감을 얻은 명은 굿하는 영상을 많이 찾아봐야겠다며 신이 났다.

"굿은 안 돼."

민이 단호하게 막았다.

"왜? 형사님들도 괜찮은 생각이라잖아. 이분들은 오빠보다 전문가야."

"다른 방법을 찾아보자."

"그러면 내가 나물이라도 캐러 갈까?"

"가지 마!"

민이 소리 질렀다. 그곳에 가려는 명을 막으려다 저도 모르게 큰 소리가 튀어나왔다. 신당에 있던 모두가, 소리 지른 민까지도 놀라 신당 안엔 잠시 정적이 흘렀다.

"채명 씨가 그곳에 가면 안 되는 겁니까?"

고요를 깬 건 경욱이었다.

"그곳엔 몇 달 된 시신이 있어요. 명이가 보지 않았으면 합니다. 한동안 잠을 못 잘 거예요."

명은 오빠가 저를 걱정해준다고 생각하니 잠깐 화가 났던 마음이 누그러졌다. 명은 효빈을 위해서 그 정도는 감수하겠다며 갈 것을 계속 고집했지만 민은 그런 명을 계속 말렸다. 남매가 옥신각신하는 모습을 보던 경욱이 물었다.

"거기에 뭐가 있습니까? 채명 씨가 가선 안 될 다른 이유가 있지요?"

명은 그제야 오늘따라 민이 이상하다고 느꼈다.

"오빠, 날 못 가게 막는 이유가 뭐야?"

명도 이유를 물었다. 주하와 규영도 궁금한 얼굴로 민을 바라봤다. 민은 자신을 쪼아대는 시선들을 둘러봤다. 민이 효빈의 동네에 갔다가 일주일이 지난 오늘에야 명당에 온 까닭은 업무가 과중했던 이유도 있었지만, 그곳에서 봤던 남자 때문에 번잡했던 정신이 이제야 좀 진정되었기 때문이다. 차분하게 가라앉은 마음으로 간단히 얘기하고 돌아갈 생각으로 왔었다. 그러나 이제 그 남자 이야기를 숨길 수가 없게 됐다. 민은 한숨을 크게 쉬며 다시 한번 마음을 가라앉히고 힘겹게 입을 뗐다.

"사실은…… 안재익과 공범인 직원이…… 권기택이었어."

명과 주하와 경욱은 심장이 멎는 것만 같았다. 규영은 '권기택'이 누구더라 하며 생각했다가 입을 함지박만 하게 벌렸다. 막순은 그 이름을 듣자마자 펄쩍 뛰었다. 효빈이 막순의 귀에다 대고 그게 누구냐고 물었다.

"명이 얼굴을 저렇게 만든 놈."

효빈도 놀라 제 입을 틀어막고 뒤로 몇 발짝 물러났다. 명은 사지가 떨려왔다. 파르르 떨리는 입술을 겨우 뗐다.

"그 새끼……! 역시 죽였어야 했어."

그 자리에 있던 경찰 세 명 모두 죽여선 안 된다는 말을 할 수가 없었다.

권기택은 경찰에게 체포되어 재판까지 받았지만, 말도 안 되는 짧은 형을 살고 나왔다. 그러고는 같은 범죄를 또 저질렀다. 차라리 명이 복수했더라면 효빈은 죽지 않았을 것이다. 효빈 대신 권기택이 죽었어야 했다. 명은 그를 죽이지 않은 것을 후회했다. 효빈에 대한 미안함이 밀려왔다. 자신 때문에 효빈이 죽은 것이다. 두 손으로 얼굴을 감싸고 오열했다. "효빈아, 미안해!"라는 말만 반복했다.

"네 잘못이 아니야."

민이 명을 안아주려 했지만 명은 그런 민을 뿌리쳤다.

“왜 내 잘못이 아니야? 내가 그놈을 죽여 없애지 않아서 효빈이가 죽은 건데. 그때 내가 주저하지 않았으면 효빈이는 곧 고등학생이 되고, 직장도 다니고, 할머니한테 예쁜 옷이랑 맛있는 것도 사드릴 수 있었을 텐데. 효빈이는 죽어서도 할머니랑 동생 걱정만 해. 흉악범한테 빙의해서 복수하는 게 아니라 돈 잘 버는 사람한테 빙의해서 할머니 모시는 꿈을 꾸는 아이야. 그런 착한 아이가 왜 그렇게 비참하게 죽었는데!”

명은 경찰들을 향해 소리를 지르며 넋을 놓고 울었다. 막순과 효빈이 명을 감싸 안았다.

“언니 잘못이 아니에요. 우리 집이 가난해서, 그런 동네에 살아서 그래요. 내가 바보 같아서, 도와주면 시급을 준다는 말에 넘어가서 그래요. 밭으로 가지 않고 창고로 가는 걸 의심하지 않고 순진하게 따라가서 그래요. 그런데 언니가 이렇게 괴로워하면 나도 언니 힘들게 해서 미안하잖아요. 언니 잘못 아니니까 그만 아파하세요, 제발…….”

효빈이 울며 애원했다. 명은 자신을 감싸고 있는 귀신들과 함께 울었다. 한참 동안 정신 나간 사람처럼 소리쳐 울던 명은 이제 진이 빠져 흐느끼기만 했다.

“당신 잘못이 아닙니다.”

경욱이 말했다. 초점 없던 명의 눈이 경욱을 향했다.

“당신이 아니라 안재익과 권기택 잘못입니다. 그들이 나쁜 놈들이라서 효빈 양의 착하고 순진한 마음을 이용해 죽인 겁니다.

당신이 권기택을 죽이지 않아서 그런 비극이 생긴 게 아니에요. 그렇게 자책하면서 자신에게 형벌을 내리지 말아요."

"내가 그놈을 죽이기만 했어도, 아니면 그놈이 감옥에서 더 오래 살았다면 효빈이는 이렇게 되지 않았을 거예요. 이거 봐요. 체포하고 재판받아봐야 소용없잖아요."

명은 아까처럼 소리를 지르지는 않았지만, 경욱을 향해 세운 날은 전에 없이 예리했다.

"살인 미수가 적용되지도 않았고, 형을 짧게 살고 나온 점은 저도 유감입니다. 하지만 그건 이미 10년 전 일이에요. 점점 성범죄가 무거운 죄라는 인식이 강해지고 있어요. 그래서 요즘은 형량도 늘었어요. 아직 멀었지만 계속 나아지고 있습니다. 만약, 지금 다시 재판을 받는다면 살인의 의도가 있다고 판결이 났을 겁니다. 그러니까 권기택, 이번엔 증거를 샅샅이 긁어서 찾읍시다. 경찰에 귀신까지 있습니다. 빠져나갈 구멍이 없게 다 틀어막을 수 있지 않겠습니까?"

경욱이 명을 설득하려 애썼다. 명은 갑자기 피로가 확 몰려오는 것을 느꼈다. 눕고 싶었다. 자리에서 천천히 일어섰다. 막순과 효빈은 명을 감싸 안았던 팔을 풀었다.

"나 혼자 있고 싶어요. 오늘은 이만 돌아들 가세요. 오빠도 가. 언니랑 효빈이도 가."

명이 자리를 나서자 경욱이 급하게 물었다.

"권기택은 어떻게 할 생각입니까?"

"나중에 연락드릴게요. 오늘은 너무 힘드네요."

명은 비척비척 2층으로 향했다. 규영이 명에게 뭐라 말하려 하자 경욱이 제지했다. 아무도 명을 잡지 않았다. 명이 올라가고 2층 문이 닫히는 소리가 들렸다.

"아마 몇 시간 잘 거예요. 너무 큰 스트레스를 받으면 죽은 듯이 쓰러져 자거든요."

주하가 말했다. 익히 알고 있는 민은 고개를 끄덕였다.

"나중에 권기택을 죽이려고 하지 않겠습니까?"

경욱이 걱정되어 물었다.

"솔직히 저도 모르겠습니다. 그동안 명이는 다른 귀신들의 복수는 적극 도우면서도 유독 권기택에 대한 복수는 망설여왔거든요. 그런데 이번에는 어떻게 할지 감이 오지 않네요."

민이 착잡한 심정으로 대답했다. 이제 겨우 동생을 설득해서 살인을 막게 되었다고 좋아했는데, 전혀 예상치 못한 복병이 튀어나왔다.

경욱은 명을 쫓던 시선을 거두고 주하를 바라보았다.

"그 얘기는 채명 씨가 깨어나면 다시 합시다. 그건 그렇고 제가 늘 궁금한 게 있었는데요. 권주하 씨는 이곳에서 채명 씨와 함께 살게 된 이유가 뭡니까?"

*

누가 깨운 것도 아닌데 반짝 눈을 뜬 명은 어둠 속을 더듬어 핸드폰을 찾았다. 잠이 든 건 한낮이었던 것 같은데 벌써 새벽

2시가 조금 넘어 있었다. 욕실에 가서 찬물로 얼굴을 적시고 나왔더니 문 앞에 주하가 걱정 어린 눈을 하고 서 있었다.

"괜찮으세요?"

"응, 바람 좀 쐬고 올게."

"혼자 산책하려고 했는데 왜 굳이 따라 나와?"

"제가 따라 나오니까 이렇게 음료수도 사 오고 좋잖아요?"

주하는 편의점에서 사 온 따뜻한 두유를 명에게 건네고 옆에 앉았다. 명은 따뜻한 병을 두 손으로 꼭 쥐고 공원의 적막을 감상했다. 밝을 땐 아이들 노는 소리가 들렸을 미끄럼틀이며 그네도 지금은 적막을 장식하는 소품이 되어 있었다.

"재는 놀이터에 와서 놀지도 않고 우두커니 서서 구경만 하고 있네."

"누구요?"

주하가 두리번거리며 명이 말하는 '재'를 찾았다.

"귀신이야. 넌 못 찾아."

주하가 깜짝 놀라 외마디 소리를 지르더니 물었다.

"여기에도 귀신이 있어요? 어디에요?"

"그네 뒤에. 네 옆에도 있어."

주하는 비명을 지르며 벌떡 일어나 벤치에서 몇 발짝 떨어졌다. 명은 사색이 된 주하를 보고 깔깔거리며 웃었다.

"없어, 없어. 걱정 마."

명의 장난에 속은 주하는 귀신이 없다는 말을 여러 번 듣고 나서야 다시 자리에 앉으며 투덜댔다.

"진짜, 세상에서 제일 험한 건 누나예요."

그 말 속에는 누나가 조금 나아 보여서 다행이라는 뜻이 숨어 있었다.

"그러게 나 혼자 나온다니까 왜 험한 내 옆에 굳이 붙어 있는 거야?"

"이 시간에 어떻게 여자 혼자 내보내요?"

"넌 왜 그렇게 날 과잉보호하니?"

"이건 과잉보호가 아니라 아주 당연한 거예요. 다른 집도 마찬가지일걸요?"

"권기택 때문이야?"

갑작스러운 명의 질문에 주하는 말문이 막혔다.

"널 보면 그 생물학적 아버지의 죄를 네가 책임지려고 하는 거 같아. 권기택은 권기택이고 권주하는 권주하야. 그놈 때문에 네 인생 희생하면서 내 옆에 붙어 있을 필요 없어. 너도 네 인생 살아야지."

명은 권기택 때문에 주하가 자신을 위해 희생하며 산다고 생각했다. 주하가 했던 말 때문이었다. 몇 년 전, 권기택에게 복수하는 데에 도움이 될까 하고 소년원에서 나온 주하를 데려왔을 때의 일이었다. 주하가 도움은커녕 장애가 된다는 사실을 알고 내보내려 하자 주하는 없는 듯이 조용히 지내면서 절대 신경 쓰이지 않게 하겠다며 버텼다. 허드렛일을 한다고 해서 급여 같은 걸 요구하지도 않을 것이고, 그저 신당 한구석에 의자라도 붙여놓고 잘 수 있게만 해달라고 했다. 그래도 내보내려고 하자 주하가 무겁게 꺼낸 말이 있었다. "제 아버지가 지은 죗값을 갚게 해주세요." 없는 것만 못한 아버지였지만 그가 명에게 저지른 악행의 대가는 아들인 제가 치르겠다고 했다. 그 후에도 여러 번 내보내지 말아달라고 매달렸다. 명과 민은 주하의 말 때문이 아니라 어린 것의 딱한 사정과 간절한 몸부림에 마음이 움직였다.

그때 주하가 한 말 때문에 명은 지금껏 저에 대한 주하의 걱정과 보호가 권기택 아들로서의 책임감 때문이라고 생각했다. 그런데…….

"저는 그 인간 대신 죗값을 치르는 게 아니에요. 누나를 보면 자꾸 엄마가 생각나요."

"엄마?"

"엄마는 그 인간에게 맞아 죽었어요. 엄마는 맨날 맞으면서도 저는 끝까지 보호했어요. 그래서 엄마가 살아 계실 땐 전 맞지 않았어요. 엄마가 제 몫까지 대신 맞았으니까."

"그런데 너희 엄마는 왜 이혼을 안 한 거야? 그놈이 이혼 얘기를 못 꺼내게 한 거였으면 경찰에 신고라도 했어야지."

주하의 엄마는 마음에 병이 들어 있었다. 권기택과 헤어지면 아들과 함께 굶어 죽을 수밖에 없다고 생각했다. 명이 뉴스를 보며 때리는 남편과 헤어지지 못하는 나약한 여자들을 욕할 때가 있었는데, 그런 여자가 바로 주하의 엄마였다. 주하는 매일 맞는 엄마를 보며 제가 조금만 더 커서 힘이 세지면 엄마를 보호하겠다고 다짐했다. 아빠를 막아주고 엄마랑 멀리멀리 떠나겠다고 결심했다. 그러나 몸과 마음에 상처가 깊어진 엄마는 시름시름 앓다가 결국 죽었다. 의사에게 가정폭력을 들킬까 봐 병원도 못 가고 매일 약국에서 진통제만 사 먹다가 죽었다. 주하가 엄마의 바람막이가 되어줄 기회는 그렇게 사라졌다.

"그래서 엄마 대신 날 보호하고 있는 거야? 권기택으로부터?"

"그런가 봐요. 사실은 정확한 이유는 저도 모르겠어요. 근데 그 인간 때문에 또 한 여자가 죽을 뻔했다는 사실을 알고 나니까 무작정 그 옆에 있어야겠다는 생각이 들었어요."

"권기택을 확 죽여버리면 네가 여기에 매여서 인생 낭비할 필요도 없잖아. 그때 막순 언니한테 죽여달라고 했으면 홀가분했을 텐데."

명이 말한 '그때', 명은 원혼들의 복수는 적극 도와주면서도 권기택에게 복수하는 일은 이상하게 주저했다. 막순은 명에게 권기택이 출소하자마자 복수할 테니 적당한 전과자만 물색해놓으라고 했다. 막순에게는 늘 자신 있게 알았다고 대답했지만, 돌아서면 권기택을 제가 죽이는 게 과연 맞는 것인지 확신이 서지 않았다. 그러다 주하에 대해 알게 되었다. 아버지라는 인간에게 학대당하고 인생을 망쳐버린 아이라면 아버지에 대한 악감정만 남아 있을 것이었다. 아버지를 죽이고 싶겠지. 명 혼자서는 권기택을 죽일 이유가 왠지 부족했다. 주하의 이유까지 합쳐지면 망설이지 않고 권기택을 처단할 수 있을 것 같았다. 민에게 부탁해 소년원에서 나온 주하를 데리고 왔다. 며칠 동안 데리고 있으면서 주하를 관찰했다. 그동안 주하도 명이 하는 일이 어떤 일인지 알게 되었다. 명은 주하에게 원한다면 아버지를 죽여주겠다고 했다. 그런데 뜻밖에도 주하는 죽이지 않겠다고 했다.

"그 사람 죽인다고 제 망가진 인생이 다시 돌아오는 것도 아닌데요, 뭐. 하지만 누나가 원한다면 말릴 생각 없어요."

그때 주하가 했던 말이었다. 주하는 명에게 '이유'를 보태주기는커녕 힘들게 다잡은 마음마저 허물어뜨렸다.

"그 인간, 죽이고 싶을 만큼 밉지만 저는 죽일 자격이 없죠. 엄마라면 죽일 자격이 있겠지만……. 저는 죽임을 당한 당사자가 아니잖아요. 만약 그때 그 인간을 죽였더라면 두고두고 찝찝했을 거 같아요. 지금 이렇게 마음 편하게 있지 못했을 거예요."

주하는 제 두유 뚜껑을 따서 명에게 주고 명의 손에 있던 두유를 빼 갔다.

"더 식기 전에 드세요. 저녁도 못 먹고 잠만 잤잖아요."

죽임을 당한 당사자에게만 죽일 자격이 있다.

명은 제 손에 쥐어진 두유를 보며 주하의 말을 되뇌었다. 자신도 그런 이유 때문에 망설였을까. 모르겠다. 어쩌면 살인은 나쁜 짓이라는, 그 어떤 이유로도 정당화할 수 없다는 저 밑바닥 어딘가에 깔려 있던 양심의 말이 발목을 잡았을까?

*

일주일째 명은 맥없이 자리에 앉아 인터넷만 뒤지고 있었다. 뭔가 찾을 게 있는 건 아니었다. 그렇다고 쇼핑을 하는 것도 아니었다. 의미 없이 마우스를 놀리고 클릭했다. 별 관심도 없는 인터넷 창을 쳐다보고 있는데 화면 한쪽 구석에 새로운 메시지가 도착했다는 알림이 떴다. 경욱이었다. 지난 일주일 동안 경욱은 딱 한 번 전화했다. 전화를 받자마자 그는 명의 짐작대로 권기택을 어떻게 할 건지 물었다. 명은 아직 결정하지 못했다고 하고는 끊어버렸다. 경욱이 권기택을 죽이지 말고 법의 심판을 받게 하자고 설득할까 봐 내심 불편했다. 명은 당분간 경욱의 전화를 받지 않기로 결심했다.

그런데 이번엔 경욱이 전화가 아닌 메시지를 보냈다. 화면 아래의 알림을 클릭하자 장황한 설득의 말 대신 동영상이 떴다. 명의 손가락이 반사적으로 동영상을 클릭해 재생시켰다.

어느 식당 내부에 설치된 CCTV에 찍힌 영상이었다. 식당에서 몇 사람이 밥을 먹고 있는데, 갑자기 한 남자가 뛰어 들어오더니 그들 중 한 명에게 곧바로 달려가 흉기로 찔렀다. 남자는 원한이 깊은 듯 한 사람만을 계속 찔러댔다.

카메라는 식당 내부를 넓게 보여주기 때문에 범인과 피해자는 화면 한쪽에 작게 보이고 있었지만, 그 작은 장면에 가슴이 서늘해지는 현장감이 있었다. 그들의 행동과 주변 사람들의 반응이 영화와는 다른 느낌을 주었다.

'스너프 필름이야, 뭐야?'

영화에서 잔인한 살인 장면을 수없이 봤다. 바닥에 피가 흥건하고 살인자의 얼굴에 피가 튀는 장면들을 부각해 더 잔인해 보이게 만든 영상들이었다. 명은 그런 장면들을 보며 감독의 연출

력을 평가할 정도로 아무렇지 않았다. 그러나 이번 영상은 일부러 잔인함을 더 잘 보여주려고 애쓴 장면이 아닌데도 시간이 지날수록 모골이 송연했다. 저도 모르게 범인에게 집중하게 된 명은 남자의 얼굴을 알아볼 수 있었다.

박춘만!

복수한 후에도 명의 부적을 버리지 않고 있다가 경찰에 잡힌 귀신 이한별이 빙의했던 전과자였다. 덕분에 명은 형사들과 썩 좋지만은 않은 인연을 시작하게 되었다. 오랜만에 그 얼굴을 보니 명의 심기가 불편해졌다. 게다가 박춘만이 저지른 살인을 실제로 본 충격이 더해져 속이 울렁거리기까지 했다. 박춘만이 식당에서 난동을 부리고 나가자 영상은 끝났다. 곧바로 메시지 창에 경욱이 보낸 링크가 떴다. 명은 이번에도 링크를 클릭했다. 어느 지상파 방송사의 뉴스 영상이 열렸다.

'묻지 마 살인' 범죄에 대한 기사였다. 명도 며칠 전에 뉴스에서 본 사건이었다. 대낮에 주택가에서 종량제 봉투와 재활용 쓰레기들을 들고 나와 버리던 40대 여성이 흉기에 찔려 죽은 사건이 있었다. 지나가다 그 모습을 보고 비명을 지르며 도망가던 학생들을 쫓아간 범인은 그중 한 명에게 큰 상해를 입혔다. 범인은 비명을 듣고 나온 주민들에게도 칼을 휘둘러 몇 명이 크고 작은 상처를 입었다. 몇 시간 후에 잡힌 범인은 죽은 피해자와 일면식도 없고 그 동네에 살지도 않는 30대 남자였다. 그는 범행 이유를 묻는 경찰에게 분리수거를 잘못했다고 잔소리를 해서 죽였다며 횡설수설했다. 그러나 근처에 있던 차량 블랙박스를 분석한 결과 피해자는 말없이 쓰레기 정리만 하다가 갑자기 흉기에 찔린 것으로 밝혀졌다. 그 사건이 있은 후 며칠 동안 뉴스에서 묻지 마 살인 사건을 보도했다. 그걸 볼 때마다 명은 '그냥 약자에게 화풀이하고 싶었던 미친 새끼일 뿐이야'라며 크게 관심을 주지 않았다.

경욱으로부터 온 링크는 범죄심리학자를 초대해 묻지 마 범죄에 대한 이야기를 나누는 뉴스 영상이었다. 범죄심리학자는 그동안 묻지 마 범죄라고 부르던 양상의 범죄들을 얼마 전 경찰청에서 '이상동기 범죄'라는 용어로 정의하고, 그 범주에 속하는 범죄들을 모아 통계를 내고 분석해 피해자를 구제하기로 했다는 말을 전했다. 보통의 경우 불특정 다수를 향한 무차별 공격을 하지만, 주변에 많은 사람이 있음에도 불구하고 한 사람만 집중 공격하는 특이한 케이스도 있다고 했다. 뉴스에 보도되지 않은 그 특이한 케이스의 이상동기 범죄를 소개하고, 피해자 지인의 짧은 인터뷰가 이어졌다.

"그 집 아들이 참 착했어요. 고등학생 때 아빠 돌아가시고 나서는 혼자 남은 엄마가 자기 때문에 고생을 많이 한다면서 얼마나 엄마를 끔찍이 위했는데. 낮에 아르바이트해서 번 돈 다 엄마 주고, 밤에는 취업 준비한다고 늦게까지 공부하면서 얼마나 열심히 살았는지 몰라요. 근데 어떤 미친놈이 그런 착한 사람을 그렇게 죽여가지고……. 세상 참!"

피해자의 죽음을 안타까워하는 인터뷰 뒤에는 피해자가 이상동기 범죄를 당하는 장면이 담긴 CCTV 영상이 나왔다. 무심하게 영상을 보던 명의 심장이 세게 얻어맞은 것처럼 쿵 내려앉았다. 사람들 얼굴을 블러 처리한 것만 다를 뿐, 방금 전에 경욱이 보내준 것과 똑같은 영상이었다. 명은 경욱에게 전화해, 통화 연결음이 끊기자마자 따지듯 물었다.

"이게 어떻게 된 일이죠? 왜 그놈이 착한 사람이라는 거죠? 군대에서 후임병을 지속적으로 괴롭혀서 죽게 만든 악마예요. 그놈 주변 사람들은 철저하게 속은 거라고요."

"그놈이 악마라는 걸 어떻게 증명하실 겁니까?"

경욱의 물음에 명은 대답하지 못했다. 경욱은 대답을 기다리지도 강요하지도 않고 말을 이어나갔다.

"그동안 채명 씨가 귀신을 도와 복수했다는 살인들 모두 그런 식으로 남았어요. 그들이 행한 악행은 세상에 알려지지 않고 어느 정신병자에게 희생된 불쌍한 사람이 됐어요. 주변 사람들이 애도하고 있습니다. 만약 권기택을 채명 씨 방식대로 죽였더라면 그도 묻지 마 살인에 희생된 불쌍한 사람으로 남았을 거예요. 그런 상황, 견딜 수 있으시겠습니까?"

명은 그런 상황을 견디기는커녕 상상조차 할 수 없었다.

"그러니까 숨겨진 그들의 죄상을 세상에 알리고 벌을 받게 만들어야 해요. 이슈가 되고 사람들이 분노해야 법이 발전해요. 법이 발전하면 범죄도 줄어듭니다."

'어느 정신병자에게 희생된 불쌍한 사람이 됐어요. 주변 사람들이 애도하고 있습니다.' 명의 귓가에서 이 말이 계속 맴돌았다. 대중의 돌팔매를 맞고 공개 처형을 당해 마땅한 자들이었다. 불쌍해져선 안 되었다. 지금껏 원혼의 한을 풀어주는 것만 생각했다. 그들이 마음껏 복수하고 세상에서 쓰레기 하나를 치운 후 평온을 찾으면 진정으로 그들을 돕고 세상을 돕는 일이라고 여겼다. 그런데 그들이 치운 쓰레기가 불쌍한 피해자가 되어 있었다.

그리고 살인의 현장…….

갑자기 생각이 막혀버린 명은 전화를 끊었다. 몇 초간 멍하니 앉아 있던 명의 눈에서 눈물이 흘러내렸다. 명의 요동치는 감정을 느낀 막순이 한달음에 날아왔다.

"명아, 왜 그래?"

"내가 뭘 한 거지?"

명은 초점 잃은 눈으로 허공에 말했다. 막순이 놀라 무슨 일이냐고 다그쳐 물었지만 명은 하염없이 눈물만 흘렸다. '죽, 인, 다'라는 세 글자로 가볍게 입에 담았던 살인의 실체는 눈을 감아도 보이는 끔찍한 공포였다. 그렇게 죽은 자들은 진실이 묻힌 채 피해자로 남았다.

"이게 아닌데. 그러면 안 되는 거였는데. 내가 뭘 한 거지?"

명은 오열하며 탁자를 치고 제 가슴을 주먹으로 때렸다. 막순이 말려보려 했지만 할 수 있는 게 없었다. 그저 터질 것 같은 명의 울분을 고스란히 받아들이고, 이유 모를 눈물을 함께 흘릴 뿐이었다. 그때 주하가 마트에서 산 물건들이 가득 든 상자를 안고 들어왔다. 주하는 혼자 통곡하는 명을 보고 놀라 상자를 내려놓고 뛰어왔다.

"누나, 왜 그러세요? 무슨 일이에요?"

주하가 아무리 물어도 명은 "이게 아닌데, 내가 뭘 한 거지?"라는 말만 반복했다. 통곡은 누구를 향한 것인지 모를 분노로 바뀌고 있었다. 어쩌면 자신을 향한 것인지도 몰랐다. 주하는 얼른 얼음물을 한 컵 가져와 명에게 내밀었다. 명은 주하의 손에서 컵을 낚아채 얼음물을 그대로 제 얼굴에 부었다. 그러고는 주하를 잡아먹을 듯한 눈으로 노려보며 말했다.

"그 새끼, 불쌍해지면 안 돼!"

그 순간에도 명의 눈엔 살인의 현장이 보였다.

*

명은 앞에 앉은 형사들에게 계획대로 가짜 굿을 하겠다고 선언했다.

"권기택을 죽이지 않기로 한 건 반갑고 고마운 일입니다만, 굿은 힘들지 않겠습니까? 채명 씨가 가면 권기택이 알아볼 수도 있으니까요."

경욱이 말했다. 명은 며칠 전, 경욱이 링크로 보내준 뉴스 영상을 보고 통화했을 땐 일방적으로 끊더니, 몇 시간 후에 다시 전화해서 확실히 옭아맬 자신 있냐고 물었었다. 명의 결심을 확신한 경욱은 앞뒤 재지 않고 무조건 된다고 대답했다. 명은 다시 연락할 테니 기다리라고 하고는 전화를 끊었다. 그러고는 오늘 명의 연락을 받고 왔더니 굿을 한다는 것이었다.

"굿할 무당들은 섭외해놨어요."

명이 말하자마자 약속이라도 한 듯이 명당의 문이 열리고 사람들이 들어왔다. 경욱이 명에 대해 조사하러 다닐 때 본 사주 골목 무속인들이었다. 명이 형사들과 무속인들을 소개시켰다. 명의 뒤를 캐려던 형사들과 그걸 방해하려던 무속인들 사이에 어색한 인사가 오가고 모두 자리에 앉았다.

"민이는? 걔도 경찰인데 여기 와야 하는 거 아니야?"

명광이 물었다.

"오빠는 내근직 경찰이야. 수사 같은 거 해본 적도 없어. 여기 와도 별 도움 안 돼."

민이 사건 수사에 별 도움이 안 된다는 말이 사실이긴 했지만, 민을 여기 부르지 않은 진짜 이유는 어차피 굿판에 가볼 수도 없는 처지였기 때문이다. 권기택이 명의 가족 모두의 얼굴을 알고 있었다.

"나는 은천 언니가 연극배우 출신이라 가짜 굿을 하면서 시신 찾아내는 데 적임자라고 생각해. 설상화 만신님이나 명광 오빠는 이의 없지?"

설상화가 고개를 끄덕였다. 명광은 은천이 시신 찾는 역할을 하는 데에는 이의가 없었지만, 설상화까지 이번 가짜 굿에 합세하는 데는 회의적인 의견이었다.

"아무리 가짜 굿이라도 굿은 굿이야. 설상화 누님은 연세도 있으신데 관절 조심하셔야지."

은천도 명광에게 동의의 뜻으로 고개를 끄덕였다.

"내 관절은 대감신이 지켜주신다, 이것들아!"

설상화가 발끈했다.

"대감신께서 이번 일은 꼭 도움이 되어야 한다 말씀하셨으니 입 다물어라."

설상화가 서슬퍼런 눈으로 엄포를 놓자 명광은 더 이상 아무 말도 하지 않았다.

"가짜 굿인데 무당이 굳이 세 명이나 필요하겠습니까? 혼자 조용히 굿하는 척만 해도 동네 사람들은 굿하다 사체 찾은 걸 보게 될 텐데요?"

경욱이 명에게 물었다. 그러자 명광이 대신 대답했다.

"이왕이면 판을 크게 벌이는 게 낫지요. 이 동네, 저 동네 미리 소문내서 사람들을 많이 모아야 합니다. 요란하게 무악(巫樂)도 울리고 도무(蹈舞)도 하고, 그러다 접신해서 시신이 묻힌 곳으로 뛰어가야 구경 온 사람들이 놀라 자빠지고 일이 커지지. 일이 커져야 그 동네 경찰들도 발 데인 강아지처럼 뛰어다니면서 열심히 일할 거 아니겠습니까?"

"그러면 용한 무당이라고 소문도 나겠군요?"

경욱이 비아냥인지 물음인지 모를 어투로 말하자 명광은 뜨끔했다. 명이 세 사람을 불러 모을 때 판을 크게 벌여서 광고 효과를 톡톡히 보자는 말로 꾀었었다. 명광은 들킨 속내를 감추려고 일부러 큰 소리로 역정을 냈다.

"아니, 우리가 광고하려고 굿하는 줄 아시나. 명이가 좋은 일 한다 그래서 다 같이 돕자는 의미로 온 건데, 우리를 그렇게 장사꾼 취급을 하시면……."

설상화가 들고 온 부채로 테이블을 요란하게 내리쳐서 명광의 입을 막았다.

"이유야 어찌 됐든 우리가 굿해서 저 아이 시신만 찾아주면 되는 거 아니냐?"

설상화의 부채가 정확히 효빈을 향했다. 무속인들과 형사들은 부채 끝을 따라 명의 어깨 옆 허공을 보았다.

"어? 아까는 없던 귀신이 생겼네?"

명광이 말했다.

"어머나! 교복을 입었네. 저 어린 것을……."

은천이 미간을 찌푸리며 안타까워했다.

"염라대왕 입에 처넣고 삼살(三殺)에 팔난(八難)까지 당해도 시원찮을 놈!"

설상화가 부채를 거두며 내뱉었다.

"저기요, 무당님들! 진짜로 저기에 효빈이가 있나요?"

규영이 조심스럽게 물었다.

"응, 있어. 당신들 지금 재 죽인 놈 잡자고 여기 이러고 있는 거잖소? 사실 아까는 나도 광고 효과도 좀 노렸는데, 재 보니까 그딴 거 다 필요 없고 그 나쁜 놈을 무조건 잡아 족쳐야겠다는 생각만 드네. 우리 집 쌍둥이가 딱 저 또래거든."

명광은 효빈이 딱해서 혀를 끌끌 찼다. 명이 손뼉을 두 번 치고 외쳤다.

"자, 그러면 여러분! 이제 서로 그만 으르렁거리고 우리 효빈이를 위해서 작전을 짜봅시다."

해원(解冤)

“잡귀들의 난동이면 군웅님의 원력으로 일성호각 선참후계 퇴치퇴멸시키시와…….”

설상화는 경문을 읊조리고 명광은 이따금씩 장구를 두드려 박자를 맞췄다. 은천은 두 손을 싹싹 비비며 치성을 올렸다.

명의 계획에 따라 규영은 이곳에서 접신 잘하는 용한 무당이 굿을 한다는 소식을 동호회에 대대적으로 알렸다. 주하는 SNS에 신발 좋은 무당들이 굿을 한다는데, 운이 좋으면 구경하다가 공수를 받을 수도 있다는 이야기를 퍼뜨렸다. 두 사람 덕분에 소문이 잘 퍼졌는지 구경 온 사람들이 제법 모여 있었다. 젊은 사람들은 핸드폰을 높이 들고 동영상을 찍기 바빴고, 나이 지긋한 사람들은 은천처럼 장문(掌紋)이 닳도록 두 손을 비비며 연신 허리를 숙였다. 경욱과 규영은 구경꾼 속에 섞여 천천히 움직이며 안재익과 권기택을 찾았다.

"이터전에 터주신령 남터주는 여터주요 금터주에 은터주라 농의터주 제추터주 부중터주 영감터주……."

설상화의 독송이 계속되는 가운데 규영이 앞서가던 경욱의 옷소매를 당겼다. 경욱이 돌아보자 규영은 턱짓으로 가리키며 말했다.

"저기 파란 잠바……."

규영이 가리키는 곳을 보니 과연 낡은 파란색 잠바를 입고 굿판을 구경하는 권기택이 보였다. 범죄자 데이터베이스에서 본 얼굴보다 조금 더 늙었지만 권기택이 확실했다. 주변에 안재익은 보이지 않았다. 경욱은 권기택을 잘 볼 수 있는 곳에 자리를 잡고 굿을 구경하는 척했다. 규영은 경욱과 떨어져 산 쪽에 가까운 곳에 섰다. 굿판이 한창 무르익을 때 은천을 따라 산으로 뛰기 좋은 자리였다.

"옴급급여율령사바하!"

설상화의 이 말을 마지막으로 재비(악공)들은 각자 잡고 있는 타악기를 빠르게 두드리기 시작했다. 설상화가 제자리에서 박자에 맞춰 빙글빙글 돌았다. 한쪽에서는 은천이 단아하게 차려입은 한복 위로 화려한 무복을 여러 겹 걸쳐 입었다. 몇 분 동안 춤과 돌기로 흥을 돋우던 설상화가 비켜서고 은천이 굿판 가운데로 들어왔다. 은천은 제단에 인사를 하고 무악에 맞춰 춤을 추기 시작했다. 흥에 겨운 춤을 추다가, 빙글빙글 돌다가, 다시 춤을 추다가, 위아래로 뛰었다. 부채와 방울을 흔들며 뛰던 은천이 우뚝 멈추자 재비들도 손을 멈췄다.

"할머니한테 미안해서, 할머니한테 미안해서, 아침밥 먹고 가라고 했는데 안 먹어서 미안해서, 할머니 속상하게 해서 미안해서……."

굵은 눈물 줄기가 은천의 볼을 타고 흘러내렸다. 사람들은 한탄하는 은천을 보고 신이 들었다며 수군거렸다.

"내가 할머니 호의호식하게 해드리려고 했는데, 할머니 좋은 옷도 사주고, 좋은 차 태우고, 좋은 구경 많이 시켜주려고 했는데, 이렇게 갑자기 가게 돼서어어어어!"

은천은 땅을 치며 통곡했다. 사람들은 신당을 짓기 위해 산신께 제를 올리는 굿인 줄 알고 왔는데, 갑자기 원통하게 죽은 이의 넋이 나오자 이상함을 느끼기 시작했다.

"원통해서 이대로는 못 가네. 할머니한테 미안해서 이대로는 못 가겠네. 할머니 만나서 마지막 인사는 할라네."

은천이 벌떡 일어서더니 구경꾼들을 헤치고 굿판을 벗어나 산으로 뛰었다. 규영이 은천을 따라 뛰었다. 사람들도 뭔가 있겠구나 싶어 그 뒤를 따라 뛰었다. 권기택도 홀린 듯이 뛰었고 경욱도 권기택을 따라 뛰었다. 명광은 재비들에게 자리를 지키라고 한 후 사람들의 뒤를 쫓았다.

"자알 뛴다! 그래, 뛰어라 뛰어. 얼른 뛰어가서 네가 한 짓거리가 만천하에 드러나는 꼴을 똑똑히 확인해라."

차 안에서 권기택을 주시하던 명이 말했다.

"지금도 그거 들킬까 봐 심장 엄청 쫄깃하겠는데요?"

옆에서 주하가 키득거리며 말했다.

은천은 길이 아닌 곳으로 달리다가, 경사진 곳에서는 기어 올라가다가, 쌓인 낙엽에 미끄러져 넘어질 뻔하기를 반복하며 한참을 달리더니 갑자기 멈춰 섰다. 은천을 따라 달려오던 사람들도 은천의 주위에 차곡차곡 멈춰 서서 가쁜 숨을 몰아쉬었다. 효빈이 서서 어른 머리만 한 돌을 손가락으로 가리키는 것을 확인한 은천이 그대로 주저앉아 땅을 치고 통곡했다.

"아이고, 할머니! 내가 여기서 가지도 못하고 있었어. 할머니 만날 날만 기다리다 흙이 되고 물이 되고 있었어. 동방지신 서방지신 남방지신 북방지신 중원지신 어린년 불쌍하다 썩어질까 지켜주고 물 따라 흘러갈까 굽이 물길 틀어주네."

은천이 통곡하다 말고 효빈이 가리킨 돌을 힘겹게 밀었다. 규영은 은천을 도와 돌을 옆으로 치웠다. 그러자 은천은 옆에 있던 나뭇가지를 집어 돌이 있던 자리를 정신 나간 사람처럼 후벼 팠다. 그러나 마른 나뭇가지는 힘없이 부러졌다. 은천은 경문을 외며 다른 나뭇가지를 찾아 또 그 자리를 후볐다.

"누구 땅 팔 만한 물건 가지신 분 없습니까?"

규영이 사람들을 둘러보며 소리쳤다.

"여기요. 호미가 있긴 한데 이거라도 드릴까요?"

경욱이 등에 메고 있던 가방에서 오늘 사 온 깨끗한 호미 두 개를 꺼내 건네주었다. 규영이 미리 알기라도 한 것처럼 제 가방에서 도구를 꺼내면 사람들이 이상하게 생각할까 봐 미리 짜놓은 각본이었다. 규영이 경욱에게 감사하다고 인사했다. 마치 오늘 처음 본 사람처럼. 은천과 규영이 호미를 하나씩 들고 땅을 팠다. 한 뼘 정도 깊이로 파내자 은천이 그만하라고 소리쳤다. 규영이 영문을 몰라 하며 손을 멈추자 은천은 호미를 내던지고 맨손으로 흙을 긁어냈다. 은천의 손에 자연의 것이 아닌 게 만져졌다.

"나 여깄소, 나 여깄소!"

은천이 울부짖으며 흙을 퍼냈다. 그 자리에 가방의 일부가 보이자 규영이 다시 호미로 흙을 살살 걷어냈다. 가방이 다치지 않게 조심하면서 몇 번을 걷어내니 가방의 윗부분이 거의 드러났다. 사람들은 은천과 규영의 주위로 가까이 모여들어 구경하기에 여념이 없었다. 권기택은 슬금슬금 뒷걸음질 치다가 아무도 뒤쪽에 신경 쓰지 않는다는 것을 확인하고는 급하게 산을 내려갔다. 그가 눈치채지 못하게 거리를 두고 경욱이 따라갔다.

시체가 발견됐다는 소문은 삽시간에 퍼져 이 동네뿐만 아니라 다른 동네에서도 사람들이 모여들었다. 엄청난 사건의 목격자가 된 사실을 자랑하고픈 사람들이 열심히 지인들에게 문자를 쳐댄 결과였다. 규영은 경찰 신분증을 보여주며 사람들이 가까이 접근하지 못하도록 막았다. 사람들은 궁금해 죽겠다는 표정을 지으면서도 규영의 말을 잘 따랐다. 규영의 신고를 받고 그곳 관할서 경찰들이 달려와 현장 조사를 시작했다. 권기택은 안재익을 데리고 와 사람들 틈에 섞여 평생 한 번 볼까 말까 한 신기한 구경을 하는 척 상황을 주시했다. 경찰의 현장 조사 작업이 오랫동안 지루하게 이어지고, 폴리스 라인 때문에 가까이 가서 볼 수도 없자 사람들은 이야깃거리를 안고 하나둘 산을 내려갔다. 권기택과 안재익도 사람들을 따라 산을 내려왔다. 그들은 상황을 계속 지켜보고 싶었지만, 경찰 눈에 띄지 않으려면 다른 사람들과 똑같이 행동하는 게 상책이었다.

산 아래에서 벌어졌던 굿판은 정리가 거의 다 되고 마지막 짐들이 차에 실리는 중이었다. 차에 장구를 실으려던 명광이 산에서 내려오는 권기택과 안재익을 발견했다.

"거기 파란 잠바 입은 놈 이리 오너라."

권기택과 안재익은 무심코 명광 쪽을 돌아보았다.

"네 이놈들 무슨 짓을 했기에 신령님이 대노하시어 너희들을 잡아 세우느냐?"

명광의 일갈에 둘은 잠깐 움찔했지만, 이내 정신을 차리고 권기택이 성질을 부렸다.

"뭐야, 당신? 뭔데 반말 짓거리로 사람을 오라 가라야?"

권기택이 명광의 멱살을 쥐려 하자 안재익이 얼른 말렸다.

"경찰들이 쫙 깔렸는데 무슨 짓이야? 무시하고 그냥 가자."

권기택은 못 이기는 척 안재익에게 이끌려 가던 길을 가려 했다.

"너 이놈, 이번이 처음이 아니구나?"

명광의 말을 들은 둘은 우뚝 서서 놀란 얼굴로 돌아보았다.

"네 발자국에 피가 찍히고, 네 어깨 위에서 원귀가 춤을 춘다."

권기택은 무슨 헛소리냐며 명광에게 달려들었다. 안재익이 뒤에서 얼른 그의 허리춤을 끌어안아 당겼다.

"너 요즘 머리 아프지?"

권기택의 서슬에도 명광은 눈 하나 깜빡이지 않고 물었다.

"머리 안 아프다, 이 가짜 박수 새끼야!"

권기택이 소리 질렀다.

"어허! 어린 년이 네놈 뒤통수를 잡아 뜯고 있는데 머리가 안 아파? 넌 정말 대단히 무딘 놈이로구나. 지금은 머리가 안 아파도 이제 슬슬 아파올 것이다. 곧 병난(病難)부터 시작해서 화난(火難), 수난(水難), 인난(人難)이 닥칠 것이다."

'어린 년이 내 뒤통수를?'

권기택은 심장에 찬물을 얻어맞은 것처럼 놀랐다. 효빈의 뒤통수를 망치로 내리쳤던 기억이 뇌를 강타했다. 조금 전에는 박수가 처음이 아니라고 했다. 처음에는 염산으로 어설프게 죽이려다가 살아나는 바람에 경찰에 잡혔다. 그래서 이번에는 확실히 하려고 망치로 때리고 가방에 넣어서 묻어버렸다. 그걸 이 박수가 다 알고 있는 것 같았다. 권기택이 넋 나간 얼굴로 명광을 바라봤다. 명광이 작은 종이를 내밀었다.

"모든 살(煞)은 막을 방법이 다 있는 법이야. 우리 신령님이 너를 버리진 않으셨구나. 인력으로 안 되는 일이 생기거든 연락하거라."

권기택은 명광이 내민 종이를 받아서 확인했다. '명광도사'라고 찍힌 명함이었다.

권기택과 안재익이 명광과 이야기를 나누고 헤어지는 것까지 확인한 명과 주하는 얼른 허리를 숙이고 몸을 시트에 밀착시켰다. 권기택과 안재익이 차를 향해 걸어오고 있었다. 그들은 명광의 명함을 보며 명광이 했던 의미심장한 이야기를 곱씹느라 자신들이 지나치고 있는 옆 차에 관심도 없었다. 그들이 차를 지나쳐 한참 걸어가자 명과 주하가 허리를 폈다. 사이드미러 너머로 멀어지는 두 남자가 보였다.

"우리도 가자. 오늘 배우들 연기가 참 좋았어."

명이 만면에 웃음을 머금고 말했다.

"이 영화 흥행, 성공하게 생겼죠?"

주하도 미소를 띠고 시동을 걸었다.

"응. 저놈들 얼굴 잘 찍혔겠지?"

명의 물음에 주하가 블랙박스를 확인하고 대답했다.

"카메라 좋고, 각도도 아주 좋아요."

*

주하가 테이블에 차를 내려놓자 명광이 물었다.

"이건 무슨 차냐? 커피나 줄 줄 알았더니 아니네?"

"근육을 이완시켜서 숙면을 도와주는 허브차예요. 이 밤에 커피는 아니잖아요. 하루 종일 고생하셨는데 편히 주무셔야죠."

"으음, 그래? 잘 잔다고?"

명광은 차향을 맡더니 뜨거운 차를 조심스레 호록거렸다.

"향이 달콤하네. 사과 향 같기도 하고……."

옆에서 은천이 말했다.

"설상화 만신님은?"

명이 물었다.

"가셨어. 연세가 있으시잖아. 얼른 눕고 싶다고 우리보고 알아서 설명해주래."

"효빈이는?"

시신을 꺼낸 후 명당으로 돌아올 줄 알았던 효빈이 보이지 않자 명이 또 물었다.

"그 아이는 제 몸 따라갔어."

은천이 대답했다.

"내가 가지 말라고, 부검하면 네 마음만 더 상할 거라고 했는데도 기어코 따라갔어. 그나저나 그 막순이라는 여자는 권 머시기 옆에 꼭 붙어 있더라?"

"응. 내가 언니한테 권기택 감시하라고 했거든. 도망 못 가게."

명의 말을 들은 명광이 입꼬리를 올리고 씩 웃었다.

"그 막순 씨가 먹잇감을 우리 집으로 몰아올 거구나?"

명도 웃는 얼굴로 대답했다.

"응. 오빠 돈이나 두둑이 뜯어내셔."

*

권기택은 오늘도 안재익의 집에 궁둥이를 붙이고 나갈 생각을 안 했다. 효빈의 시체가 발견되고 경찰이 동네를 들쑤시고 다니면서부터 맨날 안재익의 집에 와서 대책을 세우자고 삐대고 있었다. 안재익은 그런 권기택에게 늘 퉁퉁거리며 쏘아붙였다. 대책은 무슨 대책? 네가 안 들킬 자신 있으니 재미 좀 보자고 해서 한 거고, 후환을 없애자며 망치를 휘두른 건 너고, 땅을 판 것도 넌데, 나는 그저 네가 하자는 대로 따랐고, 시체를 담아야 한대서 가방을 줬고, 시체를 옮겨야 한대서 차를 댔을 뿐인데, 나랑 네가 죄가 같냐고 소리를 지르고 싶었다. 속으로는 그 당시 상황을 조목조목 따져가며 누구 죄가 더 큰지 따지고 싶었으나 결국은 둘 다 범인이었다. 너 때문에 이 사달이 났다고 멱살 잡고 주먹질이라도 하고 싶었지만 그러다 죽임을 당할까 두렵기도 했다. 권기택이 효빈을 죽이는 모습을 눈앞에서 본 안재익이었다. 이놈은 여차하면 나도 죽일 놈이다.

권기택을 경찰에게 미끼로 던져주고 혼자 도망가자니 경찰에 잡힌 권기택이 자신에게 모든 죄를 다 뒤집어씌울 게 겁이 났다. 함께 도망가자니 쥐뿔도 없는 권기택에게 들어갈 비용까지 제가 다 댈 게 뻔해서 아까웠다. 게다가 둘이 함께 움직이면 경찰에게 발각되기도 쉬울 것 같았다. 그렇다고 권기택을 조용히 묻고 혼자 도망간다? 어림없는 소리다. 안재익은 사람은커녕 닭도 못 잡는 사람이었다. 이러지도 저러지도 못하고 빠져나갈 구멍을 찾느라 머릿속이 어지러운데 권기택까지 매일 찾아와 신경 거슬리게 만들었다. 그러니 안재익 입에서 무슨 말이든 부드럽게 나갈 리가 없었다. 안재익이 아무리 싫은 소리를 해도 권기택은 빠져나갈 대책을 세워야 한다며 꿈쩍도 안 했다.

"형! 우리 도망갑시다."

권기택이 말했다.

"도망가면 안 잡힐 자신은 있고?"

안재익이 콧방귀를 뀌었다.

"경찰이라는 놈들은 우리가 전혀 생각지 못한 곳에서 증거를 찾아낼 거요. 내가 당해봐서 알아. 어차피 체포 영장 들고 우리를 찾아올 거란 말이오. 그놈들이 오기 전에 우리가 먼저 뜹시다. 오늘 밤에라도. 도 경계선 넘어가면 날 내려주소. 그때부턴 각자 알아서 살길 찾읍시다. 따로 움직이는 게 잡힐 확률이 낮아요. 다만, 안 잡히고 잘 숨어 다니려면 나도 돈이 넉넉히 있어야지."

권기택은 마치 안재익의 머릿속을 읽은 것처럼 말했다. 권기택은 안재익에게서 뜯어낸 돈으로 가짜 신분증을 만들고, 여차하면 해외로 뜰 생각이었다.

"돈을 달라고?"

권기택의 말에 수긍이 가긴 했지만 돈 이야기에선 안재익의 기분이 상했다.

"돈이 있어야 잘 숨어 다닐 것 아니오? 내가 빨리 잡히면 형이라고 무사할 것 같아요?"

"너 지금 나 협박하냐?"

"협박이라니, 둘 다 살아보자는 거지."

어렸을 때부터 이랬던 것 같다. 안재익은 돈 많은 집 아들로 못된 놈들 사이에선 왕초 노릇을 했고, 권기택은 똑같이 못된 놈이었지만 나이가 어리고 없는 집 아들이라서 부하 노릇을 했다. 아둔했던 안재익은 늘 참신한 생각을 하는 권기택의 말을 잘 들어주었다. 권기택이 하자는 대로 하면 큰 즐거움을 얻고 잘 빠져나갔다. 딱 한 번, 크게 사고를 치고 잘 빠져나가지 못한 적이 있었는데, 그땐 안재익의 아버지가 돈으로 뒷수습을 했다. 그때를 제외하고는 대체로 권기택의 계획이 마무리까지 잘 이루어지는 편이었다. 그래서 안재익은 늘 권기택을 아끼는 동생으로 옆에 두었다.

안재익은 아버지의 돈지랄을 통해 돈의 위력을 깨달았다. 그는 열심히 돈을 모았다. 한 번 손에 들어온 돈은 절대 놓치지 않았다. 세월 따라 각자 갈 길로 헤어졌던 안재익과 권기택은 수십 년이 지나 권기택이 안재익을 찾아 이 동네로 오면서 다시 만났다. 어렸을 때처럼 안재익은 권기택의 나쁜 짓을 거들었고 사건은 지금 이 지경까지 오게 되었다. 안재익은 어렸을 때처럼 권기택이 사고 수습을 제 돈으로 해결해보려는 것 같아 부아가 났다. 한편으로는 권기택의 말대로 하면 어찌어찌 경찰의 손을 피해 살아갈 수 있을 것 같기도 했다. 예나 지금이나 겉으로는 권기택이 안재익의 부하였지만, 진실은 안재익이 권기택의 호구였다. 그 사실을 안재익만 모르고 살았다.

그날 밤, 권기택과 안재익은 안재익의 차로 동네를 빠져나왔다. CCTV가 없는 시골길과 농로로만 다녔다. 이대로 도 경계선을 넘을 작정이었다. 곧게 뻗은 농로를 달리고 있는데 저 앞에 한복 입은 여자의 뒷모습이 보였다. 여자는 좁은 농로 한가운데로 걸어가고 있었다. 안재익은 속도를 줄이고 경적을 울려 비키라고 했다. 여자는 경적을 전혀 못 들은 것처럼 계속 걷기만 했다. 안재익은 차를 세우고 차창을 열어 소리 질렀다.

"아줌마, 비켜! 죽으려고 작정했어?"

한복 입은 여자가 뒤로 돌아 잔뜩 화가 난 표정을 지었다. 표정과 입 모양과 손짓은 분명 화가 많이 난 듯했지만 입에선 아무 소리도 나지 않았다. 권기택은 검지를 귀 옆에서 돌리며 정신병자인 것 같다고 했다. 안재익은 신경질적으로 경적을 울려대며 비키라고 욕했다.

"이게 누구 보고 아줌마래? 내가 아줌마로 보여, 이 새끼야?"

아줌마라는 말에 화가 치솟은 막순은 바닥에 있던 조약돌을 주워 던졌다. 돌은 차 앞 유리를 맞고 튕겨 나갔다.

"저년이 미쳤나, 진짜!"

안재익이 밖으로 나가려고 문을 열자 권기택이 말렸다.

"어차피 정신 나간 년이야. 그냥 밀고 가요. 보는 사람 아무도 없고, CCTV도 없어요. 저년 죽으면 오히려 가족들이 고마워할걸?"

안재익은 사지 멀쩡한 사람을 차로 밀어버린다는 게 영 찝찝했다. 그러나 여기서 실랑이할 시간이 없었다. 한시라도 빨리, 조금이라도 멀리 도망치는 게 더 급했다. 칼로 찌르는 게 아니라 차로 받아버리는 거다. 할 수 있을 것 같았다.

"에잇!"

안재익이 큰맘 먹고 가속 페달을 냅다 밟았다. 차는 막순을 통과해 지나갔지만, 너무 순식간의 일이라 두 사람은 여자가 차 밑으로 빨려 들어갔다고 생각했다. 길 한가운데에 쓰러진 여자를 확인하기 위해 권기택이 뒤를 돌아보았다.

"아악!"

뒤로 고개를 돌리자마자 권기택이 비명을 질렀다. 그 소리에 핸들을 잡은 안재익이 깜짝 놀라는 바람에 차가 흔들렸다.

"왜 그래? 무슨 일이야?"

안재익은 룸미러로 뒤를 확인하다 너무 놀라 핸들을 꺾었다. 다행히 차가 논으로 굴러떨어지기 전에 급제동에 성공했다. 두 사람의 몸이 심하게 앞뒤로 흔들렸다. 흔들림이 멈추자 두 사람은 반사적으로 뒤로 고개를 돌렸다.

"그 여자 어디 갔어?"

분명 아까는 뒷좌석에 여자가 앉아 있었다. 그런데 지금은 아무도 없다. 온몸의 털이 곤두섰다. 둘이 같이 헛것을 봤을 리가 없었다. 다시 똑바로 앉은 그들은 앞을 보고 동시에 비명을 질렀다. 막순이 차 앞을 가로막고 서 있었다. 안재익이 후진 기어를 넣고 가속 페달을 밟은 뒤, 뒤를 돌아보고 달리면서 물었다.

"아직도 그 여자 앞에 있냐?"

"우릴 쫓아오고 있어! 빨리 차 돌려요, 저 여자 엄청 빨라!"

"이 좁은 길에서 어떻게 차를 돌려?"

안재익은 최대한 빨리 후진해서 농로를 빠져나왔다. 그러고는 차를 돌려 오던 길을 다시 거슬러 달렸다. 앞만 보고 달리는 안재익에게 권기택이 뒤를 돌아보고 상황을 알려주었다.

"저 여자 계속 따라와요! 근데, 날아와!"

"뭐?"

안재익이 저도 모르게 뒤를 돌아보자 권기택이 소리 질렀다.

"아, 씨! 앞에 봐요! 운전하는 사람이……."

안재익은 얼른 고개를 다시 앞으로 돌렸다.

"날아와? 그게 뭔 개소리야?"

"날아온다고, 날아온단 말이야! 씨발! 사람이 아닌 거 같아. 귀신인가 봐!"

권기택이 소리를 질러댔다. 두 사람은 제정신이 아니었다. 어떻게 운전했는지, 신호등을 제대로 봤는지도 모르게 달려서 안재익의 집으로 돌아왔다.

막순은 혼비백산해서 집 안으로 뛰어 들어가는 두 사람을 보자 장난기가 돌았다. 현관문을 통과해 들어가서 무슨 장난을 쳐 줄까 궁리했다. 안재익이 막순을 막기 위해 안전 고리까지 걸어 놓은 현관문이었다. 막순은 우선 현관의 신발장에서 신발들을 모조리 바닥으로 떨어뜨렸다. 신발 소리에 놀라 방에서 뛰어나온 권기택과 안재익이 동시에 비명을 지르고 안방으로 다시 뛰어 들어갔다. 막순은 이번에는 부엌으로 가 냉장고 안의 음식들을 몽땅 쏟았다. 방 안에서 방문을 꼭 잡고 있던 두 사람은 부엌에서 요란한 소리가 들려도 나갈 엄두를 내지 못했다. 막순은 온 집안을 휘젓고 다니며 난장판을 만들었다. 동이 틀 무렵이 되자 막순은 명당으로 돌아갔다. 권기택과 안재익을 놀려주는 재미에 영력이 다한 줄도 몰랐다. 어서 명당으로 돌아가 영력을 회복해야 했다.

*

"인력으로 어찌할 수 없는 일을 겪었구나. 네 놈들은 그런 일을 당해도 싼 놈들이다. 그러니 계속 당하고 있을 수밖에 없겠구나."

명광이 일부러 앙칼진 목소리로 말했다.

"인력으로 어찌할 수 없는 일이 생기면 오라고 하지 않았습니까? 신령님이 우릴 버리지 않았다면서요? 밤새 귀신 때문에 아주 혼났습니다. 제발 도와주십시오. 귀신 좀 쫓아주십시오."

권기택과 안재익은 손이 발이 되도록 빌었다.

"그러게 왜 죄를 지었느냐? 뉘우치지 않는 놈은 신령님도 안 도와주신다."

명광은 쉽게 도와줄 생각이 없어 보였다.

"뉘우칩니다. 우리의 죄를 깊이 반성합니다. 그러니 제발 도와주십시오."

안재익이 애원하자 눈치 빠른 권기택이 안재익의 옆구리를 찔렀다.

"저희가 맨입으로 뉘우친다고 죄가 뉘우쳐지겠습니까?"

권기택이 말하자 그제야 알아차린 안재익이 안주머니에서 두툼한 봉투를 내밀었다.

"제가 정성껏 준비했습니다. 그러니 신령님한테 제발 저희 좀 도와주십사 잘 말씀드려주십시오."

명광이 봉투를 힐끗 보더니 서랍에서 노란 봉투를 꺼내 두 사람에게 주었다. 안재익이 봉투 안을 열어보고는 물었다.
"웬 부적입니까?"
"마귀를 막아 주는 부적이니라. 너희의 정성을 보니 죄를 깊이 반성하고 있구나. 그 부적들을 집안의 모든 문과 창문에 하나씩 붙이거라. 그러면 마귀가 집 안으로 들어오지 못할 것이다."
"그러면 집 안에만 있으면 그 마귀가 우리를 괴롭히지 못합니까?"
"절대 나가지 말거라. 집 안에만 있어야 한다."
권기택과 안재익은 부적을 받아 들고 물러났다. 창문을 통해 두 사람이 차를 타고 떠나는 것을 확인한 명광은 명당으로 뛰어갔다.
"명아! 왔어, 왔어."
"뭐가 와?"
"오셨습니까, 형님?"
명당 안으로 뛰어 들어오는 명광을 보고 명과 주하가 동시에 소리쳤다.
"도사님이라고 부르라니까, 법사님이나……. 이 자식은 맨날 형님이래. 내가 조폭이냐?"
"형님이 더 친근하잖아요. 커피 드릴까요?"
명광은 주하에게 대충 그러라고 손짓하고 명에게 다가갔다.
"권기택이랑 안재익이 와서 부적 받아 갔어. 네 말대로 문마다 부적 붙이고 집 안에만 있으면 절대 귀신이 못 괴롭힌다고 했어."
명광의 말에 명이 활짝 웃었다.

"오케이! 막순 언니가 마당에서 배회하는 모습만 보여주면 집 안에서 한 발짝도 안 나오겠군."

주하가 명광 앞에 커피를 내려놓고 옆에 앉았다.

"부적값은 많이 받으셨어요?"

명광은 부적값으로 받은 돈 봉투를 테이블에 올려놨다.

"이거 그놈들이 부적값이라고 준 건데, 어차피 가짜 부적이라 이 돈 받으면 신령님이 노하셔서 내가 벌전 받아. 급살 맞을지도 몰라. 처음부터 효빈이 할머니 드리려고 생각했어. 네가 알아서 구실 붙여서 할머니 드려. 그놈들은 내가 집 밖에 절대 나가지 말라고 아주 신신당부를 했으니까, 경찰이 수사하는 동안 집 안에 얌전히 있을 거야."

명광의 말을 들은 주하가 환하게 웃으며 양 엄지를 척 올려 보였다. 명광은 의기양양하게 어깨를 펴고 웃어 보였다. 명은 명광이 준 봉투 안을 들여다보더니 의외라는 투로 말했다.

"부적값은 싸게 받았네? 백만 원!"

"뭐? 5백이 아니야?"

명광이 명의 손에서 봉투를 낚아채 돈을 꺼내 보고는 분한 얼굴이 되었다.

"이 쪼잔한 새끼들. 만 원짜리를……."

*

권기택과 안재익은 명광의 말대로 부적을 안재익 집의 문과 창문에 하나씩 붙였다. 그날 밤, 집 안에 있던 두 사람은 마당을 배회하는 막순을 발견했다. 막순은 그들과 눈이 마주치자 창으로 갑자기 날아와 두 사람이 엉덩방아를 찧게 만들었다. 막순은 명의 당부대로 집 안으로 들어가지는 않고 밖에서 겁만 주었다. 권기택과 안재익은 부적이 정말 마귀를 막아준다고 철석같이 믿게 되었다.

다음 날, 해가 중천에 뜨자 권기택은 제 집으로 돌아갔다. 낮에는 귀신이든 마귀든 나오지 못한다고 믿었기 때문이었다. 막순에게 호되게 당한 다음 날 아침, 막순이 영력이 다해 돌아간 것을 해가 떠서 돌아간 것이라고 착각했다.

이제 도망칠 대책 따윈 소용없게 되었으니, 권기택이 할 일은 경찰에 잡혔을 때 모든 죄를 안재익에게 뒤집어씌우고 자신은 옆에서 거들었을 뿐이라고 우길 만한 증거를 만드는 일이었다. 효빈을 넣었던 가방은 안재익이 아이들 어렸을 때 캠핑 다니면서 사용했던 낡고 커다란 천 가방이었다. 효빈을 운반한 차도 안재익의 픽업 트럭이었다. 효빈을 묻은 후에 혈흔을 없앤다고 락스까지 써가며 박박 닦은 게 후회되었다. 문득 권기택은 핸드폰을 켜고 락스로 혈흔을 지우면 검출할 방법이 없는지 찾아봤다. 락스로 지워도 검출할 수 있단다. 권기택은 입꼬리를 올렸다. 평소엔 차가 없는 게 그렇게 불편했는데, 지금은 차가 없어서 다행이었다. 차가 있었더라면 효빈의 시신을 자신의 차로 옮겼을지도 몰랐다.

이제 망치만 치우면 된다. 망치를 내가 어디다 뒀더라? 망치는 권기택의 것이었다. 재미를 보고 효빈을 죽일 계획으로 미리 준비해간 것이었다. 망치만 찾아서 안재익의 집 창고에 가져다놓으면 되었다. 그런데 아무리 찾아도 망치가 보이지 않았다. 분명히 그날 집으로 가져왔는데……. 해가 저물고 있었다. 마음이 급해진 권기택은 온 집안을 다 뒤집어엎었다. 그래도 망치는 보이지 않았고 해가 꼴딱 넘어가버렸다.

권기택은 자정이 되려면 멀었으니 좀 더 찾아봐도 되려니 생각했다. 귀신은 밤 12시가 되어야 나오는 줄 알고 있었다. 그런 권기택의 기대와 달리 막순은 그의 마당 구석에서 권기택을 노려보고 있었다. 그 모습을 보고 심장이 내려앉을 뻔한 권기택은 안재익의 집으로 냅다 달렸다. 망치는 내일 다시 찾아야겠다.

*

사건을 수사 중인 관할서에서 한진우라는 형사가 사건을 처음 신고한 규영을 찾아왔다. 사체 발견 당시, 관할구역도 아니고 집에서도 거리가 먼 그 동네에 있었던 이유를 물었다.

"제가 원래 오컬트에 관심이 많거든요. 초자연 현상이나 외계인 같은 거요. 우리 사무실 사람들은 다 알아요. 근데 거기서 굿을 한다는 거예요. 아직 굿을 한 번도 본 적이 없어서 일부러 구경하러 갔죠. 연가까지 내고요."

진우는 이상하다고 생각했다. 굿을 구경하러 연가를 냈다고? 여긴 사건이 그렇게 없나? 그는 규영에게 혼자 갔냐고 물었다.

"아뇨, 형사는 둘이 하나죠. 제 파트너랑 같이 갔습니다. 평소에 제가 오컬트에 빠져 있는 걸 너무 못마땅하게 생각하셔서요. 일부러 같이 가자고 졸랐습니다. 초자연이 얼마나 흥미로운 건지 보시라고요."

규영은 해맑게 웃으며 대답했다. 진우는 굿을 구경하기 위해 형사가 두 명이나 연가를 냈다는 말에 기가 찼다. 여긴 정말 사건이 없나? 왜 이렇게 한가해? 진우는 경욱을 불러 혹시 특이한 점을 발견한 건 없었냐고 물었다.

"가장 특이한 점은 역시 무당이 신들려서 사체를 찾은 거죠. 그거 보고는 기절할 뻔했습니다. 수사할 때 무당을 데리고 다녀야겠다는 생각까지 했었다니까요."

실없는 농담을 진지하게 하는 경욱 때문에 진우는 이걸 농담으로 받아쳐야 할지, 정색하고 그러지 마시라고 해야 할지 잠시 망설이다 다음 질문으로 넘어갔다.

"그거 말고, 구경꾼 중에는 특이한 행동을 하는 사람을 못 보셨습니까?"

범인은 범행 장소에 나타난다는 말이 있다. 그 말이 꼭 맞지는 않지만 범행 장소에 모습을 드러내는 경우는 꽤 많았다. 질문받는 경욱이 일반인이었더라도 진우는 같은 질문을 했을 것이다.

"글쎄요……. 다들 핸드폰 들고 사진 찍느라 바빴는데……. 좀 다른 행동을 한 사람이라고는 파란 잠바 입은 남자가 있었어요."

진우가 눈을 반짝였다.

"어두운 파란색에 왼쪽 가슴에 동그란 마크가 있는 바람막이 잠바였어요. 그 남자가 구경하다 말고 산을 내려가더라고요. 혼자만 산을 내려가서 눈에 띄었습니다. 그러더니 한참 있다가 다른 남자를 데리고 왔어요. 둘 다 50대로 보였고요. 그 두 사람은 핸드폰을 꺼내지 않았습니다. 둘이서 뭔가 열심히 이야기했는데, 자기네들끼리만 들리게 속닥거려서 무슨 말인지는 알 수 없었어요."

진우는 거기까지만 듣고 돌아갔다. 경욱과 규영은 더 많은 것을 알려주고 싶었지만, 그것을 알아낸 경로가 원혼이 된 효빈이라는 말까지 할 수는 없는 노릇이었다.

"더 물어보면 알려줄 수 있는데……."

규영이 안타까운 마음에 중얼거렸다.

"저 친구 지금 압박이 심할 거야. 사람들이 그날 사진이랑 동영상 찍어서 인터넷에 뿌렸잖아. 그 덕분에 방송국마다 뉴스에서 크게 떠들고, 요즘 그 동네는 개인 방송하는 사람들이 진을 치고 있다더라."

경욱의 말마따나 효빈의 사건 때문에 전국이 시끌시끌했다. 방송에서는 시신의 DNA 감식 결과 그 마을에서 실종된 여학생이라는 보도까지 나왔다. 방송 크리에이터들은 마을을 돌아다니면서 아무나 붙잡고 효빈에 대해 물어봤다. 어떤 무당 크리에이터는 효빈과 접신해 범인을 잡겠다고 카메라를 들고 시신 발견 장소 근처에서 밤을 새기도 했다.

시끄럽기는 사주 골목도 마찬가지였다. 접신한 척 효빈의 시신을 찾은 은천의 천신궁 앞에는 용한 무당의 공수를 받겠다고 전국에서 모인 사람들이 장사진을 이뤘다. 은천은 처음에는 고객이 많아져 좋아했지만, 너무 많은 사람들이 몰리고 자기가 먼저 왔다고 자리 싸움까지 나는 통에 신당이 엉망이 되는 사태까지 벌어지자 결국 계룡산에 기도하러 간다고 써 붙이고는 사람들이 없는 틈을 타 야반도주하듯 피신했다.

은천이 사라지자 사람들은 꿩 대신 닭이라며 굿판에 있었던 설상화와 명광의 신당으로 몰려갔다. 명은 창문을 통해 그 모습을 보고 키득거렸다. 주하는 혹시라도 누군가 명당으로 들어올까 봐 미리 문에 '출장 중'이라고 써 붙여놓았다.

*

효빈의 사체를 부검한 결과 성폭행의 흔적이 있고, 범인 것으로 추정되는 DNA가 검출되었다. 검시관은 두개골이 함몰된 모양으로 보아 8각형 망치로 가격했을 가능성이 높다고 했다. 검출된 DNA는 두 사람의 것이었다. 하나는 범죄자 데이터베이스에 있는 것과 일치했다. 경찰은 DNA의 주인을 찾아 권기택의 집으로 출동했고, 온 집 안을 뒤집으며 망치를 찾고 있던 권기택을 체포했다. 권기택의 집을 수색하던 경찰은 권기택이 그렇게 열심히 찾았지만 못 찾았던 8각 망치를 신발장에서 쉽게 찾았다. 그의 옷장에서는 경욱이 말한 파란 바람막이 잠바가 나왔다.

경찰이 권기택을 데리고 돌아간 후, 1.5킬로그램이나 되는 망치를 옮기느라 영력을 소진한 막순은 긴 한숨을 푸욱 내쉬었다.

'저놈의 망치 더럽게 무겁네!'

권기택을 체포한 다음 날, 진우는 경욱에게 전화해 파란 바람막이 남자와 함께 있던 남자의 인상착의를 물었다. 경욱은 생각나는 대로 대충 말하고 끊었다. 그러고는 명에게서 받아두었던 두 사람의 영상을 보내주었다. 영상은 굿판이 벌어지던 날 명의 차 블랙박스에 찍힌 것이었다. 경욱은 진우에게 혹시나 하고 뒤졌더니 다행히 블랙박스에 찍힌 게 있더라고 둘러댔다.

영상을 받은 관할서에서는 안재익을 만나 DNA를 채취했다. 당연하게도 안재익의 DNA는 효빈에게서 검출된 DNA 중 하나와 일치했다. 결국 안재익 역시 집 안에 있다가 체포되었다. 안재익의 픽업 트럭에서는 혈흔이 검출되었고, 혈흔은 효빈의 것으로 판명됐다. 이제 그들의 죄는 뉴스와 개인 방송을 통해 만천하에 드러났다.

*

명당이 문을 연 이래 처음으로 사람들이 북적였다. 신당 안에 있는 테이블 세 개를 모두 이어 붙여서 자리를 만들어놓고 배달음식을 잔뜩 차려놓았다. 효빈을 죽인 범인들을 검거하는 데 일조한 사람들이 모여 건배했다. 설상화는 먹기 전에 음식을 몇 덩어리 바닥에 던져 고수레를 하기도 했지만, 정작 귀신인 막순과 효빈은 바닥에 떨어진 음식을 거들떠보지도 않았다. 바닥에 떨어진 음식을 보는 주하만 안절부절못했다. 신당을 늘 깨끗이 유지해야 직성이 풀리는 그의 성격상 지금 당장 저것들을 치우고 싶었지만, 설상화 눈치가 보여 그러지 못하고 자꾸 눈길만 바닥으로 향했다. 속으로는 제발 누가 저걸 밟지 않기를 빌었다.

"이제 그 두 놈은 징역 오래 살겠죠?"

명이 경욱에게 물었다.

"살인입니다. 게다가 권기택은 비슷한 전과가 이미 있고요. 어느 변호사를 만나고 판검사를 만나느냐에 따라 다르겠지만 아마 길게 살 겁니다."

형사 생활 오래 한 경욱도 자세히 말해줄 수 없는 부분이었다. 판사마다 잣대도 다르고 판결은 고무줄이었다.

"장화, 홍련처럼 판사님 찾아가서 읍소해봐."

명이 옆에 앉아 있는 효빈에게 농담처럼 말했다. 명 옆에는 빈 의자와 효빈을 위한 음식들이 작은 접시 여러 개에 담겨 있었다. 경욱과 규영은 거기에 효빈이 있다는 말은 들었지만 눈에 보이지 않으니 계속 긴가민가하고 있는 중이었다.

"아이고! 그러다 효빈이가 사람 잡을라. 판사가 효빈이 보고 놀라서 판결도 못 하고 골로 가는 수가 있어."

명광이 말했다. 설상화와 은천도 고개를 끄덕이며 동의했다.

"제가 눈에 보이면 형사님들도 많이 놀라실까요?"

효빈이 문득 생각난 게 있어 물었다.

"절이라도 하고 싶은 게로구나?"

설상화가 효빈에게 인자하게 물었다.

"네. 명이 언니가 대신 전해줘도 되지만, 직접 인사드리고 싶어요. 너무너무 감사해서요."

무당들에게는 이미 찾아가서 감사의 인사를 했지만 형사들에게는 못 하고 있는 게 속상했다.

"형사님들! 효빈이가 두 분께 인사드리고 싶대요. 너무너무 감사드린다고요. 잠깐 모습을 보일 거니까 너무 놀라지 마세요. 그냥 평범한 중학생이라고 생각해주세요."

명은 형사들의 동의도 구하지 않고 불을 껐다. 창을 통해 들어오는 거리의 불빛만이 신당 안을 흐릿하게 비춰 주었다.

"어, 어! 아직 마음의 준비가……."

당황한 경욱이 미처 말을 마치기도 전에 효빈이 모습을 보였다. 희미한 효빈의 모습이 화질 낮은 동영상처럼 보였다. 경욱과 규영의 눈이 접시만해졌다. 비명이 나오려는 걸 가까스로 참고 있었다. 효빈은 자리에 서서 두 사람을 향해 깊이 허리를 숙여 인사했다. 입도 움직이는 것 같았으나 형사들에게는 아무 소리도 들리지 않았다. 소리를 들려주는 방법은 막순도 터득하지 못한 기술이었다.

"너무너무 감사한데 이걸 어떻게 갚아야 할지 모르겠대요."

명이 대신 효빈의 말을 전했다.

"아니, 뭐, 갚기는요. 이게 저희 일인데요. 이런 일 하라고 국민 세금으로 월급 받는 거 아니겠습니까?"

경욱은 당황한 와중에도 또박또박 대답한 반면, 규영은 태어나서 "우와! 이야!"라는 말만 배운 사람처럼 감탄사만 연발했다.

효빈의 인사가 끝나자 명이 다시 불을 환하게 켰다. 모습을 보이는 데도 많은 영력이 필요했다. 영력이 막순만큼 강하지 않은 효빈에게는 장시간 모습을 보이는 건 무리였다.

"자네들은 놀랍지 않은가 보군? 효빈이를 본 적 있나?"

경욱이 효빈의 모습을 보고도 놀라지 않고 있는 주하와 민에게 물었다.

"저희는 여기가 집인걸요."

민이 간단하게 대답했다. 경욱과 규영은 고개를 끄덕였다.

"앞으로 어떻게 하실 생각입니까? 앞으로도 효빈이처럼 깊은 한을 안고 죽은 귀신들이 찾아오지 않겠습니까?"

경욱이 묻자 은천도 물었다.

"한 맺힌 귀신들이 너한테 자꾸 찾아와? 한 풀어달라고?"

경욱은 은천의 말을 듣고 여기 있는 무당들이 명의 실체는 모른다는 것을 알아챘다.

"응, 우리 막순 언니가 정이 하도 많아서 그런 귀신들을 보면 그냥 지나치질 못하고 자꾸 데리고 오네."

'막순'이라는 이름을 듣자 경욱의 온몸이 굳었다. 예전에 자신에게 빙의했던 귀신 이름이었다. 이번 일에 막순의 공이 크다는 것을 알면서도 한 번 크게 당한 후유증인지 '막순'이라는 이름은 별로 듣고 싶지 않았다.

"그 막순이라는 분도 여기 있습니까?"

경욱이 묻자 막순이 명의 젓가락 하나를 들어 보였다. 예고 없는 귀신 쇼에 형사들은 "앗!" 하는 외마디 소리를 질러버렸다.

"처음부터 있었어요. 언니가 워낙 단것만 좋아하고 이런 음식을 안 먹어서 자리를 따로 주지 않은 것뿐이에요."

명이 말하며 막순의 손에서 젓가락을 빼앗아 내려놓았다.

"경찰에 맡겨."

갑자기 설상화가 명의 눈을 무섭게 노려보며 말했다. 설상화의 표정에 노한 신령의 얼굴이 어렸다. 명은 그 서슬에 저도 모르게 주눅이 들었다.

"저분 말씀이 맞습니다. 저희에게 맡겨주십시오. 이번 일처럼 해결하겠습니다."

"나도 도울 수 있는 데까지 도울 거야."

민이 경욱을 거들었다.

"그 인간이 경찰에 잡혀간 날 두 다리 쭉 뻗고 편하게 주무셨죠?"

주하가 말한 '그 인간', 권기택이 체포됐다는 소식을 들은 날 정말로 명은 꿈 한 번 꾸지 않고 잘 잤다.

"또 이런 한풀이할 일이 생기면 나한테도 얘기해. 우리 신령님들 이런 거 좋아하시잖아. 살펴주시고, 도와주시고, 복 주시는 거. 이번에 다들 봤지? 내가 그놈들 도망 못 가게 집 안에 꽁꽁 묶어놔서 쉽게 잡은 거 아니야."

명광은 명이 낸 아이디어를 제가 잘 살린 덕이라며 거들먹거렸다.

"나도 같이하자. 이번에 귀신 들린 척 연기하는데, 너무너무 좋았어. 이게 얼마만의 무대인지……. 사실 점사 보고 굿하는 것보다 연기가 더 좋아. 하지만 계속 연기만 할 수는 없으니까 가끔이라도 이런 기회가 생기면 좋겠어."

은천도 기대에 차서 말했다.

"이 사람들이 진짜……."

형사들이야 그렇다 치고, 무당들까지 나서서 범인 잡는 일을 하자고 들이대니 명은 당황스러웠다. 게다가 이들은 그걸 무슨 놀이쯤으로 생각하고 있는 것 같아 어이가 없었다.

"몰라, 몰라, 몰라! 나중에 또 한 맺힌 귀신이 오면 물어볼게."

"너는 그동안 귀신들 오면 어떻게 했는데?"

은천이 물었다.

"오랫동안 얘기 들어주고……."

명의 말은 여기서 멈출 수밖에 없었다. 나쁜 놈들을 죽여서 한을 풀어줬다고 할 수는 없었고, 갑자기 둘러댈 거짓말도 생각나지 않았다.

"얘기 들어주고, 맞장구 쳐주고, 같이 울어주고 그랬지? 네가 무슨 정신과 의사니? 사람도 심리 치료받는 데 몇 달, 몇 년이 걸려. 귀신도 마찬가지야. 꽉 막힌 속이 풀어지려면 매일 와서 죽치고 앉아서 자기 얘기 들어달라고 했을 텐데. 그게 보통 힘든 일이야? 이제부턴 그냥 경찰한테 맡겨. 경찰만 있어? 우리도 있잖아."

은천이 적극적으로 나서서 명을 설득했다. 여럿이 있는 곳에서는 말을 잘 안 하는 은천이 이렇게 길게 말하다니. 명은 이 언니가 얼마나 연극이 하고 싶었으면 이럴까 싶었다.

"알았어, 알았어. 내가 귀신이랑 잘 얘기해서 경찰에 맡기는

쪽으로 설득해볼게. 됐지?"

명을 제외한 모두가 환호성을 지르며 박수 쳤다.

퇴근 이후에 시작한 이들의 파티는 밤늦도록 이어졌다. 11시가 되자 형사들이 일어섰고 민이 이들을 배웅하러 나갔다. 대리기사를 기다리며 경욱이 물었다.

"자네는 왜 본청에서 근무하나? 나 같으면 가까운 경찰서에서 일하면서 동생을 돌봤을 거 같은데."

"출세하려고요."

경욱과 규영이 의아해하며 민을 쳐다봤다.

"출세하는 덴 본청 근무가 제일 아닌가요? 명이가 계속 위험한 일을 하니까, 나중에 무슨 일이라도 잘못되면 제가 힘이 있어야 도와줄 수 있겠다고 막연히 생각했어요."

"그러면 자네 동생이 앞으로 위험한 일을 안 한다면 근무지를 가까운 곳으로 옮길 생각도 있겠군?"

"뭐, 그럴 수도 있겠죠."

민은 혼잣말처럼 웅얼거렸다.

"그러면 우리 서로 오세요. 한솥밥 먹어요, 형님."

얼근하게 취한 규영이 헤벌쭉 웃으며 말했다. 민은 그저 웃었다. 그러는 사이 대리 기사가 왔다.

형사들을 보낸 후 민도 내일 일찍 출근해야 한다며 돌아갔다. 무당 삼인방은 집이 근처라 앉아서 한 시간 넘게 더 웃고 떠들다가 돌아갔다. 모두 돌아간 후, 얼근하게 취한 명과 주하는 자리에 널브러졌다. 둘 다 말없이 의자에서 쓰러질 것처럼 아슬아슬하게 한참을 있었다. 마침내 주하가 끄응 소리를 내며 일어나 수저를 챙기기 시작했다.

"내일 해. 너도 많이 마셨잖아."

명이 자세도 안 바꾸고 느릿느릿 말했다. 주하는 손에 집었던 수저만 씽크대에 집어넣고는 누나도 어서 가서 주무시라고 인사하고 힘들게 2층으로 올라갔다.

"너도 어서 올라가. 이러다가 바닥에 쓰러져서 자지 말고."

"그래요, 언니. 바닥에서 자면 입 돌아간대요."

막순과 효빈이 걱정하며 말했다. 명은 그제야 자세를 고쳐 앉더니 테이블 위에 있던 물을 벌컥벌컥 마셨다.

"으어어어, 시원하다!"

명이 턱에 흐르는 물을 손등으로 대충 닦고 효빈에게 물었다.

"너는 어떡할래? 이제 여기 올 일도 없고……."

"안 사장이랑 직원을 잡았으니까 이제 새로운 할 일이 생겼잖아요."

"할 일?"

"두고두고 괴롭혀야죠."

효빈은 생각만 해도 신이 나서 밝게 웃었다. 명과 막순도 웃음을 터뜨렸다.

"그러면 너희 할머니께 아침마다 너 좋아하는 음식 한 가지 올리고 기도하시라고 말씀을 드려야겠구나."

웃을 만큼 웃은 명이 말했다.

"우리 할머니가 왜 아침마다 저를 위해 기도하셔야 해요?"

"음……."

명은 어떻게 설명할까 생각하다가 손을 내젓고는 더 이상 버틸 힘이 없다며 터벅터벅 2층으로 올라갔다. 설명은 막순이 대신했다. 효빈은 제가 물건을 움직이거나 모습을 보이려면 영력이 필요하다는 건 알고 있었다. 그 영력은 살아 있는 사람의 치성으로부터 나왔다. 그동안은 명이 효빈을 위해 치성을 올렸지만, 이제 효빈의 한이 풀리면서 명은 의뢰자의 이번 프로젝트를 잘 끝냈다. 이제 더 이상 명은 효빈을 위해 치성을 올리는 일이 없을 것이다.

"제 한이 다 풀리지 않았을 수도 있잖아요."

명과의 인연이 끝이라는 생각에 마음이 상한 효빈이 투정을 부렸다.

"네 한은 다 풀렸어. 네 뒤통수가 그 증거야. 이제 네 뒤통수에선 피가 나지 않아. 아주 깨끗하고 예쁜 뒤통수가 됐어."

효빈이 제 뒤통수를 만져보았다. 정말 멀쩡했다. 그러나 효빈은 기쁘기는커녕 화만 났다. 명이 이제 저를 할머니에게 떠넘기는 것 같아 기분이 상했다가도 사실은 아니라는 걸 알기에 아쉬움만 커졌다. 효빈보다 영력이 수십 배는 강한 막순을 위해 치성을 올리는 일은 대단한 체력이 필요했다. 게다가 앞으로 올 다른 원혼을 위해서도 치성을 올려야 한다. 그게 막순과 주하가 늘 명의 건강과 숙면을 지켜주려고 애쓰는 큰 이유였다. 물론 앞으로 몇 차례 더 있을 명의 수술을 위해서도 명의 체력은 중요했다.

"저…… 그러면 만약에요. 제 영력이 다하면 저는 사라지는 거예요?"

효빈이 체력 약한 할머니의 건강을 염려해 물었다. 할머니는 명만큼 영력을 채워주지 못할 것이었다.

"귀신은 그렇게 쉽게 사라지지 않아. 누군가 기억해주는 사람이 있으면 영력이 없어도 넋은 남아 있어. 네가 날 처음 만났을 때처럼 평범한 귀신이 되는 거야. 하지만 세월이 많이 흘러서 너를 기억해주는 사람이 없어진다면 그땐 너의 넋도 사라지는 거지."

할머니가 돌아가시고 동생이 늙어 죽는 상상을 하니 효빈의 눈에서 눈물이 흘러내렸다. 막순이 웃으며 말했다.

"그건 아주아주 먼 훗날 얘기야. 언제가 될지도 모르는 미래를 걱정하며 우는 건 참 바보 같은 짓이야. 지금은 그 두 놈을 어떻게 괴롭힐지 궁리할 때지. 나도 권기택 그놈한테는 원한이 많아. 매일매일 조금씩 피를 말려주겠어."

효빈은 눈물을 닦으며 고개를 끄덕였다.

침대에 되는대로 몸을 던진 명은 자꾸만 감겨오는 눈꺼풀과 힘겨운 싸움을 하고 있었다. 자면 안 되는데, 화장 지워야 하는데, 그냥 자면 피부 상하는데……. 명은 느릿느릿 일어나 앉았다가 도로 픽 쓰러졌다. 더 이상 상할 피부가 어딨다고. 내 얼굴이 엉덩이고 허벅지지 얼굴인가, 뭐. 명의 눈에서 소리 없이 뜨거운 물이 나와 침대를 적셨다. 권기택을 죽여도, 권기택이 감옥에 가도 내 얼굴은 그대로다. 차라리 죽여버릴 걸 그랬나? 그랬으면 속이 좀 더 시원했을까? 아니면 몇 달간 악몽에 시달리며 잠을 설쳤을까? 어떤 것이 더 좋은 선택인지 명은 알 길이 없었다. 한 가지 확실한 건 권기택을 죽이지 않기로 결심한 날부터 명은 악몽에 시달리지 않았다. 그래, 이왕 살리기로 한 거, 살아 있는 동안 확실히 괴롭혀주자. 막순 언니더러 효빈이 많이 도와주라고 해야겠다.

권기택! 앞으로 살아가는 내내 죽고 싶을 만큼 괴로워봐라!

명은 젖은 눈으로 소리 없이 웃었다. 아까 명광이 술에 취해 신나게 떠들던 말이 떠올랐다.

"마(魔)라는 게 뭐냐? 사람을 괴롭히는 거거든. 사람을 괴롭히면 다 '마'야. 이제 명당에선 사람 괴롭히는 것들은 귀신이든 사람이든 다 잡을 거야. 그래서 여기가 퇴마 전문 신당인 거지."

그래, 여기가 바로 퇴마 전문 신당, 명당이야. 눈꺼풀이 무거웠다. 명의 눈꺼풀이 꿈뻑꿈뻑 점점 느리게 움직였다.

"다음엔 내가 무슨 역할 하면 돼?"

은천이 밝게 웃으며 물었다. 설상화가 혀를 끌끌 차며 굿이나 잘하라고 핀잔하고는 명을 돌아보고 말했다.

"화장 좀 그만해. 그 예쁜 얼굴에 무슨 화장을 그렇게 덕지덕지……."

명은 화장이라는 말에 제 손을 내려다봤다. 한 손에는 손거울이, 다른 손에는 아이섀도를 진하게 묻힌 브러시가 들려 있었다. 무심결에 브러시를 들고 눈에 바르려던 명은 거울에 비친 얼굴을 자세히 들여다보았다. 혈색 좋은 얼굴, 매끈한 피부에 속쌍꺼풀이 진 맑은 눈이 밝게 웃고 있었다. 명은 거울과 브러시를 내려놓고 명당 안을 둘러보았다. 뭐가 그렇게 즐거운지 모두 웃고 떠들며 먹었다. 주하가 주방에서 뜨거운 음식이 담긴 냄비를 들고 왔다. 민과 형사들이 얼른 식탁 위를 정리해 냄비 놓을 자리를 마련했다. 모두 숟가락을 들고 냄비 속 음식을 맛보았다. 규영이 맛있다며 명에게도 권했다. 경욱은 주하를 칭찬했다.

"요리 솜씨가 참 좋군! 다음에도 이거 또 만들어주게."

"얼마든지요."

주하가 자신있게 대답했다. 다음? 명은 다음엔 어떤 '마'를 잡게 될까 생각하며 주하의 음식을 먹었다. 절로 웃음이 나오는 맛이었다.

작가의 말

오늘도 어김없이 컴퓨터 앞에 앉아 하루 일과를 시작하기 전에 뉴스를 훑어보았다. 어제 있었던 크고 작은 사건, 사고와 며칠 전으로 거슬러 올라간 사건, 사고의 뒷이야기들(수사 상황이나 피해자, 유족들에 대한)이 포털사이트의 메인 화면을 채우고 있었다. 그런 기사들을 볼 때마다 분노가 일었다.

나의 분노는 가해자를 향한 게 아니다.

대한민국에는 하루에도 수십, 어쩌면 수백 건의 사건과 사고가 터진다. 내가 보는 포털사이트에 올라온 사건들은 빙산의 일각에 불과하다. 나와 같은 평범한 국민이—아마도 대부분의 대한민국 국민일 것 같다—범죄에 노출되었을 때 믿고 의지할 건 대한민국 법뿐이다. 그렇지만 매일 읽는 기사들은 나에게 법을 믿지 말라고 한다.

한 번의 범죄로 피해자는 육체와 정신에 깊은 상처가 남아 평생 고통받는 반면, 가해자는 법에 명시된 대로 죄과에 비해 가벼운 처벌을 받고, 어처구니없는 여러 감형 이유로 더 가벼워진 처벌을 받는 경우가 허다하다. 그러고는 지은 죄에 대한 대가를 충분히 치르고 나왔다며, 무해한 사람들 속에 섞인 채 이 사회에서 당당하게 잘 살고 있다는 사실이 끔찍하고 화가 난다.

오래전, 대한민국을 들썩이게 했던 유명한 사건이 있었다. 국민 모두 분노했고 범인에게 사형을 선고하라는 목소리가 여기저기서 터져 나왔다. 그러나 최종 선고는 12년. 그나마 사회적으로 큰 이슈가 되었기에 이례적으로 내려진 중형이었다. 이미 그는 수많은 전과가 있었고 반성 없이 뻔뻔하게 또 범죄를 저질렀음에도 말이다. 당시 법 구조는 그 이상의 큰 벌을 내릴 수가 없는 형태였다. 피해자의 아버지는 방송 인터뷰에서 범인이 1년만 살고 나왔으면 좋겠다고, 1년 후면 자신이 범인을 죽이러 갈 수 있을 것 같다고 말했다. 나는 오히려 그의 마음에 공감이 갔다. 그리고 법이 피해자를 보듬어주고 보호해주지 못하는 세상에서 피해자의 울분을 해소시켜줄 영웅이 있으면 좋겠다고 생각했다.

이 소설은 그렇게 탄생했다. 명은 내가 의도한 영웅이 되어 공적 처벌로는 확연히 부족한 부분을 '사적 복수'로 채우고 피해자의 한을 풀어준다. 내가 바란 것은 독자의 가슴을 뻥 뚫어줄 사이다 같은 결말이 아니다. 사적 복수에 의지해야만 통쾌해질 수 있는 현재의 '법'에 대한 문제를 제기하고, 논쟁을 통해 개선하는 것이다.

분통 터지는 사건들이 꾸준히 뉴스에 나오고 알려져서 국민이 분노하고, 그런 일들을 다룬 소설·드라마·영화가 계속해서 잘못된 법을 후벼 파내기를 바랐다. 그래야 법이 우리가 믿고 안심할 수 있게 발전하기 때문이다.

실제로 앞서 언급한 범죄는 법정 최고형이 12년이었지만, 이제는 수십 년으로 늘어났다. 여러 형태의 범죄에 대한 처벌 수위가 점점 높아지고, 국민들이 예전보다 법이 강해지고 있다고 느끼고 있다. 그러나 여전히 법과 판결은 국민의 법감정과 많은 차이가 있다. 이 소설이 법과 법감정의 간극을 줄이는 데 일조하고, 법을 향한 나의 기형적인 분노를 범인을 향한 정상적인 분노로 바꾸는 데에도 일조하길 바란다.

나의 영웅 명은 범죄 피해자다. 범죄를 당하기 전엔 어디에나 있는 평범한 여고생이었다. 평범한 일상을 사는 나, 내 가족, 내 이웃, 내 동료 등 누구나 어느 날 갑자기 범죄 피해자가 될 수 있기에, 경찰 같은 위험한 직업군도 아니고 어둠의 세계 종사자(?)도 아닌 아주 평범한 젊은이를 주인공으로 택했다. 그렇게 설정을 하고 나니 명의 성격을 만들어주는 게 더 큰일이었다.

죽을 때까지 안고 살아야 하는 큰 상처를 입은 범죄 피해자는 어떤 성격이 될까? 주변에 명과 비슷한 일을 겪은 사람이 없어서—있어선 안 되겠지만—도저히 감을 잡을 수 없었다. 그래서 명은 범죄 피해를 당한 사람의 실제 모습이나 사람들이 소위 말하는 '피해자다움'과 전혀 상관없이 내가 바라는 성격으로 만들었다. 큰일을 당했으니 그전과는 조금 달라졌겠지만, 평범했던 시절의 모습을 많이 담고 있길 바랐다. 과거의 사건에 갇혀 음울한 사람으로 남아 있게 둘 수 없었다.

우리가 도로를 달리다 길을 잘못 들면 좀 멀리 돌더라도 다시 제 길로 돌아올 수 있듯이, 인생의 방향이 확 뒤틀려버린 큰일을 겪었어도 다시 평범한 삶으로 돌아올 수 있기를 바라는 마음으로 명을 다듬어나갔다. 세상의 모든 피해자가 명처럼 제 길로 돌아와 평범하고 씩씩하게 살아나가길 바란다.

끝으로 소설에 등장하는 형사들! 나는 형사를 드라마로 공부했다. 그러다 보니 범인을 쫓고 싸우는 거친 형사만 기억에 남아 있다. 형사들이 사건을 수사하면서 하는 작은 행동, 언어 같은 것들이 어떤지 잘 모른다. 수많은 형사물을 보고 비슷하게 썼지만 자신이 없었다. 소심한 나는 심지어 경찰은 시체를 뭐라고 부르는지—시체? 사체? 시신?—따위의 아주 사소한 것까지 내가 잘못 썼으면 어쩌나 하는 걱정이 컸다. 그래서 도움을 받았다. 이 글에 도움을 주시기 위해 바쁜 와중에도 책 한 권을 다 읽는 수고를 해주신 대구달성경찰서 조원경 경감님께 감사드린다.

2023년 10월

강엄고아

귀신님의 완벽한 복수

초판 1쇄 인쇄일 2023년 11월 10일
초판 1쇄 발행일 2023년 11월 24일

지은이 강엄고아
펴낸이 정은영
편집 이태은 박진혜
디자인 박정은
마케팅 이언영 연병선 한정우 최문실 윤선애 최혜린
제작 홍동근

펴낸곳 네오북스
출판등록 2013년 4월 19일 제2013-000123호
주소 04047 서울시 마포구 양화로6길 49
전화 편집부 (02)324-2347, 경영지원부 (02)325-6047
팩스 편집부 (02)324-2348, 경영지원부 (02)2648-1311
이메일 neofiction@jamobook.com

ISBN 979-11-5740-385-1 (03810)